AL

NA

Marta e Luca
...QUANTO E' DIFFICILE
AMARSI...

A te Silvano....

al tuo sorriso

a ciò che eri e che ancora sei...

*"Quanto sbaglia la donna ad aspettarsi
che l'uomo costruisca il mondo
che essa desidera,
invece di mettersi all'opera
e crearselo da sola"*

ANAÏS NIN

1 LA REALTA' NON E' CIO' CHE SOGNAVO.

Chloe Turini, la mia psicoterapeuta è in viaggio meditativo in Giappone.

Mi ha inviato una immagine in cui contemplava la fioritura dei ciliegi nei giardini del castello di Takada.

Una sola scritta, "L'hanami." che letteralmente significa "guardare i fiori."

Poteva farlo comodamente anche qui a Milano.

Le avrei piantato un albero di ciliegie nel mio giardino.

Avremmo potuto meditare insieme sulle mie sfortune, sedute vicine, mano nella mano.

Invece no! Mi ha lasciata sola nel momento in cui ho più bisogno di supporto emotivo.

Lei gode di paesaggi meravigliosi mentre io mi sento semplicemente una pianta sfiorita.

Non pensavo potesse essere così difficile.

Diventare madre ed accudire una bimba il cui DNA non contempla minimamente cosa siano il riposo diurno e notturno, è sfinente.

Crescere la figlia preadolescente del mio compagno, a confronto, è un gioco da ragazzi.

A mio favore gioca il fatto che Ginevra sia una ragazzina dolcissima e profondamente buona. E che io sia stata la sua adorata babysitter.

Mantenere in ordine una casa di due piani di circa duecentottanta metri calpestabili è impegnativo, anzi, a dire il vero, è un sogno utopico. Infatti mi circonda il più totale delirio.

La colf di famiglia si è licenziata poco prima della nascita di Lea. Lo ha fatto per poter aiutare la figlia, già madre di due bambine e con due gemellini in arrivo.

Ora fa la badante notturna e il suo tempo diurno lo dispensa amorevolmente per i suoi cari. E tra questi io non sono contemplata.

Durante la gravidanza Adelma mi ha coccolata, viziata, resa speciale. E' stata la mamma che non ho più. Senza il suo sorriso ed il suo appoggio, mi sento più sola che mai.

Il giorno in cui me l'ha detto, ho pianto per almeno due ore senza riuscire a smettere, lei ha fatto lo stesso.

Sedute insieme in cucina abbiamo condiviso il nostro dolore.

Sapevo che avrei sofferto immensamente senza di lei e che tutto sarebbe stato più difficile.

Non mi riferisco alla gestione degli aspetti organizzativi, ma al supporto affettivo unico che era in grado di donarmi.

Oggi mi sento stanca e triste come quel giorno.

Vorrei chiudere gli occhi almeno per un poco, ma Luca sta per tornare.

Già immagino il suo sguardo nel vedere questa stanza che sembra una discarica a cielo aperto.

Lui, il mio uomo, l'amministratore delegato di una importante finanziaria.

Lui, ciò che nella vita non avrei mai pensato di amare. Semplicemente il mio opposto.

Ma l'amore è quanto di più misterioso e straordinario esista.

E così, in nome di questo magnetico sentimento, io gli ho dato tutto, la mia vita, la mia fiducia, me stessa.

Per lui ho lasciato il mio mondo, gli amici, le mie montagne, mio fratello con la sua nuova famiglia.

Non sono più tornata a Bergamo, mi sono trasferita nella mia nuova città, Milano.

In pochi mesi sono diventa la sua compagna, la madre di nostra figlia e anche della sua.

Lui è rimasto il professionista super impegnato di sempre. Praticamente non c'è mai.

Tra i due, quello desideroso di avere un figlio era proprio lui.

Ha vissuto la notizia della mia gravidanza come la concretizzazione di un sogno.

Ricordo il suo sorriso radioso quando gli ho mostrato il test positivo.

A dire il vero non ne ho fatto solo uno, ne ho fatti molti di più.

Da sola, in quel bagno elegante, io ero molto meno raggiante nel vedere quel messaggino che suonava come: "Amica, tieniti forte! Sei incinta!!!".

Al primo stick ho sperato si trattasse di uno sbaglio.

Al quarto ho capito che non lo fosse.

Al quinto ho realizzato chiaramente che dovevo iniziare ad accettare la cosa.

Luca, nei nove mesi, ha passato tempo infinito con le mani sulla mia pancia, ha conversato amorevolmente con la nostra bimba che rispondeva con movimenti fetali solo per lui.

E' stato attento e dolcissimo durante l'attesa.

Vederlo così felice mi ha portata a pensare che avessimo semplicemente realizzato la cosa migliore del mondo.

Abbiamo fantasticato e fatto progetti sulla nostra famiglia.

Ha scelto questa spaziosa casa con giardino e lasciato il suo elegante ed amato appartamento in centro.

Il compito di arredare e rinnovare questo luogo è stato affidato a mio fratello Alessandro che è diventato il suo più caro amico.

Non è stato facile per lui riuscire a fondere il mio stile da centro sociale con la raffinatezza di Luca.

Ne è uscita una dimora stranissima, unica nel suo genere, come la nostra coppia, su cui in pochissimi avrebbero scommesso.

E a volte credo che forse avessero ragione.

La nascita di nostra figlia ha cambiato la nostra unione, e non in meglio.

Luca era estasiato dall'idea di una nuova vita dentro di me.

Ora che la vita è fuori da me, mi sembra che lo sia molto meno.

Io sono completamente concentrata su questa morbidissima lattante che gestisco in completa solitudine, lui, sul resto del mondo tranne che su noi.

Mi concede giornalmente il tempo che forse riserva al suo break mattutino in ufficio, venti minuti circa.

Con estrema sofferenza mi ritrovo a pensare che io, la sua donna, ricevo lo stesso tempo di un caffè.

Un tempo scarso, un tempo distratto, un tempo che mai avrei voluto ed immaginato così.

In un piccolo angolo del mio irrazionale cuore e della mia razionale mente, inizio a pensare che forse io abbia sbagliato.

Ho puntato tutto sul cavallo che immaginavo vincente, senza averlo mai visto galoppare.

Forse avremmo dovuto conoscerci meglio e valutare con più attenzione.

Ma non lo abbiamo fatto.

Ho cercato di palesargli queste mie sensazioni, ogni volta che tento di farlo sono accompagnata da una tristezza immensa che rende il tutto complesso e difficile.

Già, perché dopo la nascita di Lea, è arrivata anche una buona dose di depressione post parto.

Naturalmente fingo di non riconoscerla come tale.

Continuo ad addossare la colpa del mio stato mentale agli ormoni.

Piango per ogni cosa, per ciò che va bene, per ciò che va male, per ciò di cui ignoro il finale.

Vivo questo mio periodo da puerpera come tra i più merdosi della mia vita, io che l'immaginavo lieto e felicissimo.

Che sfiga pazzesca...

Luca, perfezionista, elegante, altolocato, mi sembra lontano, irraggiungibile e distante.

Come ho fatto ad innamorarmi di lui, io che sono la sua antitesi?

Non potevo fare altrimenti, mi ha rapita mentalmente dalla prima volta che l'ho visto ed abbiamo iniziato a farci una battaglia infinita.

Dal quel giorno in verità non abbiamo mai smesso, solo che prima avevamo un rapporto formale, ci

davamo del lei e condividevamo lo stesso
appartamento per un contratto di lavoro.
Ora condividiamo tutto per amore, o per affetto, non
capisco bene cosa sia in realtà ciò che ci lega.
E' tutto molto nebuloso.
Ciò che invece è ben chiaro ed esplicito è che Luca
sia rimasto lo stesso di sempre.
Non ha cambiato nessuna abitudine per me,
compreso l'essere rigoroso e maniacale per quanto
concerne l'ordine e la precisione.
Peccato che io fatichi tremendamente anche solo a
pensarle queste parole, figuriamoci a concretizzarle.
Lo so, lo so, sto diventando paranoica.
Non avendo Chloe come valvola di sfogo utilizzo te,
cara lettrice come destinataria delle mie
elucubrazioni mentali.
Hai ragione. Devo uscire da questo tunnel di lamenti
sterili.
Sai cosa ti dico? Lascio la mia sofferenza e i miei
pensieri peggiori sul divano! Torno ad essere attiva,
devo cucinare!
Mi alzo e pesto qualcosa che mi provoca una fitta
nel tallone.
La calcolatrice di Mauro! Ecco dov'era, l'abbiamo
cercata per tutto il pomeriggio!
Ginevra avrebbe potuto scegliersi un amico del
cuore meno distratto.
Ma quando sei completamente cotta non badi a
queste cose, soprattutto se hai 12 anni.
La loro amicizia speciale è nata il primo giorno di
scuola. Prima classe della scuola secondaria di
primo grado.

Uno sguardo e si è sprigionata un'empatia che da subito li ha resi inseparabili.

Al secondo giorno è venuto a pranzo da noi.

Timido ed impacciato osservava il nostro lussuoso appartamento con timore reverenziale.

Dopo una settimana mi chiamava zia Marti, guardava la tele sul mio letto e faceva merenda sul divano completamente a proprio agio.

Da allora sta con noi tutti i pomeriggi. Non posso pensarlo solo, in un appartamento vuoto, mentre Roby, la madre, lavora.

Il suo pallone è in giardino, la sua bici nel garage, il suo spazzolino da denti nel bagno al piano di sotto e le sue ciabatte sono sempre dove non dovrebbero essere. Luca ci inciampa di continuo.

Rimane spesso anche a cena e dimentica sempre qualcosa in questo salotto che è un delirio, in questo luogo che è ormai la sua seconda casa.

Forza, devo concentrarmi sulla cena di Luca!

2 MAI UOMO FU PIU' ESIGENTE (E DIFFICILE).

Luca non segue una dieta, ha semplicemente eliminato la quasi totalità di ciò che è commestibile sul pianeta. Naturalmente ciò che elimina lui lo mangio io.

Niente carboidrati, legumi, pizza, latticini, patate, schifezze in genere, soprattutto la sera.

Non che a mezzogiorno ammetta molte più cose, ma almeno non rientra a pranzo.

Potrebbe soddisfare qualsiasi voglia culinaria tra le 11.30 e le 14.00.

Avrebbe accesso a qualsiasi ristorante, take away, trattoria, osteria, bistrot, pizzeria, baldacchino dei panini.

Gli sarebbe sufficiente dire "Mi piacerebbe mangiare...forse avrei voglia di..." e un nugolo di collaboratori, stagisti, uomini e donne in carriera si precipiterebbero ad esaudire ogni suo desiderio.

Potrebbe, ma lui non lo fa.

Lui preferisce saltarlo il pranzo.

"Lavoro meglio a stomaco vuoto, ragiono anche molto meglio. Niente sonnolenza o mal di testa."

Peccato che io debba soddisfare il suo doppio bisogno di nutrimento a cena.

Io, che oggi ho allattato di continuo, innumerevoli volte. Da quando Lea ha le coliche, starebbe attaccata al seno infinitamente.

Io, che oggi ho aiutato 4 preadolescenti a fare una ricerca di scienze e infiniti compiti di matematica.

Io, che mi sono scordata di fare la spesa e che per sfamare Ginevra e i suoi amici ho dato fondo a quel poco che c'era in frigo.

Il menù di Luca che troneggia sopra alla dispensa, oggi prevede pesce, Orata o Branzino. Freschissimi e di pescheria, come ha aggiunto lui tra parentesi in matita.

Già che si escluda la Trota, unicamente perché più ricca di grassi, mi sembra razzismo puro.

Solo pesce magro in questa casa, niente pesce curvy.

L'unico branchiato che io possa riuscire a recuperare a quest'ora, se ho fortuna, è un tonno. Rigorosamente in scatola.

Mi sembra abbia abbastanza affinità con la raffinata

e signorile Orata. Entrambi vivono nel mare, amano nuotare, hanno le pinne e hanno dato la vita per soddisfare il nostro bisogno egoistico di masticare.

Mi inginocchio e cerco in dispensa.

Trovo lo sgombro che però Luca non gradisce e la sardina che è troppo plebea per lui.

Quando sto per piangere, eccolo, un tonnino pinne gialle in fondo al mobile.

Una scatoletta piccola, anzi minuscola. Dovrò distribuire il tutto con grande maestria nel piatto.

Tonno e insalata, un piatto vincente da sempre, un classico di tutte le diete.

Peccato che le foglioline di Songino le abbia divorate Mauro a cena.

Infilo di nuovo la testa nella mia cambusa.

"Marta cosa fai?" Ginevra si inginocchia accanto a me.

"Cerco qualcosa per tuo padre! Devo trovare una verdura!" la mia apprensione aumenta. "C'è del mais!" mi fa lo stesso effetto dell'aver trovato del caviale! La mia felicità dura un attimo, il dubbio mi assale, "Ginevra il mais non è un legume, vero?"

"Non lo so, leggi sulla scatola..." Si è fatta seria anche lei. Non si scherza con la cena del dottor Ferrari.

"Non c'è scritto! Ma come si può non riportare un'informazione tanto importante!" panico puro, "stiamo calme, riflettiamo. Non può essere un legume perché è una pannocchia! Per cui lo posso aggiungere!"

Guardiamo il piatto davanti a noi. Chicchi gialli e qualcosa di triturato che ai tempi nuotava libero con i cugini delfini.

"E' un po' triste questo piatto. Sembra la cena per una gallina, non hai altro da aggiungere? Non mi piace l'insieme..."

"Ginevra non posso occuparmi anche del lato estetico. Fatico già a preparare qualcosa di commestibile. Non sono uno chef.."

Sistemo sul piatto quattro pomodorini e qualche fagiolino di ieri. Ora va molto meglio, sembrano dare un tocco di colore in più.

"Marta questi cosi lunghi e verdi li stiamo mangiando almeno da due giorni." Stessa fissazione del padre sulle scadenze e freschezza dei cibi.

"Sottigliezze tesoro, mia nonna diceva sempre che se il colore è ancora naturale allora il cibo non fa male."

Se Luca dovesse presentare sintomi di intossicazione alimentare, indicheremo al medico che sono stati di sicuro i fagiolini, avranno un rimedio.

"Gina prendimi il pane per favore, anche se non lo mangia aiuta a fare scena, arricchisce il tutto."

"Sono rimaste solo due fette, una però è mordicchiata!"

"Come??!! Chi l'ha assaggiato per poi rimetterlo nel sacchetto?"

Escludendo Lea che non ha denti e non è ancora svezzata, Gina che non lo farebbe mai perché educata troppo bene dal padre, rimango io.

Credo proprio sia la mia arcata dentale.

"Se elimino il pezzo malconcio posso riutilizzarlo, devo solo tagliarlo un pochetto!"

Fa una faccia schifata.

13

"Ti reggo il gioco Marta, per i fagiolini e per il pane se mi concedi mezz'ora ulteriore di tablet!"

Le batto il cinque, ride e scappa di sopra.

Si è fatta furba la ragazza. Quando l'ho conosciuta era molto più inibita e corretta. Me ne assumo tutto il merito. Luca naturalmente me ne addossa semplicemente la colpa.

Punti di vista differenti.

Come le nostre visioni su molti aspetti della vita, oltre a quelli educativi.

Nella nostra quotidianità, le discussioni sono più frequenti delle risate.

Siamo due mondi antitetici. Siamo i classici poli opposti che si attraggono. In modo talmente forte che abbiamo bruciato le tappe in questa nostra storia d'amore.

Il primo bacio a maggio.

Una sera di giugno, abbracciati a letto, mi ha chiesto se volessi fare un figlio con lui.

Io ho risposto sì.

Non mi sembrava carino dire no all'uomo del mio cuore.

E poi ci sarebbero voluti mesi prima di generare una vita. La mia amica Giò ci ha messo ben due anni prima di avere un test di gravidanza positivo. Avrei avuto tutto il tempo per accogliere la cosa con calma, per farmene una ragione ed entrare pienamente nell'ottica di procreare.

A 38 anni, dopo un mese che stavamo insieme, sono rimasta incinta. Subito. Quella sera. Quella prima volta in cui ho sfidato la sorte e i miei ovuli.

Incredibile ma vero.

A luglio lottavo terribilmente con le nausee. A settembre abbiamo acquistato casa. A dicembre abbiamo traslocato. A marzo è nata Lea. Ginevra è rimasta a vivere con noi naturalmente.

Ancora non avevo metabolizzato di avere Luca tutto per me che già dovevo metabolizzare che stavo mettendo un kg al mese e sarei diventata madre. Va bene, lo ammetto, i kg in verità erano due.

Rumore di auto nel vialetto. E' arrivato.

"Ciao tesoro."

"Ciao Marta" ha la faccia stanca e seria ". Hai cucinato per me? Non hai letto il mio messaggio? Ho cenato velocemente in ufficio con JeanLuc."

Più che cucinare mi sono limitata ad aprire scatolette, ma fingo di aver dato il meglio di me con profuso impegno.

"Nemmeno so dove ho il cellulare Luca, va bè, non importa. Questo lo mangio io domani."

Ripensandoci, i fagiolini sarebbero almeno a tre giorni di vita fuori dal freezer, meglio buttare il tutto.

"Sei un po' pallida, ti senti bene?"

Come posso dirti sì dopo che mi hai dato della donna smunta e scolorita!

"Sono solo un po' stanca. Lea ha avuto coliche tutto il giorno. Gina e gli amici avevano moltissimi compiti. Abbiamo finito molto tardi di studiare."

"Non sarebbe meglio evitare le visite dei compagni? Devi badare già a due bambine! Mi sembra una fatica davvero inutile." ha le mani sui fianchi, non promette bene la cosa.

"Per lei è importante frequentarli e sono bravissimi. Fa piacere anche a me avere qualcuno che mi faccia compagnia."

Visto che tu non sei mai a casa prima delle 22.00, mi accontento di condividere la mia quotidianità con dei ragazzini. Sto tornando ad essere una teenager.

Mi osserva e non risponde. A breve si chiuderà nel suo studio per leggere delle mail o rivedere qualche progetto come fa spesso.

Mi preparo una tisana, concluderò la mia serata da sola.

Inaspettatamente, mentre scelgo tra mela e cannella e finocchio e miele, mi abbraccia da dietro. Il suo viso nei miei capelli, il suo respiro sul mio collo. Percepisce chiaramente che mi irrigidisco.

"Sei tesa Marta, vuoi un massaggio? Ti aiuta ad allentare un po' la tensione."

Senza aspettare risposta, muove le mani sulle mie spalle in modo suadente, poi scende giù verso il mio seno. Ora è perfettamente posizionato sul self service di mia figlia.

Il suo respiro si fa più profondo.

Questo non si chiama massaggio Luca, si chiama messaggio. Ed è anche ben chiaro. Salti la cena per andare a letto presto. Con me.

"Stiamo un po' insieme?" la voce è bassa e roca, brutto segno.

"Luca tra poco devo allattare." Piccolaaaaa ti prego svegliati, tuo padre ha idee malsane sull'organizzazione della serata!

"Ci rilassiamo sul divano o più comodamente in camera da letto. Ho bisogno di averti un po' per me Marta." mi bacia il collo.

Anche io avrei bisogno di averti, ma non come mi

desideri ed immagini tu.

Io ti vorrei semplicemente a casa più spesso.

Mi piacerebbe fare una doccia che superi i 68 secondi, una spesa o una passeggiata da sola.

Mi manca tanto bere un caffè al bar, scambiare due chiacchere al telefono con un'amica senza avere tra le braccia una lattante nervosa ed urlante.

Se tu fossi qui con me e non in quell'ufficio esclusivo, io potrei realizzare queste piccole cose che ora mi sembrano sogni irraggiungibili.

Mi infastidiscono le mani che indugiano sul mio corpo.

Sopporto a fatica che mi sfiori la pancia e mi sento insofferente a baci che mesi fa erano brivido puro.

Io, che ho desiderato follemente e completamente questo uomo, ora mi inquieto ad ogni suo minimo contatto.

Da quando è nata Lea ho perso del tutto la voglia di stare con lui.

Non parlo del desiderio di condividere la quotidianità, la gestione della bimba, le cose semplici della vita.

Parlo dell'attrazione fisica, dell'intimità.

Quando sono calate drasticamente le sue attenzioni per me, è scomparso il mio desiderio per lui.

Al corso preparto non rammento si fosse toccato l'argomento sessualità nel post parto.

Me lo ricorderei bene, perché avrei dovuto allontanare Ginevra. Ha sostituito, per otto lezioni, il padre che non poteva presenziare.

Luca è intervenuto unicamente al primo incontro. Naturalmente è arrivato in ritardo ed è scappato in anticipo. Grande ed attiva partecipazione.

Quel giorno, per non sgualcire il suo completo blu realizzato a mano, si è rifiutato di sedersi per terra accanto a me.

E' rimasto in piedi, distante e nervoso a leggere mail sul cellulare.

Gli sguardi di ammonimento dell'ostetrica non lo hanno minimamente scalfito.

Come ora. Non sembra affatto colpito dal fatto che io non risponda alla sue carezze.

Mi mette le mani sui fianchi, mi gira verso di lui e cerca le mie labbra.

Mentre sto per inscenare una classica ed improvvisa emicrania, dalla radiolina arriva la voce squillante e spacca timpani della mia piccolina.

"Che peccato Luca, devo proprio andare." Forse sorrido un po' troppo mentre lo dico, ma la felicità, a volte, è difficile da contenere.

Allatto nella cameretta e lo sento correre sul tapis roulant.

Quando è nervoso lo fa a velocità sostenuta. Ed ora va molto, molto veloce.

LUCA

Dovrei rallentare, il rumore è fastidioso, potrebbe svegliare Ginevra. Sto correndo troppo forte.

Non so se sono più arrabbiato o preoccupato. Forse sono solo ferito.

I nostri mesi aspettando Lea sono stati sereni, anzi speciali. Abbiamo lasciato l'appartamento in centro per questa casa con giardino.

Era necessaria una soluzione abitativa maggiormente

rispondente ai bisogni di due bambine e a quelli di Marta, abituata a spazi aperti e al verde.

La scelta di non trasferirci a Bergamo, la sua città, è stata mia.

Ho implicitamente deciso che fosse lei a dover rinunciare a tutto per me. Sapevo che lo avrebbe fatto.

Mia figlia avrebbe continuato a risiedere con noi e non volevo che si assentasse troppo da Odette, sua madre e mia ex moglie.

Questo è ciò che ho raccontato a Marta.

In realtà non ho voluto allontanarmi dal mio mondo e dalla città che tanto amo, Milano.

Ginevra pur di stare con Marta andrebbe ovunque, io non sono pronto ad un sacrificio del genere.

A volte mi chiedo come sia possibile che a legarle sia un rapporto tanto profondo.

Hanno un legame strano ed unico che si fonda su affetto, comprensione, vicinanza. E soprattutto complicità. Lo capisco dagli sguardi d'intesa che si scambiano quando mi celano volutamente la verità.

Ginevra ammira Marta per la persona anticonvenzionale, anarchica e fortemente empatica che è.

Marta vede in lei la ragazzina affidabile e forte che io non riesco o non voglio cogliere.

Per me resta sempre la mia bambina timida ed introversa. Come sono io in fondo.

Come ho fatto ad innamorarmi di una donna che è il mio esatto contrario?

Semplicemente non potevo fare altro. Mi ha letteralmente investito con la sua energia creativa e vitale, talmente intensa da sembrare a volte distruttiva.

Marta è adrenalina pura, improvvisazione. Azione e poi pensiero.

Io sono la pianificazione, la giusta misura, il controllo. Sono l'azione che nasce da una attenta riflessione pensata e finalizzata.

Lei ha saputo portarmi a perdere il mio self-control e ad agire di istinto.

Come la sera in cui l'ho baciata ed ho scelto che avrei ricominciato la mia vita da lei e con lei.

Marta, la donna inaspettata e la più improbabile per me.

La compagna con cui ho scelto di condividere la mia esistenza e che ora mi manca immensamente.

La sento distante, lontana da me, da noi.

Ho nostalgia dei nostri abbracci, del dormire vicini, del sentirla rannicchiata contro la mia schiena.

Avverto penosamente l'assenza del suo respiro su di me. Ho nostalgia dei suoi baci, la sue mani, il suo corpo. Mi manca il suo modo di sussurrare il mio nome quando facevamo l'amore.

La nascita di Lea l'ha cambiata ed ha cambiato il rapporto tra noi.

E' così difficile gestire tutto questo per me. Vorrei affrontare la cosa ma mi evita, mi rifiuta a priori. Mi sento solo in questo rapporto a due ed inizio a temere che lei non creda più in quell'amore che ci ha uniti.

3 LA FORTUNA NON MI ASSISTE MAI

E' un mattino grigio come solo qui a Milano può
essere.
Quando devi fare la spesa, dopo giorni di sole,
naturalmente piove. Non una pioggerellina lieve. Un
diluvio universale.
Devo bocciare il mio discount preferito che non ha
parcheggio sotterraneo e optare per un blasonato
supermarket dove spenderò sicuramente il doppio.
Luca mi ha dotata di prepagata, carta di credito,
bancomat, contante, buoni carburante, buoni pasto,
buoni merenda, buoni beauty farm.
Io rimango sempre l'educatrice che ha vissuto per
anni con uno stipendio da cooperativa sociale e che
ha fatto i salti mortali per far quadrare i conti. Tendo
sempre al risparmio.
Non compro abiti firmati, scarpe cucite a mano e
soprattutto io adoro il riciclo.
Per Lea ho ricevuto in prestito dalla mamma di
Mauro, tutti i vestitini della bimba di sua cugina.
Praticamente nuovi.
Per Luca tutto ciò è assolutamente inaccettabile.
Sono stati giorni di discussioni continue.
A perorare la sua causa ha chiamato in aiuto anche
la madre, Jacqueline.
Una donna sofisticata, elegante, estremamente
signorile.
A differenza della sottoscritta, è sempre truccata,
ingioiellata, vestita di tutto punto anche per leggere
un libro sul divano o bere un té in completa
solitudine.

Queste sono le azioni che si permette di compiere in autonomia, per tutto il resto c'è la servitù.

Lei non prepara la colazione, non cucina, non si occupa della casa, non spazza il vialetto, non lava la macchina, non stende e non stira.

Praticamente non fa nulla, si limita a respirare e a chiamarmi ogni due giorni al telefono per istruirmi su come io debba crescere ed educare mia figlia.

Lei che aveva una tata bilingue, che non ha allattato e che non ha mai cambiato un pannolino, spiega a me come si fa a fare la madre.

Inutile dire che i rapporti tra noi siano tutt'altro che idilliaci.

Per lei sono troppo popolana, rozza, assolutamente priva di raffinatezza e soprattutto troppo di sinistra.

Quando mi presenta ad amiche o parenti, mi introduce con tanto di titolo accademico e master post laurea.

Ciò al fine di rendere minimamente accettabile, a se stessa e agli altri, l'idea che suo figlio abbia scelto me.

L'Amministratore delegato laureato alla Bocconi con Master alla London Business School, tra tutte le donne possibili, si è invaghito della babysitter di famiglia.

Non una sventola di donna, una normalissima. E questo forse le rende ancora più insensata la scelta di Luca.

La filippica telefonica che mi ha riservato questa mattina sulla pericolosità nel vestire Lea con abiti intrisi di germi altrui, è finita prima di iniziare. Le ho riattaccato il telefono. Sicuramente non se ne sarà nemmeno accorta. Di solito nelle nostre telefonate lei parla ed io sto zitta.

"Questa pioggia non vuole proprio finire. Oggi, piccola mia, sperimenterai l'antipatia di un infinito scroscio tardo primaverile."

Veramente l'esperienza negativa è riservata solo a me. Per mettere la mia bimba in macchina mi sono completamente inzuppata, lei è miracolosamente asciutta.

Merito del sacco per la raccolta differenziata con il quale l'ho sapientemente coperta.

Per fortuna Luca non ha piazzato telecamere in giardino, potrebbe denunciarmi ai servizi sociali per un agito del genere.

Arrivo nel parcheggio dell'ipermercato con la mia Clio Storia, compagna di mille avventure e piazzo la ragazza nel marsupio.

Naturalmente lei odia starci ed inizia un pianto inconsolabile. Io attacco con la mia spesa infinita, cercando di non concentrarmi sulle sua urla disperate.

Avrei dovuto mettermi i tappi nelle orecchie.

Ho solo un'ora e mezza prima che il pianto si trasformi in puro delirio. Quando deve mangiare diventa una furia.

Naturalmente ho lasciato la lista sul tavolo della cucina, ma tanto in dispensa manca tutto.

Mentre carico il carrello di ogni cosa sana ed insana squilla il telefono.

"Pronto???"

"Marta ciao sono Roby. Mo' che è successo alla piccola? Ma quanto strilla sta ragazza! Scusa ho bisogno di un piacere. Ma solo se puoi, altrimenti niente. Come non detto, mi arrangio io, davvero senza problema alcuno..."

La mamma di Mauro è sempre scrupolosa nel chiedere.

"Roby dimmi e se ti è possibile alza la voce, non sento nulla con questa sirena di sottofondo."

"Questa sera vedo il mio ex marito, dobbiamo prendere accordi per le vacanze estive. Preferirei non ci fosse Mauro. Non concordiamo mai su nulla e può essere si finisca come sempre per discutere pesantemente. Può rimanere a cena da te? Passo alle 21.30, anche prima se riesco a sbattere fuori casa velocemente il cretino!"

"Nessun problema a me fa solo piacere!"

Sottolineo a me, perché a Luca molto meno.

Non per Mauro in sé. Ma perché non ama che la casa sia frequentata da altri.

E' geloso della sua privacy e non tollera presenze quando rientra dall'ufficio.

Io invece ho bisogno di stare in un ambiente vitale, rumoroso ed incasinato.

Recupero pizza surgelata e patatine fritte per questa sera e corro in cassa. Non so come caricherò in macchina tutto ciò che ho nel carrello.

Cena sul tavolino della sala.

"Ginevra, dobbiamo pensare alle vacanze estive, iniziare a pianificare qualcosa. Se ci pensa tuo padre ci ritroviamo in un hotel cinque stelle su qualche isola da vip." mi vengono i brividi solo al pensiero.

"A me va bene tutto Marta, scegli tu. Ti dico già che

io quest'anno non vado in Grecia con la mamma e Paola. Mi fanno girare solo musei, scavi, città diroccate. Che palle!"

Si spinge in bocca una manciata di patatine, lo fa solo quando Luca non c'è. Con lui è vietatissimo riempire la cavità orale oltre il consentito.

"Voio addaeeeee in monfaniaaaaa daooo iooo".

"Ginevra potresti tradurre per favore?"

"Montagna! Voglio andare dallo zio per le vacanze!"

Lo zio è mio fratello Ale. Si è perdutamente innamorata di lui quando lo ha conosciuto lo scorso anno. Ci ha portati a camminare nei boschi sopra Castione della Presolana. Il mio paese tra il verde e i monti.

Le ha fatto guadare un torrente e l'ha incitata a saltare tra le rocce. Luca osservava il tutto terrorizzato.

Quando era troppo esausta per raggiungere la villa l'ha caricata sulle spalle. Le ha anche promesso di insegnarle ad arrampicarsi sugli alberi.

Il duro e burbero Ale è il suo gigante buono.

Ginevra quel giorno ha giocato a pallone e corso scalza nei prati.

Questa è la vita che ho fatto io e che tanto mi sarebbe piaciuto potessero fare anche le mie ragazze. Ma il destino ha voluto che vivessi a Milano. In un quartiere bene dove non è consono correre a piedi nudi e si devono evitare schiamazzi in giardino.

Strana a volte la vita, ti riserva ciò che mai avresti immaginato.

Come la sorte di mio fratello. Anche la sua esistenza è radicalmente cambiata negli ultimi tempi.

Da single pieno di fascino, con una donna in ogni monte, è diventato compagno di Dora.

Amore di gioventù ritrovato.

A riunirli è stato il figlio Nicolas. Lo hanno concepito 19 anni fa, quando lei apparteneva già ad un altro.

Anni di silenzi, di verità celate e poi la folgorante scoperta.

Ora di figli ne hanno due, c'è anche Diego di 7 mesi.

Un vichingo come il padre e come il fratello.

Dora la mia amica d' infanzia, un padre da dimenticare ed un marito che l'ha abbandonata presto per un'altra, ora è un donna nuova.

Ha lasciato il piccolo appartamento semi fatiscente dove ha allevato da sola il suo ragazzo, per la villa di Ale. Non lavora più come operaia spaccandosi la schiena in turni massacranti.

La sua panda 30 è stata sostituita da una BMW serie uno.

Dopo una vita di negazioni e soprusi, ora, si sente una regina.

Il suo principe azzurro, il mio fratellone, è premuroso, protettivo e non le fa mancare nulla.

Corna comprese. Per quanto la ami profondamente non cambierà mai ciò è stato nella vita. Un grande intenditore e degustatore di donne e di vini. Come mio nonno e mio padre del resto.

"Martaaaaa mi senti?" Gina mi mette una mano davanti agli occhi.

"Scusa, stavo pensando a quanto sarebbero felici e stupiti i miei genitori nel vedere lo zio Ale e i suoi figli. Sarebbero colpiti anche dal fatto che io mi sia accasata con un tipo come tuo padre."

Mia madre avrebbe sicuramente adorato la signorilità di Luca.

Mio padre molto meno.

Per lui, uomo è chi ha mani grandi e callose da attività manuali.

Quelle di Luca, curate e delicate, sarebbero state concepite come uno sfregio alla mascolinità.

Secondo il Fernando pensiero chi siede ad una scrivania non lavora. Semplicemente perde tempo prezioso.

Chi non è in grado di portare un sacco di cemento a mani nude, dal paese alla frazione di Malga Alta, è una nullità.

Chi a tavola non divora primo, secondo, dolce e non beve mezza bottiglia di vino non è un uomo, è un damerino.

Naturalmente il non essere rude, equivaleva per lui a non poter essere marito da risultati soddisfacenti a letto. Mi piacerebbe tanto dirgli che si sbagliava.

Papà diffidava dalle persone che non bevevano grappa, da quelle troppo raffinate o troppo esili.

Questa sua visione era estesa a tutti, grandi e piccini. Io, bambina gracile, spesso cagionevole di salute e tanto diversa dalle rubiconde e giunoniche figlie di suo fratello, venivo definita "buona solo per leggere i libri", cioè utile a niente.

Ai miei diciassette anni ha cercato invano di farmi fidanzare con il suo capocantiere, Tommaso.

Gran bel ragazzone, forte e muscoloso.

Mio padre non si capacitava del fatto che tra le tre figlie femmine dei fratelli Rossi, lui avesse messo gli

27

occhi su di me, "la gatta secca e selvatica".

Tommaso si riprese velocemente dal mio rifiuto.

Optò per mia cugina Rosalinda. Un metro e settantacinque di sana e robusta costituzione, quarta di reggiseno ed una passione sfrenata per i bebè.

A 18 anni, lei organizzò velocemente il suo matrimonio prima che la gravidanza diventasse troppo evidente.

Io, nello stesso periodo, progettavo una serata sul tema della inclusione delle donne magrebine nel contesto sociale della Valle.

Fernando reagì malissimo alla mia rinuncia verso una vita che mi avrebbe vista precocissima madre e massaia per tutta la vita, per mia madre Giulia fu un grande vanto.

Quanti ricordi, quanta opposizione, quanto combattere contro quel padre chiuso e difficile.

Nonostante tutto, ho una infinita nostalgia di casa mia, del mio mondo, del mio modo di parlare e di vivere.

"Marta voglio chiedere allo zio se ci aiuta a trovare una casa per le vacanze."

"Non sono sicura che tuo padre ambisca a trascorrere i suoi giorni di riposo in Val Seriana."

era solito frequentare Yacht di lusso a Cannes con la fidanzata.

"Papà può restarsene a casa se non vuole venire!"

Ginevra è nella fase della vita in cui la figura paterna inizia a non essere più l'oggetto del tuo amore incondizionato, anzi è la figura che più di tutte contesti e mal sopporti ". Eccolo, è arrivato il rompi! Adesso avrà anche da ridire perché abbiamo mangiato pizza in salotto. Glielo chiedo subito se possiamo andare a Castione questa estate?"

"Non mi sembra una buona idea, lasciamo che prima si rilassi un po', sarà sicuramente stanco." se Luca fosse nella serata no, ci giochiamo le ferie.

Ed infatti è la serata storta!

"Ciao papà! Che miracolo, sei arrivato alle 20.50. Noi andiamo di sopra ad ascoltare un po' di musica, tanto non ti interessa mai quello che ti dico!"

Lui la guarda con scarso affetto ora che è cresciuta.

"Buonasera Ginevra, che fantastica e calorosa accoglienza mi riservi. Ciao Mauro, sei ancora tra noi?"

"Ciao zio Luca. Marta, se vuoi il mio parere, è molto meglio il mare della montagna..." corre in camera.

"Non capisco perché si ostini a chiamarmi zio. Non gli è chiaro che non abbiamo un legame parentale?"

"Dai Luca, è un modo affettuoso per darti un ruolo significativo."

"Perché parla di vacanze? Lo ha invitato qualcuno? Visto che è perennemente in mezzo ai piedi credo sia una conseguenza naturale ritrovarmelo anche lì." serio e scuro in volto. " Non avevo mai notato che avesse l'apparecchio. Se penso che il primo bacio di mia figlia sarà con uno che ha quella terribile cosa sui denti..."

"Quando si sono baciati non lo portava ancora."

"Baciati??!!! Come baciati!??" forse non avevo condiviso con lui la bella notizia.

"Con la bocca Luca. Un bacetto, niente di che! Una cosa romantica e molto soft."

"E tu li fai stare in camera insieme, di sopra, da soli,

dopo che si sono baciati? E se avessero curiosità di scoprire altro? Altre parti dei loro innocenti corpi? Oddio non voglio nemmeno pensarci."

Chissà quando gli comunicherò la prima mestruazione, la manderà in Svizzera in un collegio per sole ragazze.

E' decisamente sconvolto.

"Mi ha chiamato mia madre, gradirebbe vedere le bambine. Pensavo che domenica potremmo raggiungerla nella villa sul lago."

Ora quella sconvolta sono io! Il weekend con la suocera!

"Peccato! Domenica ho già concordato con Ale che saremmo andati a trovarlo. Dille che ci vedremo la prossima settimana."

Mio fratello non l'ho proprio sentito, ma non ho nessuna intenzione di incontrare nonna papera.

"Lo hai detto anche tre settimane fa Marta, è evidente che continui a prendere tempo e a rimandare."

Se sei tornato prima per litigare potevi stare in ufficio non mi saresti mancato.

"Luca, mi è concesso non avere voglia di vederla? L'ultima volta ha trascorso il pomeriggio a raccontarti di quanto fosse stato piacevole per lei cenare con la tua ex fidanzata!"

"Le ho rimandato che il suo atteggiamento sia stato del tutto fuori luogo e che non sia questo il modo per iniziare un rapporto civile e rispettoso tra voi."

Io le avrei detto senza tanti giri di parole che è una grande stronza, ma tu sei sempre moderato Luca, soprattutto se si tratta di lei.

"Resta il fatto che sia mia madre e che desidero incontri le piccole."

Ci salva il citofono dal continuare una discussione che sfocerebbe in litigio.

"Luca rispondi, è Roby. C'è la mammaaaaaaa Maurooooo corriiiii veloceeeee!"

Mi guarda infastidito. Fatica ad accogliere il mio essere Bergamasca nel tono e nell'espressività. E' una cosa che sopporta davvero a fatica.

"Suo figlio arriva subito signora, buonasera."

"Oddio Luca quanto sei formale, così la metti a disagio. Mi sembri il portiere di un albergo!"

I ragazzi scendono le scale ridendo e correndo. Non si abituerà mai al fatto che Ginevra non sia più la bambina silenziosa ed inibita di un anno fa.

"Lo accompagno fuori! Ci metto un attimo! Mauro lo zaino cretino! Lasci qui sempre tutto!"

Effettivamente lei rientra subito. Correndo.

Non lo fa passando dalla porta d'ingresso, ma dalla finestra aperta della cucina.

In una frazione di secondo distrugge la zanzariera. Completamente divelta.

Sorpresa e spaventata per quanto occorso, non cerca lo sguardo severo del padre, cerca il mio.

Ridiamo insieme fino a piangere.

La guardo mentre è ancora avvolta nella retina e l'abbraccio forte. Con lo strofinaccio mi asciugo le lacrime. Non sento nemmeno Lea che ulula nella radiolina.

"Marta! La bambina! Non la senti? Sta piangendo!" lui, infastidito, non ha riso nemmeno per un attimo.

E' rimasto lì, in piedi ad osservarci severamente.

Ginevra gli rivolge il più astioso degli sguardi.

"Che palle papà, che palle! Ridi un po', tu non ti diverti mai! Per fortuna c'è Marta, se fossi da sola con te potrei solo pensare di scappare da casa!" si libera da ciò che la attorciglia e se ne va in camera.

Luca, senza nemmeno cenare, raggiunge il suo psicoterapeuta personale, il tapis roulant.

Lo trovo a letto, due ore dopo, che lavora al portatile. Accigliato.

"Dì a tua madre che saremo da lei la prossima domenica, se ti fa piacere possiamo andarci anche sabato, pernottiamo là." Cerco di usare un tono dolce, anche se fatico. Credo che la reazione della figlia lo abbia ferito molto.

"Se la cosa non ti aggrada non sentirti in dovere di farlo per me." Nemmeno mi guarda.

"Sai che lo faccio unicamente per te, non certo per lei o per tua sorella. In sincerità lo faccio anche per tuo padre. E' l'unico che mi sorrida in quella casa."

Gli pongo Lea tra le braccia.

Posso dire di aver conquistato il mio spazio di libertà oggi. Cinque minuti per correre in bagno.

Non sento pianti, posso provare a concedermi anche una doccia.

Ritorno profumata e più rilassata. Anche la mia piccola lo è, si è addormentata tra le braccia del padre che la osserva sorridente.

Fortuna dei principianti. O forse lui è solo più paziente di me e lei lo percepisce chiaramente.

La porto in camera cercando di fare meno rumore possibile.

Solo una madre in ansia per un possibile prematuro

risveglio, riesce a contorcersi come sto facendo io,
per mettere nel lettino la propria creatura.

Cerco il mio libro sul letto accanto alla culla.

Ci trascorro la quasi totalità di tutte le mie notti in
questa cameretta lilla.

Abbiamo deciso che avrei dormito io con la piccola.

Era la soluzione più fattibile. Anzi a dirla tutta, lo ha
deciso lui.

Deve necessariamente riposare la notte. Con il suo
ruolo non può permettersi di non essere al meglio.

Io posso anche fare l'alba, stare sveglia e sentirmi
nevrotica, tanto sono la madre, mi spetta di diritto
questa fortuna.

Nella camera matrimoniale c'è tutto ciò che gli serve
per vestire il ruolo del grande manager, non la può
abbandonare.

Abiti realizzati a mano, camicie su misura, cravatte
esclusive, scarpe di livello, orologi unici.

Cura maniacalmente la sua immagine.

Io quando lo guardo in realtà vedo solo Luca, ciò di
cui si circonda non mi interessa.

Non ho scelto l'amministratore delegato, io ho scelto
l'uomo.

Forse il libro l'ho lasciato in camera nostra.

Lo trovo sotto al mio cuscino.

"Dorme?" chiude il portatile e si toglie gli occhiali.

Perché smette di leggere? Non abbandonare ora il
tuo hobby, continua a coltivarlo...

"Si, miracolosamente sì e spero che continui almeno
per un'ora."

"Vieni a letto?" si passa la mano tra i capelli. Li
porta sempre un po' lunghi. E' un gesto che mi piace,

o mi piaceva, non lo so. Lo fa sempre quando è un po' nervoso.

Mentre aspetta la mia risposta mi mette una mano sulla coscia e la accarezza piano.

Non credo che l'invito sia relativo al dormire insieme sonni sereni, forse sta pensando ad altro.

Ricordo che il nonno Arturo fosse solito allungare le mani sulla nonna Filippa.

Lo faceva spessissimo, incurante del fatto che fossero presenti figli o nipoti.

Accadeva sempre a tavola mentre lui beveva il caffè con la grappa, anzi la grappa con il caffè. Tra i due liquidi quello con tasso alcolico elevato era sempre in abbondanza.

Lei serissima, seduta al suo fianco, lo colpiva con la paletta delle mosche di plastica rossa.

Un colpo ben assestato sulla mano peccaminosa.

Lui rideva di gusto e le dava un bacio.

Ora quella paletta vorrei tanto averla ereditata io. La userei volentieri sulla mano elegante che indugia sulla mia coscia destra.

"Pensavo di mangiare qualcosa mentre leggo, credo di essere stata un po' leggera a cena..."

In verità ho ingurgitato due pizze surgelate e una fetta abbondantissima di tiramisù. Giuro che non potrei pensare di mangiare nemmeno un wafer light, ma lo stare qui è rischioso.

Ha capito che sto evitando di stare sola con lui. Da come mi guarda percepisco il suo dissapore.

Se riuscisse ad arrabbiarsi con me sarebbe tutto più facile.

Potrei dirgli quello che sento. Ma il suo silenzio mi

fa allontanare dalla stanza senza proferire parola. E lui fa lo stesso, come sempre.

Domani vedrò la psicologa. Ne devo assolutamente parlare con lei.

4 CHLOE AIUTAMI TU.

Questa mattina Luca è uscito presto senza nemmeno salutarmi.

Devo chiamare mio fratello per domenica.

Quando sento così prepotentemente il bisogno di vederlo, è un chiaro segnale che qualcosa in me non vada.

Mi sono chiesta spesso in questi giorni, cosa mi impedisca di essere pienamente felice e realizzata in questa mia unione. La risposta è la libertà di essere autenticamente me stessa.

Ale tollera tutto di me, pur non sopportando molti aspetti del mio carattere.

Luca non sarebbe in grado di accogliermi nella mia interezza, per ciò che realmente sono.

Questa mia paura mi ha portata a celargli alcuni miei piccolissimi aspetti personali e alcune mie storie di vita. Le peggiori naturalmente.

Le parti sbagliate, quelle fallimentari e criticabili sono rimaste ben chiuse nel baule che custodisco gelosamente nel mio intimo più profondo.

Lui mi ha scelta tra molte, ma non per tutto ciò che sono, per ciò che gli ho mostrato. Per ciò che immagino sia lecito per lui accettare.

Ale mi conosce nel profondo, ha accesso al mio baule, ci ha rovistato spesso, ha cercato di porvi ordine. Naturalmente senza riuscirvi mai.

Ha visto cose di me fortemente discutibili, a volte amorali, sicuramente anticonvenzionali, ma mi ha sempre accolta.

Alla fine delle nostre battaglie fratricide, delle sue infinite ramanzine, dei suoi pugni picchiati violentemente e disperatamente sul tavolo, delle minacce e degli strattoni che non mi ha mai negato, c'era sempre un abbraccio riappacificatore.

Con infinito amore e incredibile pazienza è sempre stato pronto a credere in me.

Ogni volta che busso alla sua porta, la apre, anche se alza gli occhi al cielo.

Con lui non temo rifiuti.

Con Luca semplicemente sì.

"Ciao Marti, come stai?"

"Ciao Ale, sarò breve perché sei sicuramente impegnato. Domenica possiamo venire da voi? "

"Hai bisogno di disintossicarti da tutto quell'inquinamento di città? Ti manca l'aria pura?" non capisce come io, nata tra i boschi, possa vivere a Milano.

"No, mi manchi semplicemente tu."

Non è il mio modo di parlare con lui. Di solito sono frecciate, battute e telefoni riattaccati in malo modo. E' il nostro modo di volerci bene.

"Vi aspetto per pranzo. Va tutto bene Marti?"

"Si, ho solo bisogno di stare un po' con te. Ale noi questa cosa l'abbiamo concordata ieri. Reggimi il gioco per favore. Non mi sputtanare come sempre! Ciao, ti voglio bene."

Questo gli fa capire chiaramente che non vada tutto

per il meglio.

Chiudo velocemente la telefonata perché mi viene un po' il magone.

Corro da Chloe. Ho bisogno di poter raccontare e di piangere senza la preoccupazione di ferire qualcuno.

"Buongiorno Marta, ciao Lea!!" ci attende sulla porta dello studio. Sorride sempre la mia Chloe.

"Buongiorno dottoressa. Per fortuna è tornata. Ho sperato che i ciliegi perdessero prematuramente tutti i boccioli e che lei rientrasse prima."

"Per fortuna non è accaduto!"

"Posso metterla qui la ragazza?" indico l'angolo morbido a terra, sotto alla finestra. Mi ci metterei io oggi, ho bisogno di qualcosa che mi avvolga con calore.

"Ma certo. Sposta i cuscini come vuoi."

Faccio una sorta di culletta in cui la deposito.

E come sempre, quando non siamo sole, lei diventa la bambina più tenera e speciale del mondo. Un angelo. Osserva sorridente quanto la circonda, non cerca nemmeno il ciuccio. Incredibile, avrà un grande futuro come attrice.

"Come stai Marta? Mi sembri un po' provata."

"Sono solo stanca" mi siedo per terra. Lo faccio sempre quando non sto bene dentro. "Organizzare e pensare a tutto a volte mi pesa un po'."

"Non hai nessuno che ti dia una mano?"

"Sono un po' restia...sono a casa tutto il giorno, non lavoro, mi sembra esagerato avere qualcuno che faccia ciò che dovrei fare io."

"Marta hai una casa enorme, un compagno molto

impegnato e due figlie a cui badare. Chiedere aiuto non è segnale di un fallimento. E' solo un modo per poter vivere in più serenamente."

Guardo in terra.

"Non è solo quello che mi pesa. Non riesco più ad essere la stessa di prima con Luca. Mi sembra che sia cambiato molto tra noi."

"Puoi aiutarmi a capire meglio?"

"Non riesco a stare da sola con lui. In modo fisico. Mi fa capire chiaramente che voglia ritrovare un' intimità con me. Ma io non sono pronta. Più lui si avvicina e più io cerco di evitarlo. Studio i suoi atteggiamenti per capire se i gesti siano finalizzati a toccarmi. Lo scanso prima che si avvicini. Ho il terrore che lo faccia. Mi danno fastidio le sue mani..."

"Marta per prima cosa voglio tu sappia che è una cosa del tutto normale. Il tuo pensiero è concentrato sulla piccola Lea. Ti senti madre in maniera prevalente."

Lei ci diletta con un rigurgito che per fortuna finisce sulla bavaglia e non sul cuscino.

"Hai parlato con Luca di questa cosa?"

"No, non ancora. Avrei voluto che capisse o almeno ipotizzasse da solo tutto questo senza dovergli palesare il mio disagio. Mi imbarazza la cosa. Non so per quanto durerà questa mia difficoltà, ad ora non so fare previsioni. Temo che lui possa stancarsi e cercare altro fuori da noi, fuori dalla nostra coppia."

Mi sistemo meglio a terra, questi chili di troppo mi fanno sentire più goffa.

"Io fatico a stare in compagnia di questo corpo che non riconosco più. Mi specchio ed osservo una persona diversa. E non sono sicura che quel che vedo mi piaccia, anzi ne sono certa. Non è una mera questione estetica dottoressa è che proprio non riesco a starci bene. Faccio le scale di casa e ho l'affanno, non riesco più a correre, mi sento impacciata e lenta. Non ho più nulla che mi vada bene. Ho solo questi pantaloni che mi fanno da jeans, tuta, e a volte anche da pigiama." mi guardo e capisco che forse dovrei lavarli, "Come fa ad avere voglia di me? A trovarmi desiderabile? Lui è perfetto come prima. Impeccabile, curato, bellissimo. Io ho una pancia che sembro ancora incinta!" Mi batto le mani sul ventre pronunciato.

"Marta hai pensato che per lui tu possa essere bella quanto e più di prima? Non solo per lui. Io vedo una splendida mamma nella sua morbidezza. Può trovare interessante ed attraente il tuo corpo anche se diverso."

"Mi dice spesso che gli piaccio molto così florida e prosperosa, poi non disdegna di guardare le modelle taglia 38 sulle riviste di moda."

Lea reclama il suo pasto, la attacco al seno.

"Guardati. Stai allattando una bambina. L'hai avuta dentro di te per nove mesi. L'hai nutrita, le hai permesso di crescere in te. Ha trasformato il tuo corpo, come è normale che sia."

La guardo mentre succhia serena ed è la cosa più bella e naturale del mondo.

"Accettare il cambiamento è complesso. Serve molta pazienza e del tempo." mi sorride dolcemente.

So che si riferisce alla trasformazione della mia vita e non solo a quella del mio corpo.

"Mi sembra tutto così difficile. Ho la perenne sensazione che qualcosa tra noi si sia modificato, si sia trasformato. Sono attraversata da sentimenti contrastanti. Mi sento in colpa verso di lui perché mi sembra di trascurarlo. Sono arrabbiata perché mi sento a mia volta non presa in considerazione."

"Nutri rancore nei suoi confronti Marta?"

"Rancore? Mi fa incazzare come pochi al mondo! Più di quanto mi abbia mai fatto infuriare mio fratello, e lui deteneva il record assoluto!"

Lea si stacca e sembra voglia piangere, non le piace si parli male del padre.

"Ho fatto il corso pre parto con la mia figlioccia, alle visite ero l'unica non accompagnata. Il travaglio e il parto li ho affrontati da sola perché lui era in video conferenza. L'ho chiamato più volte quel giorno, non si è mai degnato di parlare con me, ho dovuto farlo con la sua segretaria, mi ha incoraggiata lei quando doveva farlo lui!"

Forse sto rivangando troppo il passato. Ma ho bisogno di liberarmi.

"Torna sempre tardissimo e dopo una giornata stressante vorrebbe anche che fossi appetibile e suadente. Mi passerà mai questo rifiuto nei suoi confronti? Questo astio?"

"L'astio legato alle sue mancanze è una cosa Marta. Sicuro necessita di chiarimento tra di voi. Di un maggior coinvolgimento di Luca nel suo ruolo paterno. Il rifiuto fisico relativo al non essere ancora pronta, è altra questione. E' giusto che tu possa esprimergli liberamente come tu ti senta."

"Per cui devo parlare comunque con lui. Che pesantezza, credo ci aspetteranno delle serate di grande discussione. Aiuto non ne ho la forza!"

"Marta per quanto le vostre discussioni risultino molto animate ed accese, avete la fortuna di riuscire ad esternare pienamente ciò che provate. E' una grande cosa."

"Non so se ho voglia di parlare con lui, di aprirmi, di essere sincera. Sono tante le cose che fatico a capire di me, di lui, di noi. Mi faccio mille domande a cui non riesco a dare risposte. Spesso rifletto su cosa sia in realtà l'amore..."

Potrei fare pensieri più semplici e razionali, ma io devo affrontare i temi più complessi nei momenti peggiori.

Ho cercato risposte sui manuali di psicologia.

Testi in cui speri di trovare spiegazioni in merito alle condizioni avverse o favorevoli dell'esistenza.

Nulla. Mi sono solo imbattuta in teoremi troppo complessi e difficili.

Ho cercato riscontri nei più diretti blog per donne disperate o perdutamente innamorate.

Non ho trovato risposta alcuna.

"Continuo a non capire cosa sia questo struggersi, palpitare e soffrire per un uomo."

"Tu cosa pensi che sia Marta?"

"Non lo so. Sento solo che questo sentimento mi esalta e mi distrugge nello stesso modo. Mi inonda di felicità e poi mi investe di dolorosa e cupa sofferenza. E' così che dev'essere? E' questo che ti riserva l'amore vero e autentico? O forse non trovo un equilibrio stabile proprio perché non è amore ciò che provo?"

"Cerchi risposte difficili Marta. Ti sei mai chiesta semplicemente se tu sia felice?"

"Ho paura di non esserlo come dovrei. Sono irriconoscente e perfida, ho tutto e mi sembra di non avere nulla. Sono confusa. Ho messo la mia vita nelle mani di Luca. A volte ho la sensazione che non sia in grado di custodirla e proteggerla adeguatamente."

Sposto lo sguardo per terra, fatico a reggere l'espressione del suo viso. E' molto eloquente.

"Dottoressa, lei si sta chiedendo perché io dipenda da lui e non più da me stessa? Me lo chiedo costantemente. E' una condizione che ho sempre condannato e che ora ho fatto mia. Ho tradito me stessa e i miei ideali. Sono emotivamente completamente dipendente da lui."

"E' così che ti percepisci in questo rapporto?"

"Si, e non mi era mai successo prima. Questa cosa mi fa paura. Spesso la notte sogno di essere sulle mie montagne, gli stessi sentieri impervi che percorrevo con mio padre e mio fratello. Ho sempre faticato nelle salite. Scivolavo spesso. Loro riuscivano a reggermi e a farmi arrivare in cima. Nel mio incubo ricorrente, perdo l'equilibrio come allora. Ma al mio fianco questa volta c'è Luca. Cerca di trattenere la mia mano ma non ne ha la forza e la sfila dalla mia. La lascia per scelta, per non essere trascinato giù a sua volta. Mi lascia semplicemente cadere a valle nella più totale mancanza di disperazione."

"Marta sei stata molto brava nel riuscire ad esprimere le tue paure, le affronteremo insieme, ricordati che non sei sola."

Mi prende la mano e me la stringe forte, come Luca non fa nel mio sogno.

"Ho bisogno di aiuto, di capire. Voglio sentirmi leggera dottoressa, ho necessità di un animo più lieve prima che di un corpo più magro."

5 SANDRO E LUCA

Partiamo presto domenica.

Per Luca, apprensivo com'è, non è sufficiente avere un cambio per la piccola, è necessario avere il cambio del cambio.

Ci spostiamo per un solo giorno, ma abbiamo così tante cose che sembriamo in partenza per una settimana di vacanza.

Superiamo la mia Bergamo.

Quanto mi manca, il mio bilocale è ancora lì, arredato e senza di me. Avrei tanta voglia di tornarci ogni tanto.

Iniziano le colline e spuntano le montagne.

Superiamo il paese e sulla destra, c'è quella che è stata casa mia.

L'aria è fresca, pulita, il cielo è azzurro.

Ale è nel giardino. Sta parlando al telefono.

Gesticola in modo evidente. Ci apre il cancello da lontano e continua a discutere.

Lavora sempre.

Lui e Luca sono molto simili su alcuni aspetti,

nonostante siano soggetti completamente differenti.
Entrambi stacanovisti, senso del dovere fortissimo,
impossibile commettere errori nella vita
professionale.
Nella sfera sociale e famigliare Luca è riservato,
contenuto, silenzioso. Ale è istintivo, passionale e
non puoi non udire la sua voce e la sua risata.
Si sono studiati a lungo prima di capire se fossero
andati d'accordo. Alla fine hanno convenuto che
stanno molto bene insieme.
Entrare nei loro discorsi di politica, tasse, manovre
economiche, costi del lavoro è faticoso se non
impossibile. Infatti evito sempre di farlo. Li lascio
nel loro mondo.

Ginevra esce dall'auto e si getta tra le braccia dello
zio. Lui la solleva con facilità dall'alto del suo metro
e novantadue e con il suo fisico tonico e temprato
dal lavoro.
"Ehi ragazzina ma come siamo cresciute!!.
E' il mio turno. Mi abbraccia e mi stringe e a me
viene da piangere subito. Merda le lacrime del post
parto, anzi della depressione post parto.
Guardo in alto, in basso, ai lati, deglutisco, inspiro,
espiro ma niente...scendono comunque.
Mi mette le mani sulle spalle. Stringe, per darmi
quel po' di calore che percepisce mi manchi, ma mi
schiaccia un tendine lesionato da tempo.
"Ahia Ale! Non hai delle mani, hai due pinze
meccaniche per sollevamento da cantiere! Mollami!"
"Fatti vedere!!!" Mi fa ruotare su me stessa. "Hai
messo un bel culo cara, fai un po' di movimento ogni

tanto, ti fa solo bene."

"Che cretino che sei, come se avessi tempo di andare a correre!"

"La principessa dello zio!" prende Lea tra le mani, sembra sparire la mia ragazza. "E' piccolissima questa bambina. Non sono abituato a neonati di città, riprenditela Luca!"

Il mio nipotino, seduto nell'erba è invece l'immagine di questi luoghi. Enorme, guance rosse, carnagione resa scura dal sole. Un sorriso grandissimo ed aperto come la gente che abita qui. Gli occhi azzurri di Ale e di mio padre.

Mi avvicino e con una velocità incredibile mi arriva una manata in pieno viso. Non contento si attacca ai miei capelli.

"Bravo figliolo, è così che si fa con la zia Marti. Tira più forte che puoi!"

Mi libero da Conad il Barbaro e allungo una pedata ad Ale. Naturalmene riesce a schivarla e a prendermi la caviglia. Con movimento vile la tira verso l'alto. Me lo fa da sempre. Sa che non ho la minima capacità di mantenermi in equilibrio. Ed infatti cado sul sedere.

"A qualcosa ti serve così grosso, se ci atterri sopra non ti fai male!"

Lo cingo da dietro cercando di stringere il più possibile. E' una mossa che nel wrestling funziona sempre. Senza fatica alcuna mi stacca sbuffando. Siamo sempre stati molto fisici nella nostra relazione. Ora che abbiamo 48 e 38 anni forse sembriamo un po' fuori luogo. Ma è il nostro modo di essere fratelli.

"Marta guarda!" Ginevra tiene in braccio un

bellissimo cucciolo di Labrador.

"Oddio chi è questo splendore?" lascio Ale ed allungo le mani per accarezzare il cucciolo peloso.

"E' il mio regalo per Diego" sentendo la voce dell'uomo di casa il cane abbassa le orecchie e scodinzola. Ha già capito chi comanda e a chi deve assolutamente obbedire. "E' buonissima ma è testarda, incapace di osservare la minima regola, fa la pipì ovunque e non ascolta niente! Per questo l'ho chiamata Marta." Ride e va verso il portico sul retro per preparare il barbecue, si porta Luca con sé.

"Dora! Ma davvero l'ha chiamata come me?"

"Si! Dice che lei è più carina ma che siete molto simili!"

"Aleeeee!!! Ma io non faccio la pipì ovunque!!"

LUCA

E' felice. Qui riesce ad esserlo. Ha pianto quando l'ha abbracciata Alessandro. Le manca il suo mondo. E' serena unicamente tra i suoi affetti. Ora sorride, corre scalza nel giardino con il cane.

"Luca sei pensieroso?"

"E' un periodo strano, sono preoccupato per Marta, si è commossa quando ti ha visto."

"Piagnucola da una vita ed ha avuto una bambina da poco. Dora piange ogni volta che guarda un film, il telegiornale, la pubblicità. Versa lacrime da giorni pensando che Nicolas affronterà la maturità tra poco. E' il parto!"

"Credo si senta sola Alessandro, io sono spesso assente, sto lavorando molto..."

"Lavoro molto anche io Luca, non possiamo fare

diversamente. Sanno benissimo quale sia la nostra professione e quali gli impegni che ne derivano. Questa mattina alle sei ero in cantiere per verificare degli scavi da effettuare domani. Ho un'azienda e la responsabilità del mio lavoro ricade su di me. Alle mie dipendenze ho persone che devono sfamare i propri figli. Non ho tempo di stare a casa a cambiare i pannolini e non l'hai nemmeno tu."

E' sempre pratico e diretto questo uomo. E' per questo che mi piace.

Concreto e pragmatico come il carattere della gente che vive qui.

Dora ci raggiunge.

Fa fresco qui all'ombra. Non sono abituato a quest'aria leggera e priva di umidità.

"Amore, ti lascio il vino."

Lui le sorride, la bacia sulle labbra mettendole un braccio intorno alla vita. Lei ricambia con una carezza sul viso prima di allontanarsi. Sono complici e felici.

Con Marta non lo posso fare. Mi sfugge, non me lo permette. Questa cosa sta diventando un problema troppo grande per me.

"Alessandro posso farti una domanda molto personale? Che riguarda voi come coppia?"

"Certo!"

"Ecco, voi due..." mi avvicino ed abbasso la voce "Insomma voi due, fate...cioè...avete ricominciato da molto ad avere rapporti intimi?" mi schiarisco la voce, non sono cose di cui parlo con serenità.

"Non subito, dopo il parto abbiamo osservato i 30 giorni di astinenza consigliati dalla ginecologa."

47

"Dopo un solo mese voi... insomma già facevate?"

"Sì Luca, dopo un mese circa, abbiamo ripreso a fare l'amore."

Credo che Alessandro faccia molta meno fatica di me a parlarne, riesce a usare parole che fatico a pronunciare. La mia faccia comunica chiaramente ciò che io non riesco ed esplicitare direttamente.

"Mi stai dicendo che tu e Marta, niente intimità?"

"Fosse solo quello! Non posso toccarla, non posso avvicinarmi. Si irrigidisce, mi evita del tutto. Non posso nemmeno baciarla come tu hai fatto con Dora, fugge letteralmente. Secondo te è normale?"

"Non lo so. Sono alla prima esperienza, non ho avuto amanti puerpere in passato. Di sicuro il post parto caratterialmente non giova per nulla. Dora è molto più apprensiva. Ha allevato due figli ma sta sempre su internet a leggere quei blog di mamme che si scambiano esperienze. Per ogni cosa deve avere conferme. Hai cercato risposte su qualche sito di psicologia?"

Prendo il cellulare. Sono disposto a fare qualsiasi cosa pur di capire come risolvere il problema. Parto, intimità, rifiuto. Digito tre semplici parole e si apre un mondo.

"Ci sono infiniti siti femminili che trattano la cosa..."

"Certo! E' il loro sport preferito, blaterare tra loro!"

"Sembra che sia del tutto normale, consigliano di non forzare la donna, di provare un approccio diverso e graduale. La questione è relativa al fatto che lei si vede madre e non più compagna. Le ragioni possono essere diverse, il trauma del parto, il

cambiamento del corpo oppure una depressione post parto."
"Il suo parto è stato difficile?"
"Non lo so, non ero presente, immagino lo sia stato in generale come per tutte..."
"Ti sembra depressa?"
"Non saprei, la vedo poco...molto allegra non è..."
"Ora mentre gioca con il cane, sta ridendo...direi che possiamo scartare la depressione Luca."
Forse stiamo semplificando un po' troppo le cose.
"C'è la testimonianza di una mamma che per circa un anno non è riuscita ad avvicinarsi al suo uomo." lo guardo e deglutisco ". Quindi devo solo aspettare ancora 10 mesi..."
Mi mette una mano sulla spalla.
"Una condizione terribile, per me sarebbe impossibile da sopportare, prega che non sia così. Bevi Luca, bevi... certe notizie vanno accompagnate con del buon vino. "

Il pranzo è rilassante e piacevole. Siedo vicino ad Alessandro. Forse mi sta facendo bere un po' troppo. Charles Bukowski sosteneva di ricorrere al vino poiché non fosse in grado di affrontare la vita da sobrio. In questo momento lo capisco pienamente. Mi sembra tutto difficile, compreso i dieci mesi di astinenza prima di fare l'amore con la mia donna.
Diego gioca con il cane sulla coperta.
Marta si sdraia con loro. Fa sedere il nipote sulla sua pancia. Ride divertita.
Lo accarezza infinitamente. Lo vede poco, so che le spiace molto perdere tanto della sua crescita.

Mentre il piccolo la allontana con le mani e cerca di colpirla a testate, il cucciolo la lecca ovunque. Lei sbaciucchia entrambi serena e felice.

"Luca mi sa che le piacciono giovani, e pelosi."

"Si ho appurato che bacia tutti tranne me."

"Scusa Luca ma devo mettere una ragazzina sul barbecue" Alessandro si alza e solleva Ginevra caricandosela sulla spalla. La lascia scivolare nell'erba e la mantiene a testa in giù tenendola per le caviglie.

Questo uomo ha una forza incredibile. Forza fisica e forza d'animo. Capisco che manchi molto a Marta. E' un appoggio sicuro per lei. E' la sua famiglia. E credo anche molto di più.

Sono convinto che custodisca molti dei suoi segreti, parte della vita che io non conosco e a cui non ho accesso.

"Papà, io questa estate voglio venire qui in montagna!"

"Potreste venire per due mesi, cosa ci fate in città?" Alessandro ha ragione, sarebbe la soluzione migliore per le bambine e farebbe bene anche a Marta stare un po' con la sua famiglia.

MARTA

Aiuto Dora a sistemare la cucina nonostante non voglia. Insiste nel farmi stare seduta, forse le sembro stanca.

"Ti sei schiarita i capelli? Ti stanno bene!"

"Grazie. Ad essere sincera mi preferivo prima ma a tuo fratello piacciono molto." E' ben curata, vestita in modo molto femminile. Chissà se lo fa per se stessa o per lui? Ha una forma invidiabile.

Io sono trasandata come sempre. Non mi faccio la tinta causa allattamento e causa rifiuto di guardarmi allo specchio.

"Credo che Luca non si accorgerebbe neppure se mi facessi biondo platino."

"Non è vero Marta, non ha occhi che per te!"

"A casa non è così, le sue attenzioni sono tutte per i suoi portatili e per i suoi progetti di lavoro." Penso alla mia vita a Milano e mi assale una profonda tristezza.

"Marta, stai bene?"

"Si, si certo, sono solo scontrosa...gli ormoni..."

Tra poco finirò con il dare loro la colpa della crisi di governo, delle fallimentari politiche comunitarie e del problema della pace nel mondo.

"Come sei bella Dora, hai già perso tutti i chili della gravidanza?"

"No, non tutti."

"Be sicuramente molti più di me, guarda che pancia che mi ritrovo..."

"E' troppo presto, sono passati solo due mesi dal parto. Riprendersi da una gravidanza a 38 anni non è la stessa cosa che a 20. Fidati, te lo dico io che ho provato." Mi mette la mano sul suo ventre.

"Il merito della mia forma sono queste". Sento una cucitura sopra il suo ombelico. "Slip contenitivi. Per me è importante sapere di poter piacere ancora a Sandro. Anche se non è tutto merito della natura un indumento aiuta molto!"

Beata te! Ti basta piacere al tuo uomo. Io voglio piacere prima a me stessa. Sono masochista da

51

sempre.

"Come fai ad avere tutto così pulito e in ordine?
Questa casa è enorme. Hai comunque due figli. E
tutte le sere i vestiti da cantiere di Ale. Erano il
terrore di mia madre."

"Due o tre volte a settimana viene mia cugina a fare
le pulizie. Non posso farcela da sola. Tu non hai
nessuno che ti dia una mano?"

Scuoto la testa.

"Ma sei matta? Prenditi qualcuno che ti aiuti! E'
tutto tempo che puoi usare per te stessa!"

Sì, se solo sapessi come impiegarlo. In quella città,
tutta sola, sarebbe solo ulteriore tempo vuoto da
riempire tristemente.

Lea si è svegliata. Poppata e ripartenza.

Dora ci ha preparato dei formaggi locali da portare a
Milano.

Per qualche giorno avrò con me il sapore delle mie
montagne.

"Tornate presto è così bello stare insieme" mi
abbraccia.

Diego è seduto in giardino e sta mangiando erba e
terra.

"Ciao amore della zia". Mi mette in bocca una
margherita.

Luca ed Ale si stringono in un abbraccio. Da quando
si lasciano andare a queste effusioni?

Mi avvicino e li sento confabulare.

"Ciao Alessandro. Scusami se ti ho tediato con la
mia situazione e se sono stato invadente con le mie
domande. Non ne avevo ancora parlato con nessuno
e non riuscivo a reggere la cosa."

"Che situazione Luca?"

"Questione di lavoro Marta, sparisci." mio fratello mi allontana con una spinta. "Tieni duro Luca. Sono sicuro che la cosa si risolverà presto."

Gli dà una pacca sulla schiena che credo per Luca abbia una forza devastante.

"Quando avete finito di baciarvi voi due innamorati, possiamo andare?" Sono un po' gelosa di questo legame tra loro.

Ale finge di darmi uno scappellotto. Perché con me non è dolce come lo è con Dora? Forse dovrei schiarirmi i capelli anche io per piacergli di più. Finalmente mi stringe a sé.

"Sii comprensiva con quest'uomo. E fai la brava in generale che sei sempre un pericolo pubblico." Il suo abbraccio e il suo bacio sulla testa sono un gesto d'affetto sincero. Ne ho bisogno più che mai.

"Qualsiasi cosa faccia, non me la rimandare indietro Luca. Non la rivoglio più. Fammi il favore di tenertela. Ricordati che io l'ho sopportata per 20 anni."

Scherzano tra loro. Un raro momento in cui osservo un Luca sereno.

"Guido io, mi sembri stanco..."

"Si Marta, ho bevuto troppo e sono davvero affaticato."

Mi guarda. Credo non si stia riferendo alla sua condizione fisica, ma alla difficile situazione tra noi.

6 LA VERITA' MI FA MALE...

Luca e le ragazze hanno dormito per tutto il viaggio.
Una simpatica compagnia. Io ho vagato con la mente
come sono solita fare.
Il vedere mio fratello mi ha fatto riemergere un
passato che spesso tento di soffocare. Non ho voglia
di soffrire a causa di ricordi e nostalgie, ho già un
presente che percepisco confuso ed opprimente. Che
fatica accettare serenamente il mio stato emotivo.
Milano è assonata, tranquilla e stranamente poco
caotica.
Ginevra non ha nemmeno la forza di farsi la doccia.
Si butta nel letto.
Lea dorme da due ore, non si è ancora svegliata.
Effetto aria di montagna.
Luca ha male alla testa. Ha bevuto troppo. Reggere
il livello alcolico di Ale non è facile se non sei
allenato.
"Cosa avevate da parlottare voi maschi oggi?"
"Gli ho parlato di noi" ha gli occhi cerchiati.
"Di cosa scusa?"
"Del fatto che mi eviti, che non posso toccarti e
stringerti come desidererei fare."
Mi cade la tazza dalle mani. La mia preferita, quella
che ho preso con Matteo in uno dei nostri viaggi.
Quella speciale, con la mia data di nascita.
Si rompe in quattro parti. Non è un bel segno.
Ho la fobia dei numeri sin da piccola. Mi abbasso e
guardo i cocci.
"In Giappone il numero 4 è un numero sfortunato. Si

pronuncia foneticamente come l'ideogramma della morte. Evitano con accuratezza raggruppamenti di quattro elementi. In occidente invece il numero quattro."

"Marta ti prego!! Non ora, non voglio parlare di numeri..." alza il tono. Lui detesta questa mia fissazione ". Dobbiamo affrontare questa cosa, ne va della nostra serenità di coppia!"

Rimango a terra, mi siedo mentre raccolgo i cocci. "L'hai già fatto con mio fratello." Sono ferita e umiliata.

"Non sapevo con chi trattarla. Avevo bisogno di parlarne visto che tu con me non lo fai. Forse a te basta farlo con la tua psicologa, la tua dottoressa Tulini" mani sui fianchi, cammina per la stanza. Nervoso, molto.

"Turini, si chiama Turini non Tulini". Altra fissazione, non sopporto i nomi storpiati. "Se hai bisogno di sfogarti trovati uno psicologo anche tu. Io non ho raccontato nulla a tua sorella, soprattutto nulla di privatissimo!"

"Ma che cosa stai dicendo Marta? Tu nemmeno ci parli con lei! Non la sopporti!"

Per forza è la copia di quella odiosa di tua madre. "Chi ti ha dato il diritto di confidarti con lui? Di dirgli cosa stiamo vivendo a livello intimo..."

"Cosa è che ti irrita? Che ora lui sappia di te? Del tuo problema?"

"La questione sarebbe solo mia? Bello stronzo Luca!" raccolgo nervosamente i cocci.

"Marta calmiamoci, ricominciamo. Non possiamo affrontare tranquillamente una conversazione se

queste sono le premesse."
Il problema di base è che tu hai già
abbondantemente sviscerato la cosa con chi non
dovevi.
Si siede in terra vicino a me.
"Sono preoccupato per noi. Temo che tu qui non sia
felice."
Dovevamo parlare di sesso e ora mi parla di drammi
esistenziali...come faccio a non piangere?
"Io sono felice!" rieccole le lacrime del post parto.
Seconda volta in un giorno. Solo che ora sono molte
di più.
"Credi che per me sia facile vederti stare così?"
Sospira. "Hai lasciato tutto per noi. Ti sei fatta
carico in toto di Ginevra, dei suoi amici e dei
genitori degli amici. Forse è troppo. Ha una madre
che può seguirla. E' necessario che ora svolga il
proprio ruolo. La bambina starà da lei per un po' e
successivamente vivrà con entrambi in maniera
alternata."
"Luca!! Ma senti quello che dici?! Questa è casa sua,
è il suo mondo. Lei non è un pacco postale, non la si
sposta in base ai bisogni altrui. Il mio problema non
è lei. E' la mia ancora di salvezza, il mio unico aiuto
quotidiano, l'unica persona che mi sia vicina.
Sempre."
"Quindi il problema sono io Marta?"
"No...." o forse sì, non lo capisco più. Non trattengo
più le lacrime. Sono un fiume in piena.
"Perché piangi?" Ha un tono gentile, come se
parlasse con una bambina.
"Ho rotto la mia tazza con il numero 7 e il numero

11..." Non sa la fatica che ho fatto per trovarla. E' un pezzo unico, altro che una ceramica Luigi Filippo."
...e poi mi sento in colpa nei tuoi confronti. Non sono pronta Luca, non riesco a tornare alla fase noi. Non sono riuscita a dirtelo e ti ho evitato il più possibile."

"L'ho capito Marta. Ha parlato chiaramente il tuo atteggiamento."

"Ti tengo lontano perché temo che tu voglia da me quello che ora non riesco a darti."

"Marta, io non voglio nulla e non mi devi niente se non sei pronta. Voglio solo poterti stare vicino anche semplicemente come ora" Mi prende la mano. "Se stiamo troppo lontani temo che non riusciremo più a riavvicinarci."

"E' quello che pensi?"

"E' quello che più mi spaventa." Mi accarezza i capelli.

Si sta aprendo più di quanto stia facendo io. La cosa deve essere faticosa per lui riservato com'è.

"Cosa hanno di tanto speciale i tuoi numeri 7 e 11?"

"Il sette nel buddismo è il numero della completezza. L'11 è il numero del cambiamento ed è governato da una grande forza." Odia la numerologia, non crede ad una parola di ciò che sto dicendo. Ma mi ascolta serio come se parlassi del Nasdaq e dell'andamento del mercato azionario.

Per fare felice una donna dicono basti un fiore. A me basta parlare di numeri.

"Marta, Ginevra ha espresso il desiderio di trascorrere le vacanze estive a Castione. Alessandro potrebbe trovarci una soluzione abitativa. Io potrei raggiungervi nei weekend e stare con voi qualche giorno in periodo di chiusura aziendale."

"Eri abituato a ben altro...Yacht, panfili, sorseggiare champagne con amici e con la gente che conta."

"Le cose cambiano. Ero abituato anche ad una donna splendida, una certa Marta che mi trovava irresistibile. Guarda come sono messo adesso, non mi bacia nemmeno più!"

"Che scemo che sei." gli do una spallata e lo spingo di lato.

"Piano Marta piano, per favore...tuo fratello mi ha salutato con una energica pacca sulla schiena e mi ha letteralmente distrutto. Voleva essere un gesto di incoraggiamento ma si è trasformato in un gesto debilitante."

Ale è sempre così. Pur amandoti, finisce per farti sperimentare la sua potenza fisica.

Mi alzo e prendo il gelato dal freezer. E' il mio alleato anti tristezza. Il primo cucchiaio è per Luca. E' un momento difficile per tutti. Dieta o meno, ha bisogno di dolcezza.

Mi guardo intorno. Dopo tanti mesi inizio a sentire questa casa un po' mia. Forse dovrei essere meno astiosa verso questo luogo.

C'è ancora parte della colazione sul tavolo.

"Ho pensato di farmi aiutare da qualcuno nel gestire la casa..."

"E' una soluzione necessaria Marta, questo posto è un delirio."

"Sei sempre esagerato! E' un'abitazione vissuta! Tu sei pignolo all'inverosimile!"

"E' un luogo che ha bisogno di ordine. A volte mi

vengono i brividi quando ci entro!"

"Sistemala tu! Puoi contribuire a renderla migliore, invece di criticare a prescindere! Quando è stata l'ultima volta che hai portato fuori l'umido?!"

"Cosa c'entra l'umido con il caos che regna?" mi guarda accigliato.

"Se mi occupo dell'umido, del metallo, del vetro, dell'indifferenziato, della carta e del cartone non posso occuparmi di ciò che c'è in salotto!"

"Marta io non ho tempo di pensare alla raccolta differenziata! Ti ricordo che lavoro alacremente."

"Io invece mi sollazzo tutto il giorno al bar! Credi che fare la madre sia l'equivalente di non fare nulla? Ma per favore Luca. Stai gettando le basi per un bel discorso sessista e retrogrado."

"E' impossibile affrontare serenamente un discorso con te, ha ragione Alessandro, sei univoca e testarda! Proprio come il suo cane!"

"Bene, prendiamo come modello di sapienza uno degli uomini più aperti e di larghe vedute dell'ultimo secolo, mio fratello! Insieme farete grandi cose, come rifondare la Massoneria."

Mi alzo e mi allontano.

"Marta! Il gelato!! Dove lo porti?"

"Lo porto con me, è mio! L'ho acquistato nel mio abbondante tempo libero che solitamente occupo stando sdraiata sul divano a non fare nulla!"

Discutiamo spesso così, anzi a dire il vero da quando è nata Lea lo facciamo molto meno. Ora a quanto pare stiamo tornando alla nostra sana normalità. Grazie ad una doccia lunghissima e qualche esercizio di respirazione riesco a calmarmi. Sono di

59

nuovo in pace con il mondo. Almeno per ora.

Lui è ancora in cucina, portatile sul tavolo ed agenda aperta vicino.

Mi siedo sulle sue ginocchia.

"Ti concedo un bacetto casto della buonanotte, una cosa semplice, come i baci che Ginevra dà a Mauro."

Mi fulmina con lo sguardo.

"Marta purtroppo il prossimo weekend ho un management meeting presso la consociata di Londra. Mi assento da mercoledì. Non potremo andare da mia madre."

"Ma che gran peccato che triste notizia!" e dalla profonda felicità per essermi liberata della suocera, gli regalo un bacio passionale che di casto ha davvero molto poco.

Lo lascio lì, in cucina ,sorpreso e confuso. E forse anche un po' speranzoso che il mio rifiuto per lui si concluda presto.

7 FACCIAMO FESTA!

Luca è partito.

C'è un proverbio che mi rispecchia particolarmente.

"Quando il gatto non c'è, i topi ballano."

Io nella vita ho cercato di danzare liberamente anche in presenza di un odioso gattaccio di nome Alessandro.

Ma con Luca, le mie parti trasgressive restano solo nella mia mente.

Cosa temo? Che il mio sovversivismo sia troppo eccessivo per il suo rigore e la sua moralità.

Per cui mi concedo di disobbedire quando non mi vede, non mi sente, non mi becca in pieno.
Atteggiamento adolescenziale? Forse.
Pascoli riteneva che dentro noi dimori sempre un fanciullino capace di stupirsi per le meraviglie che la vita ci offre. Il mio, oltre che entusiasta in generale, è particolarmente incline alla disobbedienza. Ma ormai ci convivo con piacere.

Giovedì. Questa sera sono un topo che balla con il tutù, ho la casa tutta per me.
Quando nasci in montagna questa fortuna non ti capita spesso.
Per i miei compagni di scuola che vivevano in città era una condizione normale. In estate i genitori partivano in villeggiatura.
I figli li salutavano con finta commozione. Non appena l'auto usciva dal cancello era la festa con la F maiuscola.
Da me questo non accadeva mai. Papà Fernando sosteneva che Castione offrisse già tutto ciò che si potesse desiderare nella vita, aria pura, montagne e tanto verde.
"Perché spendere soldi quando siamo già in paradiso tutto l'anno? Chi necessita di spiagge calde ed affollate?!"
In effetti io non ambivo ad un soggiorno marino in sua compagnia, volevo altro, il poter trasgredire liberamente nella mia abitazione, come erano soliti fare in molti.
Chi non ha vissuto disinibite esperienze sessuali nel letto dei propri genitori? IO.

Chi non si è fatto una canna o si è stordito con i fumi dell'alcool sulla poltrona del salotto, la preferita di papà? IO.

Chi non ha preparato spaghetti a mezzanotte, rendendo la cucina linda ed immacolata di mamma una zozzeria irriconoscibile? IO.

Ebbene sì, sono cresciuta con queste gravi e traumatiche mancanze. Per sopperirvi, mi sono infilata infinite volte in casa d'altri a fare tutto quello che non potevo fare nella mia.

Ho foto, custodite ben nascoste, di me in letti disfatti con bottiglie di vodka come trofeo e tanti diti medi alzati in onore di mio fratello. Eviterò di mostrarle alle mie figlie.

Questa mia triste storia pregressa, mi fa apprezzare infinitamente la libertà di questa serata tra donne che ho organizzato.

Invitate: la madre di Ginevra, Paola, Roby. Infilate all'ultimo minuto Anni e Marina, coppia che ho conosciuto al matrimonio di Odette.

Naturalmente c'è anche Mauro, unico uomo ammesso nella nostra cerchia etero&lesbo.

Non potevamo escluderlo.

Ginevra gli sta attaccando delle Extension ai capelli e lo sta truccando. Questo ragazzino è troppo buono.

Roby sta presentando al resto del gruppo dei prodotti di bellezza che commercializza per arrotondare lo stipendio da impiegata separata. Naturalmente io ho comprato quasi tutto il catalogo per aiutarla.

Paola si occupa di Lea. E' una cosa a cui non sono abituata e devo dire che mi piace molto.

Sarebbe una mamma perfetta. Chissà se lei e Odette abbiano mai pensato ad un figlio.

Si accorge che la sto osservando.

"La sto tenendo in braccio troppo? Ti dà fastidio?"

"No! Ti guardo perché sei perfetta e in completa sintonia con la mia piccola iena. Difficilmente è così tranquilla. Inoltre è molto selettiva, non sta con tutti, solo con alcuni eletti."

"Simpatica la tipa, se mi è concesso la definirei estremamente altezzosa!"

Anni mi guarda e mi sorride.

"Si, lo penso anche io, ma non volevo passare per una madre poco affettiva e deprezzante. Comunque Paola, tu le piaci molto, dovreste frequentarvi più assiduamente."

"La simpatia è reciproca, è una bambina bellissima e molto tenera. Trovo che assomigli molto alla sorella di Luca, Lucrezia."

"Stai scherzando?" il mio tono si fa meno gentile.

La cognata iper perfetta in tutto, in ciò che fa, pensa, realizza, medita, io non la sopporto proprio. Il nostro è stato odio a prima vista.

Mi avvicino alla mia piccola.

"Odette tu cosa ne pensi? Lucrezia l'hai vista per anni. Hai più possibilità di me di cogliere una eventuale minima somiglianza...inoltre avrai sicuramente preso visione di tutte le infinite foto di famiglia, dagli zero ai trentacinque anni." Sono nelle sue mani, ti prego amica cara non deludermi, non gettarmi nello sconforto.

"Che dire Marta, è difficile, Lea è tanto piccina. Forse e sottolineo forse, l'ovale del viso è somigliante. Ma non andrei oltre!" mi sorride forzatamente. E' a disagio, cerca di nascondermi qualcosa.

"Lucrezia è la famosa dermatologa che odia tutto ciò che non sia etero, di destra e fortemente convenzionale? Preghiamo che abbia preso solo l'ovale e non il carattere!"

Anni mi guarda seria.

"Secondo me è uguale alla zia Lucri" la voce di Ginevra risuona nella stanza "lo sostiene anche la nonna che sono due gocce d'acqua."

"Come uguale!?" guardo Odette che evita accuratamente il mio sguardo. Allora è vero!

"Lucrezia è una parente stretta, è assolutamente normale che vi sia una somiglianza tra loro..." Paola cerca di rimediare ma non vi riesce. "Inoltre è una donna bellissima!" sorride sperando in una solidarietà femminile.

"E' una snob classista!" esordisco io, incurante delle presenza di Ginevra.

"E' una femmina glaciale, artificiosa, innaturale, sibillina e sufficientemente perfida! Diciamo che è una grandissima stronza."

Quando Odette si è separata da Luca e ha scelto Paola, Lucrezia non è stata molto gentile con lei. Capisco pienamente il suo leggerissimo astio.

"Magari è una somiglianza momentanea, passeggera..."sorrido cercando di celare il mio disagio,"...i bambini piccoli tendono a cambiare rapidamente. Può essere che questa cosa la notiamo solo noi. Luca non si è mai pronunciato in merito. Se non mi ha detto nulla, vuol dire che non l'ha colta tutta questa similarità."

"No Marta ti sbagli! Il papi me lo dice sempre che Lea è una piccola Lucrezzina. Solo che non vuole sostenerlo in tua presenza perché sa che lei non ti piace molto".

"Sorpresa! Emergono i non detti dell'Amministratore delegato!" Marina ride divertita, io lo sono molto meno.

"Chicca mia bella, c'è altro che il papà ti dice segretamente e che io non so?" Visto che ci stiamo svelando meglio farlo per bene.

Mi fissa, non parla, il respiro si fa più profondo. La conosco bene. C'è qualcosa di importante e significativo se indugia tanto.

"Ginevra, non è molto carino che io sia esclusa dai vostri discorsi, dalle vostre vite, dalle vostre confidenze..." cerco di fare una faccia sofferente e delusa.

"Sì tesoro, Marta ha ragione. Essere depositari di una confessione altrui, pone sempre in una condizione di disagio emotivo. Ti fa sentire sporca, connivente, non chiara, non limpida."

"Infatti! Brava Odette belle parole! Non avrei saputo spiegarmi meglio".

"Siete veramente perfide! Povera bambina! Lasciatela in pace." Anni l'abbraccia.

Mi avvicino a colei che adoro come se fosse mia figlia, anzi a dirla tutta, per lei provo un trasporto emotivo specialissimo, più che per Lea.

"Parla Gina, non custodire questo peso dentro di te. Confidati con la tua Marti, cosa ti fa stare sveglia la notte?"

"Guarda che io dormo tranquillamente! Poi papà non sarebbe d'accordo, non credo voglia, insomma mi ha detto che era una cosa solo nostra."

Odette le si avvicina.

"Non pensare a lui tesoro, pensa a noi, a quanto vorremmo condividere con te i tuoi pensieri."

Grande amica Odette.

Serve un aiutino a questa ragazzina, mi sembra troppo coesa con la parte maschile della famiglia.

"Tesoro mio, diciamo che Mauro potrebbe venire una settimana in montagna con noi se vuoti il sacco."

"Due settimane, se vuoi che ti sveli il mio segreto una sola non è sufficiente."

"Sei tiranna per essere così giovane Ginevra."

"Mi hai insegnato tu Marta ad ottenere il meglio. E comunque sei una curiosa cronica, so che potresti accettare qualsiasi cosa pur di sapere!"

"Ok vada per due!" sarei arrivata anche a quattro, deve imparare che la contrattazione non vada mai interrotta così velocemente.

"Mamma! Hai sentito? Che bello! Vado in montagna gratis due settimane!!" è davvero felice questo ragazzino che con tutto quel trucco sembra più una drag queen.

"Ok Marta!" Ginevra mi guarda seria. "Non sono del tutto convinta di fare la cosa giusta. Ma ottenuto quello che volevo è corretto che io parli, il papà dice che...insomma dice...dice…che..."

Il mio cellulare suona sul più bello.

"Oddio è Luca!" più che dirlo, lo urlo.

"Incredibile ha captato che la figlia lo stia

tradendo!"

"Marina zitta! Cosa dice il papà? Dimmelo Ginevra, ho bisogno di saperlo adesso!!"

Se fosse qualcosa di terribile lo posso lasciare all'istante e minacciarlo di non rientrare da Londra! Chissà cosa ha detto di me questo calunniatore, diffamatore, linguacciuto denigratore!

"Se mi fai fretta mi viene l'ansia Marta! Non guardatemi tutte, mi agito! Il papi vuole...vuole sposarti entro la fine dell'anno!"

"Mi sposa??? Il Ferrari mi sposa!!"

E in un attimo Odette, Roby, Anni, Marina, Paola con Lea, Gine e Mauro mi abbracciano felici tra grida da stadio.

Il telefono continua a squillare.

Tutte noi ad urlare.

Sono persino commossa. Il mio amore mi mette la fede al dito! Mi vedo già avvolta in un vestito di morbido tulle.

Risponde Ginevra e mette in viva voce.

"Ciao papi, un attimo che ti passo Marta!"

Le altre intonano un inno da matrimonio popolare, sconcio ai limiti della più assoluta volgarità.

Per fortuna Luca ha partecipato solo a matrimoni da Jet Set. In quelle occasioni si eseguono unicamente canzoni di Barbara Streisand, non può capire di cosa si tratti.

"Pronto Marta?! Ma dove sei? Cosa è questo frastuono incredibile!"

"Niente amore, è la televisione, è lo stereo!"

"La televisione o lo stereo?" Quanto è pignolo, cosa gliene importa cosa sia!

"Ho acceso entrambi, così mi sento meno sola."

"Tutto bene a casa?"

"Tutto tranquillo, solita normalità. Stavo chiacchierando del più e del meno con Ginevra, tu come va tesoro?"

"Qui è tutto molto intenso. Abbiamo finito ora il briefing organizzato subito dopo il meeting. E voi?"

"Noi abbiamo finito il gelato subito dopo la pizza. E' tutto molto intenso anche qui!"

Le ospiti ridono coprendosi la bocca con le mani per non fare rumore. Io esco velocemente in giardino, vederle mi contagia.

"Pronto Marta ci sei?"

"Si si scusa stavo bevendo" col cavolo, stavo ridendo.

"Le bambine?"

"Lea tranquilla, Ginevra come sempre. Tendenzialmente è un po' ermetica. Crescendo parla meno, a volte ha bisogno di essere spronata a raccontare ciò che ha dentro." Che grandissima carogna che sono. "Luca, devo chiederti una cosa, sii sincero cortesemente."

"Dimmi..." non so perché ma percepisco un po' di apprensione nella sua voce.

"Secondo te, Lea, assomiglia a tua sorella?"

"Non ho mai notato la cosa e comunque non mi sembra particolarmente. Perché questa domanda?"

"Così, cercavo delle somiglianze in famiglia..."

"Devo scappare Marta o finirò con l'arrivare in ritardo a cena. Ci sentiamo domani."

"Ciao Luca a domani."

Mente. Come mento io. Siamo pari. Non mi devo

fare nessuna remora, nessun senso di colpa.

"Ragazze! Allontanate da me i pasticcini e la torta perché rischio di non entrare nell'abito!"

Mi assale un dubbio. E se glielo avesse confidato prima del parto? Cioè prima del mio rifiuto sessuale e tendenzialmente globale verso lui?

"Gina tesoro, questa cosa tanto bella, il papi te l'ha detta prima o dopo che è nata Lea?"

"Sia prima che dopo...me lo ha detto anche domenica in montagna."

Apro il frigo e trovo una bottiglia di prosecco in edizione limitata. Credo sia riservata alle grandi occasioni. Ma se non lo è questa!

"Ragazze festeggiamo! Se dovesse chiedere dove è finita la bottiglia l'hai presa tu Odette per una cena importante!"

"Scherzi Marta! Non sopporta gli si tocchi il vino"

"Non sopporta gli si tocchi qualsiasi cosa. Sorvoliamo." ci capiamo al volo. Difficile vivere con l'amministratore delegato Luca Ferrari.

"Brindiamo al fatto che non cambi idea e che mi porti all'altare!"

Alzo il bicchiere e beviamo questa prelibatezza.

"Se non ti sposa lui ti sposo io Marta!" Mauro mi sorride felice.

"Mauro, se provi a farti scappare una minima parola su quello che hai sentito qui, scordati le due settimane in montagna con Marta e scordati i pomeriggi con Ginevra!" come sa essere convincente Roby con la propria creatura.

"Secondo te quando sarà Marta?" Odette è allungata

sul divano. La quasi totalità della prima bottiglia se l'è bevuta lei. Infatti ne abbiamo aperte altre due.

"Io credo a novembre. Sa che ho una certa fissazione per i numeri. Potrebbe essere al mio compleanno...o il sette o il nove."

"L'abito te lo realizzo io!".

Odette è straordinaria ha uno stile unico e molto personale.

"Quando sua madre saprà che mi vuole sposare, avrà un attacco di bile!"

"Se è sopravvissuta ad una nuora lesbica, può resistere ad una comunista."

Sarà che stare tra donne rigenera. Che siamo euforiche, con un tasso alcolico più elevato del solito.

Sarà che Anni, Marina e il resto della banda hanno fumato qualcosa che non somigliava per nulla ad una semplice sigaretta, ma ridiamo per tutto il resto della serata.

Vado a letto tardi.

Fatico a prendere sonno.

Questa sera era tutto così sereno, semplice, piacevole, rilassante.

Ora sono nel più completo caos mentale.

Io, da sempre refrattaria ad ogni forma di vincolo, gioisco all'idea che sia un atto giuridico a legarmi ad un uomo.

Io, unica atea in una famiglia tradizionalmente cattolica, sogno di attraversare al navata centrale di una chiesa in abito bianco.

Cosa mi sta accadendo?

E' questo che fa l'amore? Ti acceca, annienta ciò che sei e ti trasforma radicalmente?

O più semplicemente ti fa solo sognare ed accogliere ciò da cui sei sempre fuggita?

Riuscirò ad essere una degna signora Ferrari?

Quella parte più segreta di me che celo, dovrò tenermela dentro per sempre o ci sarà modo di farla emergere senza la paura di essere rifiutata da Luca?

Oddio quante domande a cui non riesco a dare risposte.

Forse era meglio non insistere e lasciare il segreto a Ginevra.

Avrei vissuto più serenamente.

E' notte fonda quando gli scrivo, non riesco proprio a prendere sonno.

Peccato, per una volta che dorme Lea, ho perso la mia occasione per ritemprarmi.

2.12   "Luca dormi? Mi manchi..."

2.12   "Anche tu Marta. Perché non stai riposando?"

2.12   "Pensieri...."

2.13   "Non fa bene riflettere prima di dormire....come noti lo sto facendo anche io ed infatti sono   sveglio ed osservo il soffitto."

2.13   "Tu a che pensi?"

2.13   "Lavoro, ma ora smetto. Penso a te, ma non ti dico come."

2.14   "Luca! Si è svegliata Attila. Non fare troppi pensieri strani, pensa al disordine in salotto ti   calmerà eventuali bollenti spiriti! Ti amo. Notte."

2.14   "Buonanotte Marta, ti abbraccio, ti bacio e ti

sogno."

Tralasciando il fatto che non mi abbia risposto "Ti amo anche io", questo uomo è stranamente dolce, anzi è esageratamente sdolcinato. Irriconoscibile.
Vuoi vedere che ho sbagliato Luca?
Pare che l'uomo durante il tradimento cerchi maggiore vicinanza con la sua partner stabile e sia più mellifluo.
Da statistiche circa il 70% dei tradimenti avviene nei luoghi di lavoro.
Per fortuna i collaboratori a Londra con lui, sono tutti uomini.
Dopo aver allattato, posso dormire sonni tranquilli.
A differenza della ex moglie, Luca è etero convinto.

8 MA CHE SORPRESA!

"Marta! Sbrigati, così arriviamo tardissimo in aeroporto!"
"Gina fidati, i voli sono sempre in ritardo!"
Almeno nei film è così. C'è sempre qualcuno che aspetta con un cartello o con dei fiori in mano per interminabili minuti.
"Non i voli business in prima classe di papà!"
"Oddio e dimmelo prima! Io ho sempre volato low cost!"
Credo di avere preso più di una multa. Non ho alternative, il rischio è di arrivare davvero in estremo ritardo. Spero non mi segua qualche pattuglia.
Ad essere sincera con la macchina di Luca guidare veloci è un piacere. La mia Clio ormai è troppo

provata da viaggi giovanili e troppo anziana per chiederle una marcia sostenuta.

Giungiamo trafelate all'arrivo voli. Giusto in tempo. Eccolo! Elegante come sempre e sorridente. Vederlo mi procura una sorta di sfarfallio allo stomaco. Procede verso di noi con i suoi fidati collaboratori. Mi sa che mi sono persa qualcosa.

Uno di loro ha la gonna e porti i tacchi, altissimi tacchi. Gli parla a pochi centimetri dal viso e si appoggia al suo braccio.

E questa chi cavolo è?

Lui ci vede e ci raggiunge, sempre con lei vicina. Troppo.

"Ciao papà!!" Ginevra lo abbraccia.

"Ciao tesoro mio!" le dà un bacio sulla fronte, la stringe a sé.

"Ciao tenerissima cucciola!" prende Lea dalle mie braccia. Quanto affetto profuso, siamo stati catapultati in un film di Walt Disney?

"Sono stupende le tue bambine Luca!" grandi sorrisi dalla finalista di miss mondo.

Cosa è tutta questa confidenza? Perché non lo chiama dottor Ferrari? Io non mi sono mai permessa tutta questa intimità quando ero la babysitter di Ginevra.

"Comunque ci sarei anche io amore, se ti ricordassi di salutarmi."

"Ciao Marta scusami, ero concentrato sulle bambine."

Forse eri più intento a pavoneggiarti con l'oca al tuo fianco.

Il mio benvenuto è un sonoro bacio sulle labbra.

Giusto per ricordare a chi è di troppo che l'Amministratore delegato sia già occupato.

"Ti presento Elizabeth una delle nostre figure manageriali."

"Dottoressa Finardi." sorride poco convinta stringendo le sue mani sulla borsa in pelle.

"Dottoressa Rossi." come vedi sono laureata anche io. Sto diventando come mia suocera. Mi presento agli altri con il titolo accademico.

"Bene Elizabeth, grazie di tutto. La tua presenza in questi giorni è stata davvero preziosa!" le sorride e le stringe la mano.

"E' stata una considerevole esperienza. Grazie per avermi offerto questa importante opportunità."

"Te la sei pienamente conquistata!"

Quando avete finito di indorarvi vicendevolmente possiamo tornare a casa. Sempre che le lasci le mani, diversamente dovrò caricare in auto anche lei!

"A domani Luca. Buona continuazione di serata. Ciao piccolina..." Sorride e si avvicina a Lea.

"Attenta dottoressa! Temo stia per rigurgitare!" se non lo fa lei, giuro che lo faccio io.

Si allontana inorridita. Ha funzionato. La prossima volta dirò che sta per fare la cacca.

"Guido io Luca, andiamo!" spero di riuscire a sfogare la mia rabbia sull'accelleratore.

"Sai papà siamo venute volando, eravamo in super ritardo. Marta è andata velocissima."

"Davvero?!" mi guarda accigliato.

Mai andare veloci con i figli in auto, senza figli in auto, con la nonna, senza la nonna, la sua lista sarebbe infinita.

"Noooo!!! Ma figurati! Al massimo avrò toccato i 120!" a cui aggiungerei un 40, a tratti anche un 50.
Mentre guido rifletto sul fatto che Elizabeth non mi piaccia e che a lui forse piaccia troppo.
Il mio sesto senso mi dice di non fidarmi di lei. E non me lo dice a voce bassa, me lo dice gridandolo.
Mai sottovalutare ciò che senti, specialmente se lei è più bella, più giovane, più tonica e slanciata di quanto lo sia tu.
E soprattutto se gli occhi del tuo uomo la osservano con sommo ed immenso piacere.

Sono ancora pensierosa e in parte furibonda per quanto visto, mentre sistemo i suoi panni sporchi in lavatrice. Ecco cosa ti porta un uomo da un viaggio di lavoro, abiti da lavare!
Lea gioca sul tappeto morbido con Ginevra. Le sorride, le tira i capelli, richiama la sua attenzione con vocalizzi.
"Marta posso la pizza questa sera?" Ormai è il nostro pasto quotidiano.
"Scegli cosa vuoi che ne ordino due."
"Non ricordo l'ultima volta che l'ho mangiata." Luca è sdraiato sul divano. Portatile aperto per controllare le mail dell'ufficio.
Ordina una verdure senza mozzarella. Non posso crederci, carboidrati e lieviti per cena. Non è mai accaduto, ora inizio davvero a preoccuparmi.
Mangiamo sul tavolino della sala.
Non ha mai voluto lo facessimo, con o senza di lui. Naturalmente non lo abbiamo mai ascoltato, ma abbiamo sapientemente evitato di farci vedere.

Ceniamo sedute a terra almeno tre volte a settimana.
Cosa è tutta questa apertura, ricerca di normalità,
condivisione con noi?
Perché non mi ha ancora ripresa per lo scarso ordine
della stanza?
Non si è nemmeno alterato osservando Ginevra
deglutire senza masticare e sentendola pronunciare
la parola "merda" quando le è caduto il funghetto sui
leggins.
Mezz'ora dopo siamo soli, seduti vicini beviamo un
caffè. La sua mano accarezza la mia schiena.
"A cosa devo tutto questo Luca? Devi farti
perdonare qualcosa?"
"Cosa intendi? Non mi è chiaro." mi guarda e
sembra sincero, non capisce la mia allusione.
"Questo essere in sintonia con noi. Sei troppo
accondiscendente, tenero. Mi hai tradita?"
Devo imparare ad essere più vaga e meno diretta.
La vita non mi ha insegnato niente. L'ultima volta
che ho fatto la stessa domanda mi sono sentita dire
di sì. Era Marco, sono passati solo due anni.
"No, non ti ho tradita." forse mi sarei aspettata una
faccia più colpita e indignata dalla mia supposizione.
Chissà perché, ma fatico a credergli.
"Hai pensato di farlo?"
Il suo occhio destro mi sembra abbia un tremito.
Troppo tempo Luca, ci stai mettendo troppo per
rispondermi.
La verità è immediata. La menzogna necessita di
essere pensata.
"Ho avuto l'occasione. Avrei potuto, ma non ho
voluto". Mani nei capelli è nervoso.

"Con lei? Con la tua manager? E' stato inequivocabile il suo atteggiamento oggi. E anche il tuo! Non disdegni le sue attenzioni. Lavori con una donna che ti vuole e tu le dai pienamente corda."

Tipico uomo narcisista. Patologicamente bisognoso di conquistare tutto e tutti.

Sono ferita ed ho la sensazione che il mio cuore batta con più fatica.

"Sei gelosa Marta?" i suoi occhi sorridono.

"Molto. Moltissimo."

"Mi fa piacere." Si avvicina a me. Non capisco cosa lo diverta.

"Non fare passi falsi Luca. Non mi conosci così bene come pensi."

Piego i tre cartoni della pizza come se fossero tovaglioli di carta.

"Non ti farei mai del male Marta, non ti farei mai soffrire." non ride più e con una mano mi accarezza il viso.

"Io sì. Te ne farei moltissimo. Meglio avermi come amica che come nemica. Se quella supera il limite del consentito avrà vita difficile. Se lo superi tu, sei fuori dal gioco. E per me, non ci rientri più." Tolgo la sua mano.

"Sono stato sincero con te, non hai nulla da rimproverarmi, perché questa freddezza e queste parole?"

"Perché ho bisogno di mettere in chiaro alcune piccole regole. A volte mi chiedo se quello che mostriamo di noi, di entrambi, sia la realtà o se ci nascondiamo altro. Forse ci conosciamo troppo poco Luca, forse non siamo poi così sinceri tra noi."

Sembra colpito, mi osserva.

Vado verso il freezer e tolgo il gelato.

Forse ho calcato troppo la mano. Ma meglio evitare di partire con il piede sbagliato.

"Ginaaaaa scendiiiiiii".

Lui non mi sopporta quando urlo. La sua espressione è fortemente infastidita. A volte lo faccio appositamente, provo un sottile divertimento nel fare ciò che non gli piace.

"L'ho fatto io, era una ricetta di mia madre."

"Sono stupito Marta, non ti credevo capace di tanto."

"Conosci poco di me, sono capace di molto altro."

Credo che il mio inciso gli arrivi come avvertimento, non come un invito a scoprire il mio mondo.

"E' davvero squisito, posso averne ancora po' per favore mamy?"

Ginevra mi ha chiamata proprio così, mamma.

E' ancora piccola ha bisogno di usare questa parola.

"Non è troppo dolce secondo te?"

"No mamy, secondo me è perfetto." mi sorride.

"Mamma Odette e mamma Marta. Direi che tu abbia trovato una buona soluzione a questo tuo vivere in modo un po' particolare." Le batto un cinque.

"Quando vorrai tornare a chiamarmi Marta non cambierà nulla. Andrà benissimo comunque."

"Va bene. Salgo a vedere la tele." Mi dà un bacio e si allontana sorridente.

"Come fai?"

"A fare cosa? A volte sei troppo ermetico Luca!" invece capisco benissimo. Solo che mi piace sentirti sottolineare ciò che faccio di bello. Capita così raramente che tu lo faccia.

"A comunicare così con lei. Con questa facilità e semplicità. Le parli di tutto in modo così aperto."

"Dico sinceramente ciò che penso o che sento. Ad esempio ora mi viene da esprimere liberamente che sei un cretino quando accogli il corteggiamento della manager."

"Non ti facevo così gelosa, sai che denota scarsa autostima?" sorride. Sa essere proprio un vigliacco.

"In verità denota che non so quanto fidarmi di te. Sei troppo appetibile e lo è anche lei."

"Mi offendi Marta. Questo connotarmi sessualmente come soggetto senza moralità mi indispone."

"Mi spiace è quello che sento. L'immagine di voi insieme non uscirà dalla mente molto facilmente."

Si alza e raggiunge la sua sacra borsa dell'ufficio. Nessuno può metterci mano. Nemmeno custodisse i segreti del KGB.

"Ti ho portato un regalo."

E' la prima volta che mi porta qualcosa da un viaggio di lavoro.

Mi imbarazzo. Ho sempre faticato ad accettare doni. Preferisco di gran lunga farli. Dovrò approfondire la cosa con la psicoterapeuta.

Strappo la carta, non sono una da svelamento lento.

"Una tazza con il numero sette!" sorrido.

"Impossibile trovarla anche con il numero undici"

"Va benissimo così. Grazie."

Lo abbraccio.

Mi guarda in un modo che conosco bene. Ha voglia di me. Peccato che io ne abbia molta meno di lui.

Resta ad osservarmi. Vuole capire quanto può

andare oltre. E non solo per la mia fatica nell'approcciarmi al sesso, ma soprattutto per la rivelazione del possibile tradimento.

Questa invasione di campo inattesa da parte di una rivale troppo alta, troppo giovane e troppo languida mi fa pensare che forse è tempo di ristabilire una connessione con Luca.

Almeno provarci per gradi.

Inizio con il mettergli le mani sul petto. Pone le sue sui miei fianchi, inspira lentamente e appoggia le sue labbra sulle mie.

Cellulare.

"Promemoria scusa. Questo lo elimino, ho già chiamato Alessandro per giovedì." Spesso ragiona a voce alta.

Mi incollo a lui.

"Che fate di bello giovedì?" gli bacio piano il collo. Il suo profumo.

"La cantina Marta!"

"Vuoi realizzarne una qui? A cosa ci serve? Abbiamo già il garage!"

Mi stacca e mi osserva stupito.

"Marta non te lo ricordi? L'incontro alto dirigenziale presso l'azienda vinicola."

La mia faccia è sorpresa e confusa.

"La cena con gli amministratori delegati delle consociate tedesche ed inglesi..."

"Difficile ricordarlo, non me l'hai mai detto!"

"Insisto! Sono pienamente convinto di averti posta a conoscenza della cosa! E anche a tempo debito!"

Non è la prima volta che mi fa questo giochetto. Lo ha fatto anche con l'anniversario di matrimonio dei suoi! Solo che ai tempi ero ancora una sua dipendente e non la madre di sua figlia, la svista era accettabile.

Ora è imperdonabile. Questo denota la grande considerazione che ha di me!

E soprattutto implica che io debba partecipare ad una cosa del genere.

Mi viene l'orticaria. Speriamo a Lea venga la febbre. Poca e solo giovedì.

"Marta non esserne risentita, è stato un lapsus. Non discutiamo per una cosa del genere. Hai tutto il tempo per acquistare qualcosa di adeguato per te e le bambine."

"Non me ne frega niente di comprarmi qualcosa. Non ho il tempo per prepararmi mentalmente che dovrò partecipare a questa cosa odiosissima!" Inizio a perdere le staffe.

La cosa più difficile dello stare con Luca è entrare nel suo mondo. Anche per poco. E' una realtà che non mi appartiene e che rifiuto a priori. Forse sarò prevenuta ma per me è una fatica immane.

Non riesco proprio a calarmi nel ruolo della donna del grande capo piena di stile e classe.

"E' importante per me che voi ci siate. So che ti chiedo una cosa che ti costa sacrificio ma è il mio lavoro."

"Che palle....Non mi compro niente, mi prendo qualcosa dall'armadio di Odette. Inutile spendere soldi per qualcosa che non metterò più."

Mi abbraccia.

"Non cambierai mai!"

"Sono così, prendere o lasciare!"

"E come faccio a lasciarti dopo che tuo fratello mi ha confidato che non ti rivuole a casa?"

"Ma per favore, non è lui che non vuole me, sono io che mi rifiuto di stare con lui!"

"L'ultima parola deve sempre essere la tua? Mi arrendo Marta!"

Mentre scrivo ad Odette che ho bisogno del suo armadio, lo sento mormorare in sottofondo.

"Carta e vetro..." sta leggendo il calendario della raccolta differenziata che ho appeso in cucina.

"Questa sera ci penso io Marta!"

In un attimo collego il termine vetro alle tre bottiglie che giacciono vuote nel bidone in garage. Quelle che fino a qualche giorno fa erano in frigorifero, perfettamente allineate, una vicina all'altra.

"No!!! Assolutamente no!!"

"Scusa, lamenti che non ti aiuto mai!"

"Che non mi aiutavi! Tempo passato! Adesso non ne avverto la necessità, sono felice e serena, posso farlo da sola."

"Può essere che io voglia rendermi utile."

E' come i bambini, più gli vieti qualcosa e più diventa importante e fondamentale per lui farlo. Proviamo a cambiare strategia.

"Luca, tesoro, con tutti quei meetings e quei briefings a Londra, sarai distrutto." Lo spingo verso la sedia. "Ci penso io. Poi c'è tutto un modo particolare per sistemare i contenitori all'esterno dell'abitazione. Non sei esperto! Se fai pasticci mi lasciano tutto lì!"

"Allora posso imparare da te, lo facciamo insieme!"

Ma non molli mai amministratore delegato!

"A dire il vero sono un po' gelosa del mio metodo!"
"Ma cosa dici? Ma quale metodo?"
"La raccolta differenziata è una cosa mia Luca, uno spazio che fatico a condividere con altri."
"Marta ma stai bene?"
"Uno splendore! Giusto per capire oltre alla cena che non mi avevi detto, c'è altro che dovrei sapere?" non lo so, ad esempio che vuoi sposarmi?
"No direi di no. C'è qualcosa che debba sapere io Marta?"
"Mmmm no, ad ora non mi sembra. Ah no ecco, forse una cosina ci sarebbe."
E con le parole più persuasive che io conosca gli comunico che Mauro sarà nostro ospite in montagna per due settimane.
Tapis roulant velocissimo, doccia e letto, in ordine sono le cose che fa Luca dopo la splendida notizia. Non mi dà neanche il bacio della buonanotte.

9 PREPARIAMOCI AL PEGGIO.

Compere per le grandi occasioni. Centro commerciale rigorosamente in periferia.
"Gina che ne dici di questo?" vestitino elegante rosa con cinturina con roselline.
"Non mi convince..."
"Così?" stessa versione ma in azzurro
"Mamma mi sembrano i vestiti che mi compra la nonna!!"
Oddio che orrore mi sto trasformando in mia suocera Jacqueline, riappendo l'abito.
"Senti Ginevra prenditi quello che ti piace. Qualsiasi

cosa ti faccia stare bene e a tuo agio. Unico vincolo non superare i 50 euro."

E' una ragazzina molto fortunata. Vive in una casa che in molti sognano. Disordinatissima ma spaziosa ed accogliente. Sa già fin da ora che avrà accesso senza problemi alle migliori università. Ma voglio che impari l'importanza ed il valore dei soldi.

Suo padre è un uomo da stipendio da brivido. Ma lei è Ginevra. Non deve pensarsi come la figlia di, la moglie di...deve immaginarsi come un soggetto autonomo, capace di vivere seguendo le proprie inclinazioni e prendendosi cura di se stessa. Da ogni punto di vista, anche economico.

"Mamma ho trovato!"

Tutina anni ottanta, come quelle che indossavo io, con spalline sottili. Blu con margherite enormi. Stringe in mano anche un capello di paglia da bambino. Bianco con fascia cobalto.

"In tutto sono 39.90. Abbino la tuta al giubbino di jeans e alle ballerine gialle!"

"Perfetto ragazza. Ricordati che il giubbino va lavato, è sporco di gelato. Le ballerine vanno passate con lo sgrassatore sono lerce. Possiamo farcela per giovedì".

So che Luca avrà da ridire. Forse potrebbe arrivare a strappare le pubblicazioni di nozze!

Per Lea optiamo per un vestitino leggero lilla.

Ora tocca a me. Voglio far sparire questa antipatica pancetta almeno per un giorno. Pancetta è un vezzeggiativo, in realtà è molto di più.

Negozio di intimo economico. Devo trovare velocemente ciò che mi serve. Ho già superato il mio tempo tolleranza consentito per gli acquisti.

"Ciao posso aiutarti?"

"Non devi aiutarmi, devi salvarmi" le spiego cosa mi serva, non sono sicura che capisca e che possa risolvere il mio problema. Serata importante, pancia post parto, qualcosa di sexi ma non troppo. E che costi poco!

"Tutto chiaro, cerchi un body contenitivo!"

"Appunto!" mi sfuggiva solo il nome! Oltre al fatto che non sapevo nemmeno esistesse davvero.

"Che coppa hai?"

L'unica che conosco da una vita è la fantastica coppa del nonno. Prima di allattare, non sapevo neppure che il seno venisse misurato come un gelato.

"Senti fai tu." Sollevo la maglietta e le mostro il distributore lattiero caseario coperto da reggiseno per l'allattamento.

"Tutto chiaro!" incredibile questa ragazza è un portento.

Entro nel camerino.

"Jessica scusa, se non sale con facilità vuol dire che devo tirare tantissimo o che è piccolissimo?"

"Non tirare, ferma! Serve una taglia in più."

Oddio ha ragione Ale, ho messo un sedere di troppo. Ecco, questo va decisamente meglio. Guardo il cartellino. Sono una donna diversa con soli diciannove euro e novanta.

Scollatura generosa. Schiena nuda per più della metà. Reggiseno leggermente imbottito che aumenta, solleva, schiaccia, rimodella, insomma fa tutto lui. E l'effetto è davvero sorprendente. Stoffa sulla pancia modello bustino con le stecche del 1800. Mai vista

85

così piatta nemmeno prima di partorire. Incredibile.
Colore nero lucido.
"Come va?" mi chiede Jessica.
"Fantastico!! Ma non è troppo sfrontato?"
"Certo che no. E' l'equivalente della parte superiore
di qualsiasi vestitino estivo". Il suo sorriso è
rassicurante.
"Cavoli mamma che bella che sei. Che seno grande
ti fa, mai visto così. Secondo me il papà è geloso,
non sono sicura che te lo faccia indossare..." è
davvero preoccupata.
"Si, credo anche io che la cosa possa seriamente
infastidirlo. Ne prendo due Jessica, blu e nero.
Grazie cara."

Odette e Paola ci aspettano a casa. Lascio Lea e
Gina con la mia babysitter preferita.
"Non vedevo l'ora di godermele un pò".
"E io non vedevo l'ora di lasciartele. Bello quando i
desideri collimano!"
Ho bisogno di parlare da sola con la mamma di
Ginevra.
Mi infilo il body.
"Io credo che la gravidanza ti abbia fatto davvero
molto bene. Hai un aspetto più florido."
"Lo dice anche Luca. Io non ne sono così convinta."
"Sei molto più sensuale e sinuosa. Se tu non fossi la
futura moglie del mio ex marito penserei di farti una
corte spietata."
"Odette mi stai guardando in un modo strano!
Smettila mi imbarazzi!"
Mi sorride.

"Spiacente Marta ma mi attrai!"

"Davvero? Non avrei mai pensato di piacerti. Credo che andremmo d'accordo, saremmo una coppia ben assortita. Se non volessi così bene a Paola potrei farci un pensierino. Non sono mai stata legata ad una donna, sarebbe comunque molto meno faticoso che stare con Luca."

Mi sorride, sa bene di cosa parlo.

"E' un uomo complesso ed impegnativo. Io comunque ho sempre avuto il sentore che foste destinati a stare insieme. Gli sei piaciuta da subito. Lo conosco bene."

"Dici che è troppo volgare se lo indosso senza niente sopra?"

"No non è volgare Marta. E' solo sexy."

"Appunto cosa che mi mette terribilmente a disagio. Non mi ci vedo, non mi rispecchia"

"Vieni siediti. Il problema è che stona un po' con la tua aria da ragazzina acqua e sapone".

Mi pettina i capelli con le mani. Aggiunge qualcosa di profumato. Mi applica dell'ombretto nero e del rossetto rosso.

"Ecco sei pronta! Ora è tutta un'altra cosa! Specchiati"

"Santa Odette!! Ma io non sono capace di trasformarmi così!"

"Certo che lo sei! Provati questo intanto."

Troppo elegante, mi condiziona, non credo riuscirei nemmeno a muovermi vestita così.

"Odette, Luca non ti ha mai tradita?" questo vestito non mi piace proprio su di me, "C'è una manager del suo staff che si è praticamente offerta a lui durante il viaggio a Londra."

Sospira e mi passa un altro abito.

"Per posizione in azienda e prestanza fisica, avrà
sempre una donna pronta a buttarsi nel suo letto o
sulla sua scrivania." Fantastico! Mi aspetta una vita
di sofferenza. "E' un uomo con principi morali molto
rigidi. Sono stata io a tradirlo. Fino a quando non
abbiamo ufficializzato in famiglia la nostra rottura
coniugale non ha avuto storie con altre donne."

"Quindi posso fidarmi di lui?"

"Si, non ti tradirebbe mai Marta ne sono sicura."

"Io non ne sono così convinta Odette, ho uno strano
presentimento. Credo che lui abbia un parte
impenetrabile, meno morigerata, meno integerrima.
E' come se avvertissi una parte di lui completamente
opposta a ciò che mostra."

Mi guarda seria e mi allunga un bellissimo pantalone
etnico verdone con elastico alla caviglia e ampia
cintura di stoffa in vita. Abbina una giacca maniche
corte in lino nera e stivaletti scamosciati leggerissimi
bassi.

"Non ho mai riflettuto su questa cosa Marta" sembra
colpita e impensierita.

"Forse mi sbaglio ma c'è qualcosa di lui che mi
sfugge." mi guardo allo specchio, "Direi che così io
possa affrontare la serata senza sentirmi a disagio!
Grazie Odette!"

"Ci sarà anche la manager Marta?"

Non ci avevo nemmeno pensato...

"Oddio credo di sì..."

"Allora togliti la giacca! Sarà così occupato a
controllare te che non si accorgerà minimamente di

lei. Il suo punto debole è la gelosia."

"Peccato sia anche il mio, finirò con l'ulcera a furia di pensarlo con altre!" sospiro.

"Ci saranno sicuramente anche Jacqueline e Lucrezia. Non mancano mai a queste serate mondane."

"No, ti prego, non me l'ha detto!" veramente sono molte le cose che non mi dice.

"Fatti coraggio cara." mi mette una mano sulla spalla.

"Credo che sarà la serata più tediosa e pesante degli ultimi mesi."

Ceniamo da loro, Luca mi ha avvertita che tornerà molto tardi.

Quanto mi piacerebbe se abitassimo più vicine.

Oppure tutte insieme in una grande casa.

Io rivaluterei l'idea dell'harem.

Lo attualizzerei e lo sdoganerei da un'idea maschilista e sessista. Lo penserei piuttosto come una forma di forte vicinanza e solidarietà tra donne.

Sono così serena in questo momento in loro compagnia.

E' così facile capirsi. Ogni gesto è così normale, immediato, sincero.

L'autenticità e la semplicità di ciò che provo guardando questo mondo tutto al femminile, con due generazioni riunite, mi fa riflettere sul mio bisogno di un uomo.

Non un uomo qualunque, uno come Luca. Un uomo difficile, abituato a gestire potere e responsabilità. E' la parte razionale, precisa, educata, morigerata che io non ho. Se lo penso lontano da me, mi manca l'aria. Se lo penso vicino è una battaglia quotidiana tra due mondi distanti.

Tutto questo caos primordiale troverà mai una forma propria?

L'unica certezza che ho ora è che questo appartamento colorato, a metà tra un laboratorio e un'alcova, sarà il rifugio in cui troverò riparo nelle mie tempeste. Il mio porto sicuro per qualsiasi cosa mi possa accadere.

Non so se sia l'idea di questa grande famiglia tutta al femminile, o il pensiero dell'impegnativo legame con il padre di mia figlia, ma inizio a piangere.

"Marta tesoro!!???!!"

Odette e Ginevra mi stringono. In questo caldo abbraccio sento per la prima volta, dopo tanto tempo, di non essere sola.

Rincasiamo tardi. Sono le 22.00. Ginevra è troppo stanca per ripassare storia, proveremo a farlo domani mattina.

Aspetto Luca sul divano. Leggo. Non mi accorgo nemmeno di addormentarmi.

Sogno.

Sono in cucina. Luca mi bacia, mi accarezza, lo guardo non è lui, è Marco il mio ex.

Mi allontano ed inizio a cercarlo nella stanza. Lo spazio è immenso, provo a camminare ma i piedi non si sollevano. Non ho le scarpe. Lo vedo in lontananza. Lo raggiungo a fatica dopo interminabili passi. Gli sono vicino. E' avvinghiato ad Elizabeth, stanno facendo sesso insieme. Sorride mentre mi guarda.

Mi sveglio sudata. Ho il cuore accelerato.

Sono le 23.00 non è ancora tornato.
Luca avrà anche rigidi principi morali secondo
Odette, ma io ho paura che il mio sogno sia
premonitore.

Luca ore 21.00 ufficio
Sono ancora qui, è tardi, dovrei essere a casa.
Attraverso i corridoi ormai vuoti. Sono l'unico
rimasto. Come spesso accade.
Scorgo inaspettatamente Janette indaffarata alla sua
postazione.
"Buonasera Dottor Ferrari. A domani." mi sorride
dolcemente.
"Ancora qui?"
"Sto ultimando alcune cose per la riunione del dottor
Burzetti. Desidera che la presentazione dei dati sia
perfetta. La sua segretaria aveva un impegno
improrogabile e mi sono offerta di farlo per lei. Sto
visionando la proiezione delle slide e controllando il
materiale cartaceo che sarà condiviso con il gruppo.
Come appreso negli anni di studio, oltre ad una
buona capacità di public speaking il team leader
deve curare ogni dettaglio."
Voglia di emergere. Ambiziosa e preparata.
Bel sorriso, bel corpo, bella mente.
Forse questa ragazza è sprecata nel ruolo di
receptionista.
Sfoglio la cartellina sul bancone. Perfettamente
concepita, non è lo stile di Burzetti, lo conosco bene.
"L'hai realizzata tu?"
"Si, mi sono permessa alcune modifiche per rendere
il tutto più diretto e incisivo."

"Ottimo lavoro."

Il suo sorriso è compiaciuto e suadente.

Indugio sulle labbra e sulla sua scollatura. Coglie perfettamente cosa io stia osservando e non mi dà l'impressione di essere a disagio.

Non lo sono nemmeno io per ciò che sto facendo.

"Puoi terminare il tutto domani mattina, la riunione è fissata per le 11.00. Non mi sembra il caso tu rimanga qui."

"Si dottore, se ha la cortesia di attendermi...non amo attraversare il parcheggio sotterraneo a tarda ora in solitudine."

Come negare un aiuto ad una donna.

Raggiungiamo l'ascensore.

Si tocca i capelli lunghi e lisci. Sostiene il mio sguardo senza difficoltà.

"Beviamo qualcosa Janette? C'è un locale molto carino qui vicino."

"Con piacere dottore."

Non cerco un finale passionale.

Ho solo bisogno di due occhi puntati nei miei, in cui io possa leggere quel desiderio che in Marta non ritrovo più.

Per quanto possa essere riprovevole il mio atteggiamento, ne avverto fortemente la necessità.

Non ho mai mischiato lavoro e storie di letto.

Ho sempre tenuto le cose ben distinte. Non voglio problemi nella mia attività. Ed in generale non voglio implicazioni affettive per fare semplicemente del sesso.

Per ottenerlo ho sempre pagato. Molto e profumatamente.

In cambio ho ricevuto ciò che cercavo, corpi perfetti ed attraenti. Pochi sorrisi, baci e carezze. Ma questo non era ciò che inseguivo e a cui ambivo.

La prima volta fu mio padre ad introdurmi in questo mondo.

Un suo personale regalo per i miei diciotto anni. Mi disse semplicemente che mi avrebbe mostrato il lato migliore della vita.

Raggiungemmo una elegante villa in Svizzera. Un bordello di altissimo livello.

Fui terribilmente schifato dal suo gesto, dalla sua becera considerazione del corpo femminile, dalla sua meschinità verso mi madre e scarso rispetto per me.

Anni dopo ci tornai per gioco. Un regalo degli amici più cari per il mio master.

Scoprii un mondo lussurioso a cui mi abbandonai con estrema curiosità e piacere.

Smisi di frequentarlo nei due anni felici con Odette. Dopo la nascita di Ginevra tornai. Non eravamo più nulla. Né coppia felice, né complici, né amanti.

Cecilia era troppo fredda, poco fantasiosa e poco incline alla sessualità per farmi allontanare da questo mio gioco.

Con Marta è stato diverso. E' stata attrazione pura. Mentalmente libera da schemi che limitano il proibito. Erotica, passionale ed impudica. Scoprire questo suo lato è stato sorprendente per me.

Questa è lei. O forse dovrei dire lo era.

"Dottore, mi sembra pensieroso..."

"Luca, questa sera sono solo Luca per te Janette."

Forse sto venendo meno al mio proposito, sto mischiando lavoro e piacere.

Marta, casa Ferrari ore 23.30

Fatico ad essere lucida, continuo ad immaginare Luca con Elizabeth.

Mi faccio una doccia. Mi aiuta. Mi sembra che l'acqua porti via le mie angosce, le mie ansie. Occhi chiusi, scroscio sul viso.

Li riapro e lui è davanti a me.

Mi fa trasalire. Anzi non, mi terrorizza completamente.

"Cazzo Luca!! Non lo fare mai più!"

"Pensavo mi avessi sentito entrare! Non volevo spaventarti!" cosa ci trovi da ridere lo sa solo lui.

"Come posso sentirti sotto la doccia mentre sono occupata a pensare!"

"Dormono?"

"Si, Lea ancora per un'ora."

Si spoglia, butta tutto a terra. Anche il completo blu. Gravissimo errore, non passo l'aspirapolvere da almeno tre giorni, pensandoci bene, forse sono cinque. Devo cercare qualcuno che mi dia una mano in casa, l'ho detto ma non l'ho fatto.

Entra con me. Guarda il mio corpo e mi bacia.

Nel medesimo istante dalla radiolina esce l'urlo di Tarzan. Con Cita e tutte le scimmie urlanti della foresta.

Piega la testa in avanti.

"Non ci posso credere, tempismo perfetto. Ti aspetto?"

"Vuoi consumare tutta l'acqua del pianeta? E' pianto da colica. Sarà lunga."

Mi asciugo come riesco e sono da lei. Tra

pacchettine sul sedere, ninnamenti, saltelli tipo aerobica, qualche passo di latino americano e qualche raccomandazione ai santi protettori cerco di farla riaddormentare.

Speranza vana.

Ogni volta che smetto di muovermi e provo di farla sdraiare ricomincia a piangere. Sarà una lunga e faticosa nottata. Mi accascio stremata sul lettino alle quattro.

Rivedo Luca al mattino. Mi chiede di portare il completo in tintoria. Credo abbia fatto da panno raccogli polvere. Non oso pensare in che stato sia.

Sveglio Ginevra e ripassiamo storia. E' un po' incerta. Si offre di accompagnarla lui a scuola.

Prima di uscire le scrivo tre date sul polso con calligrafia minuta ma chiara.

"Se ti interroga buttaci un occhio. Non farti beccare, mi raccomando."

"Ok mamma, so come si fa, me lo hai già spiegato per scienze."

Dovrei salutare Luca ma sinceramente non so se sia il caso di guardarlo ora.

Ci provo...

Non ho fatto una cosa poi così grave per meritare questo sguardo di disapprovazione.

"Ciao amore, buona giornata! Ti aspetto per una doccia?" provo a buttarla sul lato fisico.

"Aspettami per chiarire alcune cose! Cercherò di tornare presto."

Tre date! Tutto questo per tre date! Il concetto di base l'ha capito, poi non tutti sono portati per i numeri. Oltre il fatto che è storia passata.

Importantissima ma siamo ancora alle crociate.
Chissà se studierà mai anche qualcosa di recente.
Come la grande protesta di piazza Tienanmen a
Pechino nel giugno del 1989. Anche questa è storia.
Storia di lotte di giovani universitari per i propri
diritti, per il proprio futuro.

10 RAMANZINA PER MARTA

Il giorno trascorre tra mille cose
da fare, compresa la tintoria, ed "è subito sera...".
Quasimodo nella sua poesia ermetica si riferiva alla
brevità dell'esistenza umana.
Io mi riferisco al fatto che a breve rientrerà
l'amministratore delegato Dottor Ferrari che mi
riserverà una filippica infinita su quanto occorso
questa mattina.
E così è.
18.30 macchina nel vialetto. Credo sia capitato solo
una volta nell'ultimo anno. Quando ha avuto
l'influenza. Ginevra spegne la tele e corre in camera.
Io nascondo il cioccolato nel forno. E' fissato che le
coliche siano causate da quello.
Se mi bacia so di dolce e di cacao. Mi scoprirà
subito.
"Eccomi Marta!" scuro in viso.
Qualcosa mi dice che non sarò la prescelta per le
effusioni serali.
"Ciao Luca! Giornata impegnativa?"
"Pensieri piuttosto preoccupanti! Soprattutto dopo
quello che ho visto questa mattina!"
"Luca erano tre date!" chissà se sapesse che in

scienze abbiamo scritto tutte le proprietà delle alghe nell'astuccio.

"Non è tanto quello che hai scritto, ma l'insegnamento che lei trasmesso! E' del tutto amorale".

Mani sui fianchi. Apre il frigo. Se scopre adesso che non c'è il vino è finita.

Prende solo dell'acqua. Nemmeno guarda il resto, per fortuna.

"E' questo che le insegni Marta? A trovare la strada più scorretta e meno impervia per raggiungere l'obiettivo? A puntare sulla menzogna ed il raggiro invece che sull'onestà personale?"

"Quanto la fai lunga! Le ho solo mostrato che a volte basta un piccolo accorgimento per pararsi il culo nelle difficoltà".

"Potresti usare un modo di esprimerti più consono?"

"Luca non ti sopporto quando fai il moralista perbenista."

"Io non gradisco il tuo modo di comunicare con me e soprattutto non mi piace ciò che passi a Ginevra. Non è questo che voglio per lei."

"Oh, bello mio! Quanto ho conosciuto tua figlia non salutava il portiere del palazzo nonostante lui le desse il buongiorno e le chiedesse come stava. Non ringraziava la governante che le rifaceva il letto e le buttava le mutande nel cestone della biancheria. Non considerava nessuno al di fuori della vostra di cerchia di snob arricchiti." Adesso quella scura in volto sono io. "Tu e tua madre avete cresciuto una bambina trasformandola in altezzosa stronzetta, tutta bon ton e apparenza. Per cui, non mi rompere per tre date scritte sul polso."

E' il mio punto debole da sempre, trasformo ogni discussione in una guerra. Non ho la minima capacità di mediare.

Se fossimo in una partita di calcio, io sarei la perenne espulsa per entrata a gamba tesa.

Mi manca completamente la cosiddetta "via di mezzo", o ti ignoro nel più totale silenzio o ti aggredisco nella più totale loquacità.

Avrei molto altro da dirgli, ma la nostra situazione di coppia è già sufficientemente delicata, meglio concludere qui.

Questo sarebbe il mio intento, peccato che lui abbia la malaugurata idea di uscirsene con una frase a dir poco infelice.

"Quale immensa fortuna per mia figlia averti incontrata nel suo incedere lungo la vita. C'è altro che le hai insegnato? Raccontamelo lentamente, così che io abbia modo di prendere appunti, sapiente compagna."

Mai sfidarmi apertamente.

"Educo tua figlia a valori di base come la solidarietà, l'amore per il prossimo e il rispetto, qualità che forse tu ti sei dimenticato di infonderle."

Tolgo il cioccolato dal forno e ne metto in bocca un pezzo.

"Le insegno ad essere critica e a non accettare qualsiasi cosa a priori, ma soprattutto, caro amministratore delegato, le insegno ad essere furba. Sai perché?"

Naturalmente non aspetto la sua risposta.

"Perché è una donna e come tale troverà sempre un

maschio che vorrà controllarla. Un uomo che si arrogherà il diritto di penetrare nel suo mondo imponendole regole e modi di vivere, senza rispettare ciò che lei è e che lei pensa."

"Stai divagando Marta, l'argomento di partenza era il tuo insegnamento scorretto, non la difesa del mondo femminile."

"Sentimi bene Luca, se non ti piace quello che dico o non ti piaccio come madre, trovatene un'altra. Prenditi la manager. Aspetta sicuramente solo quello!"

Ho passato la precedente notte in bianco ed una giornata di corsa con una bambina urlante in braccio.

Vedi di non dire una parola di più, potrei sfogare su di te tutto quello che non posso fare su altri.

Vado in camera di Lea e resto lì per tutta la sera.

Inizia a cucinare per tua figlia ed occuparti di lei dottor Ferrari.

Non lo fai mai.

Luca

Faticoso. Non c'è altro modo per definire il rapporto con Marta.

Avrei avuto molto altro da dirle ma quando è così non ti lascia modo, non ti lascia spazio.

Non volevo che la discussione prendesse questa piega.

So che Ginevra è una bambina migliore da quando c'è lei.

Volevo solo che capisse che non approvo il suo metodo, ampiamente criticabile, in ambito scolastico.

Gradirei che Marta fosse più malleabile, meno rigida

e più tollerante verso le critiche.

Non riusciamo mai a ragionare sulle piccole cose, finiamo a discutere pesantemente di grandi sistemi.

Non si è portata il gelato in camera. Glielo porterò io.

Prima però devo preparare qualcosa per Ginevra.

Il frigo è come il salotto. Tutto in disordine. Se esistono i cassetti per la frutta e la verdura perché ci mette il formaggio? Io non la capirò mai. Manca il vino. Non una bottiglia ma ben tre.

"Papà, perché hai cucinato tu? Dove è mamy?"

"Marta vuoi dire"

"Voglio dire la mamma, avete litigato? Se non vuoi, le date non le scrivo più papà!"

Le si incrina la voce. Piange.

"Ginevra! Cosa succede?"

Non riesco a vederla così. Le abbiamo già fatto male in passato Odette ed io.

"Non voglio che litighiate per colpa mia".

"Tesoro, Marta ed io abbiamo un modo molto animato di discutere e la responsabilità di questo non è tua, ma solo nostra."

"La sposi ancora papà? La mamma non va via?"

Sposare Marta è l'equivalente di un gesto sadico-masochistico. Ma nonostante tutto lo voglio ancora e curiosamente più di prima. I misteri dell'amore.

"Si! E tu mi accompagnerai all'altare."

"Davvero?"

"Promesso, non vorrei che lo facesse nessun' altra."

"Papà finisco da sola la cena. Porta il gelato alla mamma."

Le do un bacio. Non sono mai stato un padre avvezzo a gesti fisici ed affettuosi, ma questo è davvero sincero.

"Cosa le porto? Affogato al cioccolato o fragola e limone?"

"Affogato papà!"

Nessun rumore dalla stanza. Forse dormono entrambe. Apro. Lea riposa. Marta scrive.

"Cosa fai?" mi avvicino.

"Scrivo..."

"Non sapevo lo facessi...Da quanto coltivi questa passione?"

"Da un po', un mese circa."

"Posso sapere di cosa scrivi?" Mi siedo vicino a lei. Finiamo sempre con lo stare per terra.

"La nostra storia."

"Stai scherzando?"

"No, sono serissima. Ho sempre nuovi spunti per rendere la narrazione meno noiosa."

Si riferisce chiaramente alla discussione di poco fa.

"Verranno anche tua madre e quella simpaticona di tua sorella dermatologa giovedì?"

"Marta, ti prego, non la appellare in questo modo! Sì, saranno presenti."

"Che bella compagnia! Non vedo l'ora."

"Ci sarà tuo fratello..."

"Sai che roba! Voi siete simili. Entrambi volete cambiare ciò che sono. E io cretina invece di mandarvi a quel paese continuo ad amarvi. Cosa mi hai portato? Cosa ha mangiato Gina?"

"Affogato al cioccolato. Ha mangiato prosciutto cotto e zucchine bollite"

"Bene domani sarà pronta per una appendicectomia. Le hai fatto una cena da pre operatorio."

"Sei critica a livelli incredibili" apro il gelato e glielo imbocco.

"Non voglio la panna, voglio il cioccolato e la granella. La panna la lascio per te, a me non piace."

"Sono felice di sapere che mangio gli scarti degli altri. Marta scusa le tre bottiglie di vino che erano nel frigo?"

"Le abbiamo bevute quando eri a Londra. Paola, Odette, Roby, Anni, Marina ed io."

"Erano vini abbastanza esclusivi."

"Anche noi lo siamo. Ci siamo prese ciò che ci meritiamo!"

"Quindi hai bevuto in allattamento!?"

"Sì e ho mangiato cioccolato. Ho fumato anche due sigarette di Marina."

"Bene, c'è altro?"

"La tua ex moglie mi ha detto che sono una bella donna e ci farebbe un pensierino sul farmi la corte."

"Odette deve essere impazzita...."

Non credo che la lista delle verità di Marta sia finita, chissà perchè mi aspetto altro.

"Ieri dalla finestra ho guardato il fisico giovane e prestante del giardiniere di Patrizia, la nostra vicina di casa. E dulcis in fundo verrò alla cena vestita a modo mio e non come piacerebbe a te."

"Chi è il giardiniere?"

"Non lo so, ma quando torna a tagliare la siepe mi informo. Così nei miei sogni erotici lo posso chiamare con il suo vero nome".

La stringo. La bacio. E' completamente matta questa donna. Ginevra ci sente ridere. Entra e si butta su di noi. Diventa un abbraccio a tre. Anzi a quattro si è svegliata anche Lea.

11 STASERA MI BUTTO

"Rientro per le sedici oggi Marta"
Si certo! Andrà già molto bene se sarai tra noi per le
17.30.
"Hai cortesemente ritirato il completo blu in tintoria?
Vorrei indossarlo questa sera."
Vestito? Tintoria?
"No! Mi sono dimenticata, vado oggi. Non hai
niente di sostitutivo da metterti? Qualcosa di meno
formale?"
"Marta non è una scampagnata tra amici. E voi come
sarete?"
"Formalissime, molto molto formali. In modo
imbarazzante direi."
"Mamma il giubbino per questa sera è pronto?"
occhi supplichevoli di Ginevra.
"Oddio no...vado a metterlo in lavatrice. Ci metto
anche il tuo vestito e anche quello di Lea. Non te
l'ho ancora lavato!". Se il blu dovesse stingere, Lea
avrà un vestito bicolore.
Devo pulire anche le ballerine. Spero di avere ancora
lo sgrassatore.
Escono.
Parto con il sistemare casa. Lea oggi si è svegliata
con il sistema solare completamente ribaltato altro
che luna storta.
Alle 10.00 spesa. Non abbiamo niente per pranzo.
Farmacia per integratori Luca. Panificio per pane di
soia. Tintoria e si torna a casa.

Allatto. Svuoto asciugatrice, la riempio con altro.
Piego i panni asciutti. Stiro, sistemo il tutto negli
armadi. Pulisco i bagni perché fanno spavento.
Preparo il pranzo per Ginevra e passo da scuola a
prenderla in macchina.
Bagnetto a Lea e aiuto Ginevra a sistemarsi i capelli.
Naturalmente sono le diciassette e quarantacinque e
Luca non è ancora arrivato.
Macchina nel vialetto. Frenata e rumore plastico.
"Oddio credo che tuo padre abbia preso in pieno il
vaso del basilico!"
"Martaaaa! Cosa ci fa questo in mezzo al vialetto? E'
sempre stato vicino al garage!" la sua voce mi
sembra poco affettuosa. Mi indica ciò che fino a
poco fa, era un sapore dell'orto. E' furioso.
"Gli volevo far prendere un po' di sole! Luca mi hai
investito anche il rosmarino!"
"Spera solo che non si sia rovinata la carrozzeria!"
Mi inginocchio. Oddio magari un filino graffiata lo è.
Pulisco con la maglietta.
"Non si nota nemmeno! Come nuova!" più o meno
insomma, meglio non controlli.
Ginevra e Lea sono in salotto già sistemate.
"Papi ti piaccio?"
"Sei molto...molto particolare! Del tutto singolare!
Scusa tesoro, mai il cappello è maschile!"
"La mamma mi ha detto che il cappello è di chi lo sa
portare."
Io ascolto il tutto nel bagno. Capelli pettinati indietro,
un po' scompigliati. Ombretto nero, molto mascara e
rossetto indelebile rosso.
"Pronta!"

Mi guarda. Anzi no, sarebbe più corretto dire che mi osserva con estrema attenzione. Dall'alto al basso. Indugia sulla scollatura e si acciglia sul pantalone. Gli stivaletti poi sono il colpo grazia.

"Marta tu verresti vestita così?" il suo sguardo comunica più delle parole.

"Ho anche la giacca. Ti sembro troppo scollata?"

"Diciamo non poco. Immaginavo qualcosa di più elegante, meno sportivo e meno......"

"Volgare?"

"Preferirei usare il termine vistoso!"

Guarda il decolté.

"Ti piace Ferrari? Allora questo body fa veramente miracoli! Forza Ginevra, ci aspetta una bellissima serata con la nonna e la zia!"

E' pensieroso. E' ancora in ufficio con la mente.

"Sei tra noi Luca?"

"Si si scusa, Marta non ho terminato di visionare alcune cose."

Chissà perché ma non credo si tratti solo di questo.

"Ci sarà qualcuno di simpatico a questa festa? Escluso le tue parenti che sono sempre gradevolissime"

"Marta ti prego Ginevra ci ascolta." Sapessi cosa sente di solito su di loro!

"Ci sono alcuni dirigenti abbastanza piacevoli delle consociate inglesi."

"Piacevoli nel senso che sorridono alle freddure su temi di economia e politica comunitaria? Un vero spasso..."

"Ti prego Marta, fingi di reputare gradevole la loro

compagnia. Per me questo è lavoro."

E' serio.

In modo diretto mi rammenta di contenermi e di evitare argomenti di conversazione imbarazzanti e rischiosi.

"Non toccare il tasto politica per favore, hai posizioni troppo estreme. Ti consento invece di esprimere liberamente il tuo disgusto nei confronti di Keller. Amministratore delegato della consociata tedesca. Un emerito spocchioso, superbo e presuntuoso. Verso di lui ti concedo ogni cosa."

Poco prima del luogo che ci attende, c'è una zona industriale.

Movimento all'esterno di una ditta. Bandiere della Fiom. Gli operai picchettano l'ingresso. Fuori dal cancello un camper, una tenda e tavoli dove stanno cenando.

"Hai visto Luca? ..."

"Cosa?"

"Gli operai, stanno manifestando..."

"Non ho notato"

"Mi fanno stare male queste cose..."

Non mi risponde, non raccoglie il mio pensiero e la mia apprensione.

E' evidente che la cosa interessi solo me.

Il parco macchine dell'azienda vinicola è da grandi inviti.

Lea ha bisogno di essere allattata.

Succhia il suo latte con tutta calma in una stanzetta appartata. Non ho nessuna fretta, non ho proprio voglia di unirmi alla festa. Potrei rimanere qui, non se ne accorgerebbe nessuno.

Penso ai lavoratori che sono fuori dalla loro azienda a lottare per i loro diritti. Mi sento a disagio. Un tempo sarei stata al loro fianco con il mio inseparabile Matteo, compagno di svariate battaglie. Oggi sono qui come donna dell'amministratore delegato con il compito di tacere, sorridere fintamente ed annuire.

Incredibile come possa cambiare l'esistenza di una persona.

Mi rimetto la giacca, mi sistemo i capelli, aggiungo un po' di ombretto ed esco a cercare Luca.

"Forza Marta, vediamo se sei abbastanza convincente nella parte della futura signora Ferrari."

Uomini vestiti tutto allo stesso modo. Completi blu o grigi, orologi in bella mostra, sorrisi.

Donne con tacchi vertiginosi, capelli fluenti. Gioielli.

Vedo Jacqueline e Lucrezia con accanto Ginevra. Parlano con qualcuno che mi è abbastanza famigliare. E' Cecilia, la ex fidanzata di Luca. Si è scordato di dirmi che ci sarebbe stata anche lei.

Mia suocera mi raggiunge. Mi bacia. Fatto inatteso e da me sinceramente poco gradito.

"Buonasera Marta. Ti trovo molto bene. Ginevra è bellissima. Se preferisci posso occuparmi di Lea per un po', mi farebbe molto piacere stare con lei."

Le sorride e la mia piccola ricambia con una faccia allegra, versetti e sgambettamenti. A quanto pare si piacciono molto.

"Grazie."

Mi accarezza il braccio. Questo gesto mi lascia sgomenta.

Dall'odio più profondo all'amore più esibito. Cosa

l'avrà portata a cambiare idea su di me in modo così repentino?

Scorgo Luca, postura sicura, mano in tasca, il miglior sorriso. Sorseggia del vino circondato da tre uomini.

Fortunatamente le presentazioni le fa lui con il suo fluent english.

Dispenso sorrisi fintissimi, non ricordo nemmeno un nome, tantomeno la posizione strategica che ricoprono oltremanica. Il più giovane dei tre mi fissa più volte la scollatura e Luca lo nota.

"Chiuditi la giacca Marta per favore."

Me lo sussurra nell'orecchio, sto quasi per cedere alla sua richiesta, quando Elizabeth ci viene incontro.

"Buonasera..." il sorriso lo riserva solo a lui.

"Ciao Elizabeth, sei elegantissima."

A me non pare proprio.

Come possa respirare in questo abito argentato attillatissimo è un vero mistero.

Si osservano compiaciuti.

"O mamma mia che gran caldo mi è venuto!" mi spoglio del tutto e mi impettisco in una posa molto d'effetto ." Se dovete parlare di lavoro vi lascio, vado a conversare un po' con lui." indico il giovane che mi sta ancora fissando il decolté.

"Elizabeth vai pure a divertirti, niente lavoro per questa sera. Marta vieni, continuiamo con i saluti."

Mi prende per un braccio e mi porta oltre al manager rampante. Peccato, era carino.

Altri nomi, strette di mano. A furia di sorridere mi si stia anchilosando la mandibola.

La faccia di Luca, improvvisamente, si fa meno

cordiale.

Ci raggiunge un uomo. Altezza superiore alla media, occhi blu, capelli corti di una calda tonalità di biondo scuro. Affascinante. Se non fosse per l'espressione severa potrei definirlo bello.

"Marta ti presento il dottor Franz Keller."

Il tanto odiato amministratore delegato tedesco. Gli stringo la mano.

Ha un sorriso bellissimo che gli procura piccole rughe di espressione intorno agli occhi.

D'istinto mi risulta molto più simpatico di altri.

"Questa sera si ballerà."

"Lei parla italiano! Che fortuna! Temevo di dover conversare in inglese!" la mia soddisfazione è sincera. "Le piace ballare Franz?" Immagino che Luca mi stia fulminando con lo sguardo.

"Moltissimo e a lei?"

"Anche! Stessa passione!"

Mentre sorrido scorgo colui che animerà la festa. L'uomo da cui ho appreso molti dei passi che so e che mi ha insegnato anche tanto altro che non sto ad approfondire.

"José??!! Sei proprio tu! Non posso crederci!"

"Marta! Ma che sorpresa! Ti trovo benissimo!" punta gli occhi sulla mia scollatura.

"Non è merito del chirurgo plastico, ho avuto una bambina da poco! Lui è Luca, il mio compagno e lui è Franz!"

"Vi conoscete molto bene." Franz è sinceramente incuriosito, Luca è già pienamente infastidito.

"Era la mia partner artistica. Abbiamo ballato anni insieme, in pista e sui tavoli! Che bei ricordi! Non

solo danzato, anche cantato, Marta ha una belllissima voce!"
"Troppi complimenti Josè!" Continua pure ti prego! E' un toccasana per la mia autostima.
"Ti aspetto sul palco cara! Sistemo le ultime cose e tra poco inizio. Franz, la voglio a ballare con noi" gli stringe la mano e si allontana.

12 CIO' CHE NON SAPEVO DI LEI...

La mia futura moglie piace all'uomo che io più detesto, Franz Keller. Parlano e ridono insieme.
La mia futura moglie ha una voce bellissima e io non l'ho mai sentita cantare.
Questo Josè che ha condiviso tante esperienze con lei, è sicuramente l'amico gay di cui mi ha tanto parlato.
Raggiungo mia madre e Lucrezia.
"Luca tesoro! Lea dorme come un angelo. E' uno splendore."
"Quando arriva lo zio Ale?" Ginevra è impaziente
"Credo a minuti. Marta ballerà sul palco, vuoi vederla?"
"Certo papi!"
"Luca, io mi ritiro all'interno con la piccola. Non vorrei fosse troppo disturbata da tanto rumore."
"Non preoccuparti nonna, a Lea non dà fastidio! A casa ascoltiamo la musica ad altissimo volume."
Fantastico, ho due figlie perennemente esposte a rischio rottura della membrana timpanica.
Josè introduce la sua performance.
Ha una grande capacità comunicativa e una

dialettica molto efficace. Riesce a catalizzare l'attenzione di tutti. Apprezzo molto le persone che hanno un potere persuasivo sulle altre.

Marta è a piedi nudi accanto a lui. Vi sono altre tre coppie di ballerini.

E' bella. Forse troppo provocante con quel body scollato, ma mi piace.

Josè intona una canzone.

Gli uomini con passi sicuri guidano le donne che tra le loro mani diventano più sinuose. Sono coinvolgenti, attirano lo sguardo dell'intera platea.

Una mano sulla mia spalla, dalla forza esercitata riconosco che sia Alessandro.

"Cosa ci fa lei lì sopra?" continua a fissarla in modo poco benevolo.

"Ciao Alessandro, è evidente, balla!"

"Falla scendere!" il suo sguardo è severo.

"Si sta divertendo, mi ha detto che farà solo due esibizioni, niente di più" mi sembra che il suo atteggiamento sia esagerato.

"Lo conosco bene il repertorio. Ti conviene farla smettere, dammi retta. Il ballo successivo sarà molto meno casto di questo."

Mi sembra che già l'attuale abbia preso un piega molto sensuale e passionale.

Ballano avvinghiati. Forse troppo.

Nonostante la mia gelosia, io sono tranquillo. Molto.

"Alessandro non c'è nulla da temere, è il suo vecchio insegnante di ballo." mi avvicino, "quello che ha il compagno, capisci cosa intendo." gli sorrido.

"No Luca, ti sbagli! Josè è perfettamente etero. Si portava a letto Marta mentre era sposato."

O mio Dio, ho la netta sensazione di aver sbagliato maestro.

"Per questo stronzo voleva lasciare l'università e fare la ballerina."

"Falla scendere. Credo che come fratello tu abbia più autorevolezza di me."

La musica finisce.

"Brava mamma!!" Ginevra è entusiasta.

Io molto meno.

Alessandro si posiziona sotto il palco. Le fa segno di scendere con la mano ed accompagna il gesto con il capo.

Il labiale di Marta è una parola che non ripeto con leggerezza. Credo suoni come: "Fottiti."

"Troppo tardi Luca, non lo togli più da lì. Dovevi fermarla prima". Si passa la mano sulla fronte.

"Non lo sapevo! Pensavo si limitassero a ballare su pista e sui tavoli!"

"Quando chiudeva il locale, sui tavoli ci facevano molto altro, fidati! Tenerli lontani era impossibile. Lui è un manipolatore incredibile."

Josè richiama l'attenzione dal palco.

"Ed ora signore e signori un ballo che ha qualcosa di tribale, di primordiale, caldo e sensaul come l'amor corporal."

"Ginevra tesoro raggiungi la nonna."

"No papà! Io voglio guardare la mamma!"

Io preferirei davvero che non la vedessi...

Suona una musica molto più passionale della precedente.

Lui la stringe, la muove come vuole. Sono più che vicini. Sono un'anima ed un corpo solo.

E' posizionato dietro di lei, la abbraccia, il viso tra i suoi capelli.

Le mette una mano sulla coscia. L'altra mi sembra la posizioni troppo sotto al seno. Ancheggiano in modo evidente, voluttuosi e sensuali.

La gira verso di sé, la stringe, la allontana e subito la riprende.

La piega all'indietro e si china su di lei. Sfiora il suo petto con il viso.

Le mormora qualcosa e lei sorride divertita.

Alessandro copre gli occhi di Ginevra.

Io prego che questo supplizio finisca presto. Era decisamente meglio farla scendere.

Josè riprende a cantare, chiama Franz e lo invita sul palco.

Gli cede la mia Marta.

Lei si lascia passare nelle mani di un altro come se niente fosse!? Ma che donna è?

Keller balla bene quanto Josè. Ride, guarda e tocca la mia compagna.

"Ti conviene imparare a ballare. Almeno te la tieni stretta tu." Alessandro mi passa del vino "Bevi, Luca, ti aiuta".

Scendono dal palco, non si staccano, ricominciano ad ancheggiare con un'altra canzone.

"Sai zio che la mamma Marta mi dà lezioni di ballo tutti i pomeriggi! Dice che sono bravissima e che muovo molto bene il bacino."

"Tesoro, tu non ascoltarla Marta, tienilo ben fermo il bacino, sei troppo piccola per certe cose." Beve anche Alessandro.

Finiscono. Franz le fa un inchino e le bacia le mani.
Marta ci raggiunge, è accaldata e felice.
"Mi sono divertita tantissimo. Franz è un gran
ballerino."
Lucrezia mi affianca.
"Marta è nata per ballare Luca."
"Per favore Lucrezia! Evitiamo di incentivare la
cosa. Gradirei se ne stesse tranquilla a degustare il
catering." Osserva qualcuno alla mia destra.
"Non mi presenti al tuo collaboratore?"
"Non sono un collega, sono Alessandro, fratello di
Marta."
Ora capisco da cosa fosse colpita.

Mio fratello si è rincretinito. Fissa negli occhi la
dermatologa e non le lascia la mano. Un figlio di
sette mesi e sta flirtando. Credevo avesse perso il
vizio e che finalmente avesse messo la testa sulle
spalle.
Dopo mezz'ora è ancora lì che parla fitto con lei e mi
sembra siano troppo vicini.
Lea si è svegliata.
La allatto in giardino, ogni tanto si addormenta
mentre succhia.
Cecilia viene verso di me.
"Buonasera Marta."
"Ciao Cecilia."
L'ultima volta che ci siamo viste io le ho soffiato
l'uomo che amava, Luca.
"E' bellissima la vostra bambina."
"Si, peccato abbia il temperamento del padre."
Mi sorride.

Un uomo ci raggiunge. Bel portamento. Avrà sessant'anni. Gran classe.

"Ti presento il mio compagno Marta, il Dott. Seroldi."

"Per gli amici sono solo Andrea. La disturbo se mi accomodo?"

"No assolutamente, se non ti dà fastidio che io allatti."

"Trovo sia una cosa bellissima."

Non succhia più. Ha la bocca aperta e la testa leggermente reclinata all'indietro. Dorme serena.

"Che sensazione si prova nel cullarli così piccoli? Non ho mai avuto il piacere di sperimentarlo."

Gliela adagio tra le braccia avvolta nella coperta. Inizia a fare fresco.

"E' strabiliante la sensazione di pace che offre questa bambina."

"Aspetta che arrivino le coliche gassose notturne, poi ne riparliamo."

Ride sonoramente. Ginevra mi raggiunge al tavolo.

"Mamma, ti ho portato i dolci!"

"Grazie tesoro! Questo ha il liquore, non mi piace."

"Se non lo mangi tu, lo mangio io!"

"Metà o tutto Andrea?"

"Direi tutto..."

Apre la bocca e gli ci piazzo il pasticcino.

Andrea Seroldi, uno degli avvocati di diritto societario più potenti, rispettati e temuti, tiene in braccio mia figlia. E sta mangiando un dolce direttamente dalle mani di Marta.

Forse lei non sa nemmeno quale sia l'importanza di

quest' uomo. O forse semplicemente non gliene importa niente.

"Andrea, quale piacere!"

"Luca! Tua figlia è uno splendore!"

La voce di Josè: "Prima di salutarvi, devo esaudire una richiesta. Una canzone che tanto piaceva a due persone molto care che non ci sono più. Amavano molto l'Italia, anche se non era la loro terra. Chiedo a Marta di cantarla con me."

"Andrea, te la lascio il tempo di una canzone."

"Vai tranquilla cara."

"Marta dove vai?" la prendo per un braccio.

"A cantare!"

Sale sul palco sicura e sorridente.

"Eccola qui la mia Marta signori, un bell'applauso!"

Se permetti sarebbe mia Josè, non tua.

"Que sera, è per te Franz." lei lo guarda e lui le manda un bacio.

Non oso crederci, Keller si scioglie in tenerezze e dispensa sorrisi alla mia donna.

Non ho mai sentito cantare Marta. Non così, non su un palco.

"Luca ma è strepitosa la tua compagna." Andrea è colpito quanto me.

Si lo è. Io non lo sapevo nemmeno.

Cosa so di te Marta? So quello che vedo, che voglio cogliere, che a volte scorgo appena. Quanto sei di più?

Lui la accompagna con la chitarra. Insieme hanno una sonorità speciale. Josè le lascia spazio, le permette di cantare come vuole. Ecco il potere che ha su di lei. Lasciarla pienamente libera di esprimersi. A differenza di me.

"Ha la stessa tonalità del padre." Alessandro è vicino a me, la guarda. Mi sembra colpito anche se non vuole darlo a vedere.

"Di vostro padre Alessandro..."

"Si...certo...naturalmente..."

Non so perché ma risulta incerto e titubante. E la cosa mi lascia alquanto perplesso.

Finiscono tra gli applausi. Marta Prende il microfono.

"Questa è una canzone che parla di un futuro incerto, ma che porta anche un forte messaggio di speranza. Io la dedico agli operai che poco lontano da qui stanno difendendo il loro diritto al lavoro..."

"Oddio mi fa anche la sindacalista adesso." Alessandro sospira.

"Molti avranno dei figli, come me. Io mi auguro che riescano, nonostante tutto, a trasmettere loro fiducia verso il futuro. Spero di cuore che coloro che ora stanno manifestando, possano concretizzare le loro speranze e i loro sogni."

E quando finisce, inaspettatamente, la prima ad applaudire commossa è mia madre. Seguita da Cecilia.

Scendo dal palco. Franz mi prende le mani.

"Grazie Marta, la canzone era per i miei genitori, la amavano molto. Come amavano tutto dell'Italia."

Lo abbraccio.

"Capisco cosa provi nel ricordarli. Ci sono passata anche io."

Il nostro sguardo esprime un dolore che conosci solo

se lo provi sulla pelle.

Luca si avvicina.

"Lei è fortunato ad avere una compagna così Ferrari."

Mi guarda sorridente, poi torna serio.

"A breve predisporrò tutti i documenti per la questione dell'acquisizione della nuova società. Preferirei presentarli personalmente e non per teleconferenza. Le farò sapere."

"Passa a trovarci Franz se torni. Mi farebbe davvero piacere. Salutami la tua famiglia!"

Lo bacio e mi allontano. Le questioni lavorative le lascio a loro.

"Andrea! Ma non sei stanco?" E' ancora seduto con in braccio Lea. Stessa posizione in cui l'ho lasciato.

"Devo ammettere che adesso inizio a percepire un po' di affaticamento agli arti superiori."

"Potevi metterla qui!" la prendo e la deposito delicatamente nell'ovetto.

"Marta chissà quando mi ricapita di poter accudire un esserino così piccolo!"

Credo che questo uomo abbia una vera passione per i bambini.

"Quando volete passare a cena da noi, te la cedo più che volentieri!"

"Immagino che con le bambine abbiate anche un giardino!"

"Sì, abbiamo cambiato casa appositamente!"

"Cecilia segnati sul promemoria cena da Luca nel garden! Eccolo il nostro amministratore delegato! La tua Marta ci ha invitati per una grigliatina all'aperto!"

La mia Marta sta invitando un po' troppa gente.
Forse ha bisogno che casa nostra sia più allegra e
vitale. Tra i due è sicuramente la più portata alla
condivisione, alla compagnia.
E' spesso sola, forse ha bisogno di avere gente
intorno.
Io preferisco la pace, la tranquillità e l'intimità di una
casa silenziosa. Questa è stata la mia storia fin da
bambino. Solo, in una grande dimora.
Lei ha vissuto in modo opposto. Mi racconta di
grandi tavolate, di una casa aperta per tutti, di
bambini che riempivano il giardino della villa.
Forse le sto imponendo una mia personale visione
della vita.
Forse la obbligo ad essere la Marta che vorrei e non
quella che è in realtà.
Faccio sempre troppe supposizioni, dovrei imparare
a chiederle ciò che vuole, ciò di cui ha bisogno.
Dovrei rispettarla per ciò che è.
Ginevra è stanca. Si stanno congedando tutti.
Alessandro e Lucrezia sono seduti a chiacchierare
appartati e sorridenti.
Lei è evidentemente rapita da lui. Difficile non
subire il fascino di un uomo così.
So che è disdicevole vederli insieme e trovare che
stiano molto bene.
Lui è padre di due figli ed è legato alla sua
amorevole compagna.
Quello è il suo mondo famigliare.
Ma Lucrezia affettivamente, dalla vita ha avuto poco.
Un marito troppo attaccato alla bottiglia e ai soldi

della mia famiglia. Vorrei che anche lei fosse felice.
Anche solo per una sera.

Marta, non la vedo più, l'ho perduta di nuovo. Stare
con lei è l'equivalente di essere al parco con una
bambina. Se ti distrai, sparisce.

La trovo vicina al ristorante, sta parlando con lo chef.
"Luca, è lui che ha preparato questo fantastico buffet!
Si chiama Roberto! Mi sta dando la ricetta della torta
al cocco. Ma non credere che a me riesca così!" gli
da una pacca sulla spalla ridendo.

Incredibile, parlerebbe con chiunque. Per lei non
esiste classe sociale, posizione, ruolo. Tutti possono
attirare la sua curiosità, tutti sono meritevoli di
attenzione.

Le passa un vassoio, grande, perfettamente chiuso
con della carta. Si salutano con un abbraccio.

"Cosa c'è lì dentro?"

"Niente, cose mie! Posso avere degli spazi di vita
solo per me Luca!??" Ride. "Me lo porti al tavolo
per favore? Arrivo subito, saluto Josè."

Si abbracciano. Lui indugia con una mano sulla
schiena. Si scambiano i numeri di cellulare. La
riabbraccia, ancora la mano che la accarezza. Inizia
ad infastidirmi non poco la cosa.

"Josè ha detto che dovrei riprendere a ballare. Sono
ancora bravina".

Si certo, così può passarti le mani dalla schiena in
giù.

"Luca tesoro. Si è fatto tardi. Riparto. Vi aspetto
sabato come concordato. Farò preparare le stanze.
Carissima, il tuo discorso mi ha davvero
commossa."

Mia madre le stringe le mani. La bacia delicatamente sulla guancia. Marta ha la stessa espressione di un gatto che sta per cadere in acqua.

"Se cerca Lucrezia, si intrattiene con quel cascamorto di mio fratello." è evidentemente seccata. Mia madre finge di non cogliere la sua sottolineatura.

"Buonanotte cari, è stato molto piacevole vedervi." Nonostante l'età è ancora una donna molto elegante. La sua bellezza e la sua grazia sono rimaste invariate nel tempo.

"Luca, prima di partire devo fare una pisciatina veloce. Vieni Ginevra andiamo al bagno!" Anche la rozzezza della mia donna rimarrà sempre la stessa credo.

Alessandro, seduto solo al tavolo, sembra assorto.

"Ti ho visto conversare amabilmente con Lucrezia."

"Bellissima donna. Intelligente. Molto piacevole. Troppo forse." credo che mia sorella non l'abbia lasciato indifferente.

Ci conosciamo da un anno Alessandro ed io, ma abbiamo un rapporto molto confidenziale. E' l'unica persona a cui riesco a raccontare di me.

"Si sono scambiati i numeri di telefono. Marta e il ballerino intendo."

"Forse sono troppo coinvolto Luca, ma lui non mi piace. E' stato con lei quando era una ragazza fragile, quando era nel suo periodo buio. Non l'ha aiutata, l'ha solo plasmata a proprio vantaggio. Marta non è la stessa di allora, ma io la percepisco sempre incostante, volubile. Non mollare troppo la presa, stai attento Luca."

"Cosa intendi per periodo buio Alessandro?"

Inizia a preoccuparmi la cosa. Non mi risponde,
forse Marta sta arrivando.
"Eccoci! Possiamo andare. E' ora che vada anche tu
Ale!" gli riserva uno sguardo serio. "Vai a casa. Ti
attendono la tua compagna con i tuoi due figli! Luca
per favore mi prendi il vassoio?" Contrariata, è
evidente non le sia piaciuta la chiacchierata tra lui e
Lucrezia.
"Ciao zio! Ci vediamo presto. Domani quando ballo
con la mamma, il bacino non lo devo muovere?"
"Non lo muovere tesoro. Quando sei grande, quando
vai all'università ci pensiamo!"
Alessandro la abbraccia e lei sparisce in quel gesto
protettivo.

13 MAI FARE TROPPE DOMANDE

Sistemiamo tutto in auto. Non ho ancora ben capito
cosa sia quel vassoio misterioso.
"Marta sei sicura di voler viaggiare con il vino
posizionato in mezzo ai piedi? Non lo trovi
fastidioso?"
Ho scelto un brut millesimato. L'ho trovato
veramente gradevole. Sei bottiglie per dare un po' di
vita alla mia cantina personale. E per rimpiazzare
quanto si è bevuta Marta.
"Si, nessun problema"
Procedo velocemente, ho voglia di rientrare a casa.
"Luca tra poco rallenta, entra nel parcheggio per
favore e ferma la macchina."
"Siamo partiti da non più di tre minuti! Sei già
andata in bagno!"

"Non mi scappa la pipì! Rallenta, gira qui a destra.
Fermati!"

Siamo dinnanzi al picchetto degli operai.

Scende dall'auto, apre il bagagliaio, toglie il vassoio.
Si avvicina al tavolo dove siedono tre uomini. Lo
lascia ad uno di loro. Gesticola, lo fa sempre e
troppo quando parla.

Mia madre mi ha insegnato ad evitare la cosa, non si
addice ad un atteggiamento educato.

Sta tornando, apre la portiera.

Prende il vino, il mio vino e lo porta al loro tavolo.
Stringe mani. Qualcuno la bacia. L'uomo più
anziano la abbraccia. La salutano calorosamente e
fanno cenno anche me che la attendo in auto. Alzo la
mano ricambiando.

"Vai Luca." Si asciuga gli occhi.

Avrei voluto dirle che non aveva il diritto di
prendere ciò che era mio senza chiedermelo.

Avrei voluto sottolineare che quel vino lo avevo
pagato per me. E non poco. Ma vederla piangere per
il dolore e le sfortune altrui mi zittisce.

Le prendo la mano e gliela stringo. Lei ricambia.
Stiamo così per molto. Un gesto semplice, ma che in
questo momento mi riempie di lei.

Mentre guido sono teso. E' stata una serata strana.
C'è qualcosa che non mi permette di essere sereno.
Rincasiamo tardi.

Sono combattuto tra il dire a Marta che ho vissuto
male il vederla ballare con il suo ex amante o tacere.
Come spesso faccio.

Mi raggiunge in cucina.

"Lea dorme tranquilla. Non la coprire se vai a

salutarla è accaldata."

E' ancora in body.

"Lui non è il maestro di ballo gay, giusto?"

"No, non lo è..." guarda in terra.

"Ci andavi a letto ed era coniugato."

Non avrei dovuto usare queste parole, la sto giudicando.

"Mi fa molto piacere che mio fratello si faccia ancora i cazzi miei. Lezioni di morale da uno che ha messo incinta una donna sposata mi servono proprio, lo ringrazierò."

"Marta ci sono cose di te che non so, troppe forse."

"Ti scriverò le mie memorie e te le invierò via mail."

"Per favore, non fare del sarcasmo, io ho bisogno di sapere ciò che hai vissuto, come hai vissuto. Del tuo periodo difficile."

Non trovo le parole adatte. Forse avrei dovuto rimandare a domani.

"Luca io mi sento perennemente sotto esame così! Guardami per quella che sono ora. Non cercarmi in un passato che è lontano. In ciò che non c'è più."

"Temo che il tuo passato si ripercuota sul tuo presente, abbiamo due figlie Marta."

"Mi percepisci così instabile? Nella vita non hai mai avuto un momento in cui le cose ti sono sfuggite di mano? Un attimo in cui le tue certezze ti hanno abbandonato e sei rimasto in balia degli eventi? Sei così perfetto Luca?"

"No, non lo sono, ho semplicemente scelto una esistenza lineare ed evitato sregolatezze."

"Mentre io no? Cosa vuoi sapere? Se ho assunto droghe? Spessissimo leggere, mai altro, avevo troppa paura. Se ho bevuto? A volte tanto da non ricordare chi fossi e dove fossi." si inumidisce le labbra, "Vuoi sapere se sono andata a letto con molti? Dipende da cosa è molti per te, diciamo comunque abbastanza."

"Questo è un colpo basso Marta."

"A cosa? Alla tua mascolinità? Il colpo basso è la tua totale mancanza di fiducia in me Luca."

Sospira.

"Il mio periodo buio è stato il periodo degli eccessi. Alzavo l'asticella del lecito e consentito perché io non sentivo più niente. Non provavo più niente. E' stato dopo la morte dei miei. Non ero pronta. A 19 anni io non ero pronta. Vuoi farmene una condanna?"

E' stanca, si lascia scivolare sulla sedia.

"Ho odiato mio fratello. Più io alzavo il tiro e più lui mi conteneva e mi controllava. Mi ha soffocata con la sua protezione e il suo dominio. "

Sembra stia ragionando con se stessa. Non sta realmente comunicando con me.

Mi guarda.

"Ti basta tutto questo o vuoi sapere altro?"

"Nient'altro Marta."

Restiamo in silenzio a lungo. Lei seduta, io appoggiato al bancone. Rifletto sulle sue parole. Mi inquieta ciò che è stata. A rompere questo imbarazzo è lei.

"Posso farti io una domanda? Perchè tua madre finge di amarmi così tanto dopo che mi ha profondamente odiata?"

"Mi ha accusato di lasciarti troppo sola, di averti

addossato la responsabilità della gestione di Ginevra. Mio padre ha anteposto sempre lavoro e politica a noi tutti. In quel matrimonio era sola. In te rivede se stessa. Oltre a noi e al suo lavoro non aveva altro."
Rimane in silenzio per un po', fissa il pavimento.
"Voglio lavorare anche io Luca" Non era ciò che mi aspettavo di sentire.
"Non hai bisogno di farlo."
"Non è una questione economica, è una necessità mentale."
"Puoi occupare il tuo tempo in modo diverso, un hobby, un'inclinazione personale..."
"Non vietarmi di farlo. Non chiudermi in una gabbia dorata. Lo ha già fatto Ale e sono scappata. Non voglio fuggire da te."
I timori di Alessandro prendono forma. Instabile, incostante, sfuggente. Cosa mi aspetta con questa donna al mio fianco?
"Ne parleremo con calma quando sarà il momento. Ora è tardi andiamo a dormire."
E' evidente che la mia chiusura vaga non la soddisfi.
"Luca, la mia biografia è incompleta. Non ti ho ancora specificato se nella mia vita io abbia fatto sesso con una donna o sia stata con più di uomo contemporaneamente."
"Ti prego!"
"Diventi come tua madre quando sei disgustato, stessa espressione."
Vado verso di lei, la sollevo dalla sedia e l'abbraccio.
"Non ballare più con quel cretino Marta. Canta ma non ci ballare più."
La bacio.

"E non ti mettere più questo body quando esci di casa. Indossalo solo per me."
La stringo.
Lea piange. Non riusciremo mai a stare un po' di tempo insieme. Si allontana per andare da lei.
"Marta...scherzavi prima vero? La donna, i due uomini?"
"Sulla donna sicuramente sì. Sugli uomini non ricordo, nel mio periodo buio non ero sempre lucidissima. Chiedilo ad Ale, lui non dimentica nulla!"
Domani, per prima cosa, devo assolutamente chiamare mio cognato.

Lea ha dormito troppo oggi. Ora per lei è tempo di ricreazione, ginnastica, versetti, bacetti, ciucciatine.
Ci sdraiamo per terra. Io vorrei tanto chiudere gli occhi ma a ogni mio cedimento mi richiama con un piede sul viso, una tirata di capelli o bavetta sul mio braccio.
Tempo condiviso prezioso e unico ma interminabile.
Io non ce la faccio davvero più. E' tardissimo.
Magicamente mentre sgambetta, i suoi occhi si fanno più stretti, più piccoli e finalmente si chiudono.
La deposito nel lettino con tutta la delicatezza che ho.
Sono ormai le quattro.
Sono distrutta.
Non mi faccio la doccia, non mi strucco, non mi tolgo il body. Mi butto sul letto nella camera matrimoniale.

Eccola. Non sono riuscito a chiudere occhio. Ho la

stessa immagine nella mente. Le mani di Josè su di lei.

Si sdraia. Nella penombra vedo la sua schiena. Mi avvicino e faccio scivolare la spallina del body lungo il suo braccio.

"Non ci pensare nemmeno Luca. Dormi."

Ho bisogno di riprendermi quelle parti del corpo che ha avuto lui questa sera. Le metto una mano sotto al seno e una sulla coscia.

"Ti mollo una pedata tra 5 secondi se non togli quelle cavolo di mani Ferrari!"

Forse è meglio che mi riappropri di lei in un momento meno astioso. Sa essere molto convincente la mia Marta.

14 WEEK DAI NONNI

Come sempre siamo in mostruoso ritardo per il nostro weekend dai suoceri.

"Mamma ti prego puoi dire al papà di sbrigarsi, è ancora al telefono!!"

"Parla italiano o inglese?"

"Inglese! Cammina per la stanza e gesticola!"

Gran brutto segno.

"Mettiti il cuore in pace, sarà lunga ed uscirà arrabbiato dallo studio".

Lo conosco bene.

"Merda! Keller è un vero str...."

Si ferma perché vede Ginevra accanto a me. Io non avrei avuto lo stesso contegno.

Ma lui è Luca.

"Dovevamo partire questa mattina, sono le 14.00 e

siamo ancora qui..."

"Scusami Marta..."

"Scusati con tua figlia, a me va benissimo anche non andarci."

"Dammi 10 minuti e partiamo!"

I 10 diventano 30, ma non importa. Carico la macchina, sistemo le ragazze.

Lo aspettiamo in auto. Ha con sé i due portatili e i cellulari aziendali.

"No Luca così no!! Almeno per il fine settimana possiamo averti un po' anche per noi?"

"Sarò costretto a lavorare questa notte! Non ho alternative se non posso farlo di giorno!"

"Scusa a volte siamo di intralcio. Sai, siamo la tua famiglia."

Nervoso, guida distratto, non parla, ci aspetta un bel weekend.

"Mamma sai che domani viene lo zio Ale?"

Non capisco perchè Luca debba sapere tutto del mio passato ma io non abbia il diritto di conoscere nulla del nostro presente.

"Perchè ci raggiunge?"

"Mio padre vuole apportare delle migliorie alla villa ed annettere una nuova parte aggiuntiva a quella esistente. Voleva il suo parere."

"Con tutti i grandi architetti che ha a disposizione gli serve proprio lui! Di domenica poi, quando sarà presente, guarda caso, anche tua sorella!" non mi piace l'idea che si vedano di nuovo.

"Marta!" alza il tono di voce "La cosa è del tutto fortuita. Alessandro era impegnatissimo per tutta settimana e Lucrezia non poteva assentarsi dal lavoro fino ad oggi. Lei deve essere necessariamente presente, poiché l'ampliamento della villa la riguarda direttamente."

Respira profondamente.

"Inoltre gradirei poter chiedere consulenze a chi reputo più opportuno. Senza dovermi sorbire le tue considerazioni avventate Marta."

Questo uomo è simpatico e gradevole quanto camminare nelle ortiche a piedi scalzi.

C'è anche traffico. Che giornata infernale.

La nonna ci aspetta nella zona conviviale del giardino.

Sta sorseggiando del tè bollente nonostante i 28 gradi.

Non ho mai visto questa donna accaldata. Io sono sudata nonostante l'aria condizionata in auto.

Forse sarà stata la fatica nel contenermi dal mandare il dottor Ferrari direttamente a quel paese.

Mi saluta in modo gentile. Tutta questa bontà mi porterà sfiga di sicuro.

C'è Lucrezia che legge sul lettino. Ci saluta senza troppo entusiasmo.

Con il suo costume color bronzo, il prendisole, le infradito ed il cappello di paglia abbinati sembra uscita da una rivista di moda.

Ginevra ed io buttiamo i vestiti in terra. I costumi li abbiamo indossati questa mattina.

Presi al discount in settimana. Coloratissimi e scontatissimi.

Entriamo in piscina con Lea.

Naturalmente i primi 10 minuti sono accompagnati da infinite lacrime della piccola di famiglia che sembra non gradire questo paradiso.

"Marta! E' evidente che non voglia starci. Cortesemente falla uscire" la voce poco serena di Luca.

Non si è nemmeno cambiato, indossa ancora la camicia. Ed è contrariato da morire.

"Le passerà. E' stata per nove mesi nell'acqua, non è un elemento a lei sconosciuto! Ha solo bisogno di prendere confidenza con l'ambiente"

Ginevra si tuffa e schizza la sorellina che inizia a recitare la sua migliore commedia greca. Singhiozzi infiniti e urla spezza cuore.

"Ti sembra il modo! L'hai spaventata! Non lo fare mai più!"

Il padre la aggredisce in maniera davvero esagerata ed ora a piangere sono in due!

"Vai a visionare i tuoi progetti Luca! Se devi farci compagnia in questo modo molto meglio stare da sole!"

Lea si calma e sembra abbia un particolare feeling con il nuoto e con lo sgambettare nell'acqua.

Ginevra è triste.

Ci vogliono più di qualche tuffo, schizzo e gioco condiviso per rivederla sorridere.

Gridiamo e cantiamo in un modo che sicuramente infastidisce Luca.

Non riesco a concentrarmi. Sto cercando di leggere questo accordo ma sono disturbato dalle loro voci.

"Tesoro stai ancora lavorando?"

"Sto cercando di farlo mamma, ma le voci delle bambine mi disturbano alquanto! La bambina che mi sta maggiormente contrariando è Marta. Sa che ho bisogno di silenzio quando devo prestare attenzione."

"Luca, si stanno solo svagando. Perchè non ti rilassi e non ti unisci a loro?"

"Sinceramente non ne ho né il tempo né la voglia".

"Ti trovo molto irritato. C'è qualcosa che non va?" Mi tolgo gli occhiali e mi passo la mano tra i capelli. "Sono solo un po' stanco. Un po' sotto pressione niente di più!"

"Come vanno le cose tra voi?" mi sorride e poi guarda Marta.

"Non è sempre facile...è una donna complicata, così differente da me. A volte la nostra diversità non ci permette di comunicare in modo sereno. Il fatto che non abbiamo del tempo per noi poi non ci aiuta. Siamo spesso lontani."

"Luca, non vedo anelli alle dita di Marta. Credo sarebbe un messaggio significativo per lei. Capisci cosa intendo."

Non le ho regalato nulla di importante nemmeno quando è nata Lea. Non ne ho avuto il tempo.

"Non è tipo da cose del genere mamma!" è una scusa e lei lo sa.

"Tutte le donne lo sono quando a donarlo è l'uomo che amano. Non trascurarla troppo. Ci ho messo del tempo ad accettarla ma è una persona dal grande spessore umano."

Mi accarezza la mano.

"L'anello di famiglia spetta a te. Credo che Marta sia la donna giusta per riceverlo. Non ho voluto che l'avesse Odette. Non ho mai avuto un grande rispetto

per quella donna. E i fatti mi hanno dato ragione."
Le mie ragazze sono uscite dalla piscina, si
abbracciano. Ginevra ride divertita. Marta tenta una
verticale e cade a terra rovinosamente.
"Marta! Ma cosa combini, non sei più una
bambina!" mi alzo e vado a vedere come sta.
E' più spericolata di Ginevra.

La cena trascorre serena. Più del pomeriggio che era
iniziato in modo disastroso.
"Luca sei poi riuscito ad acquistare il brut alla
cantina? E' davvero un vino eccellente."
"Si Lucrezia. Marta ha però deciso di donarlo agli
operai a cui ha dedicato la sua canzone. E' stato un
gesto encomiabile. Lo riprenderò presto".
"Brava Marta un bel pensiero! Mi ha detto
Jacqueline che hai una voce bellissima. Potremmo
cantare qualcosa insieme più tardi!"
Oddio ci mancava solo il karaoke con il nonno.
Speriamo si dimentichi di avermelo chiesto.
Non sono abituata ai complimenti in pubblico, mi
mettono da sempre a disagio. Arrossisco un po'.
Luca lo nota e mi sorride.
E' affascinante quando ride, peccato lo faccia poco
ultimamente.
"Alessandro ha detto che hai la tonalità di tuo
padre."
"Non è vero. E' lui che ha la stessa voce, piena e
forte."
Guardo nel piatto. Arriva l'onda piena dei ricordi.
"Il sabato sera avevamo sempre gente a cena. Gli
uomini non disdegnavano il buon vino e finivano

133

sempre con l'intonare qualcosa. Da noi si fa così. Ale sedeva sempre vicino a mio padre. Quando cantavano insieme erano superbi. Li ascoltavano tutti in silenzio. E quando finivano si abbracciavano. Sono sempre stati molto uniti. Un rapporto speciale. Da quando è mancato papà Ale non ha più cantato."

Alzo lo sguardo e Lucrezia ha gli occhi lucidi. Le è bastata una sola serata insieme a mio fratello ed è già così coinvolta. Questa cosa finirà male.

"Un rapporto di amore e stima notevole. Non l'ho sperimentato allo stesso modo con te Luca." mio suocero lo guarda serio.

Non c'è risposta alla provocazione. La tensione è palpabile. Ci pensa Ginevra a ridimensionarla. Fortunatamente.

"Nonno sai che sto imparando a ballare come la mamma? Lei mi dice che sono molto portata!"

"Davvero? Mi farai vedere qualche passo allora!"

"Mi spiace nonno ma non posso più muovere il bacino. Lo zio Ale ha detto che devo tenerlo fermo!"

"Ginevra il bacino è la parte che più si deve muovere in questo tipo di ballo! Non ascoltare lo zio che è l'equivalente di un bacchettone benpensante!"

Luca mi guarda in segno di rimprovero. E che avrò detto mai! E' la verità.

"Ha ragione la mamma Ginevra, divertiti e goditi la vita, crescerai più felice e serena di quanto abbia fatto tuo padre".

Le parole di mio suocero abbassano notevolmente la temperatura percepita. Gelo puro. Nessuno parla. Luca lo guarda serio e rabbuiato. Che dinamiche si stanno delineando?

"Marta cara, ci prendiamo un caffè condividendo due note a bordo piscina?"

Io che pensavo che il nonno conoscesse solo musica da camera ed opere liriche, mi trovo a rispolverare il miglior repertorio di Renato Zero e Mia Martini.

Ci fumiamo anche una sigaretta insieme. In un silenzio che non ha nulla di imbarazzante. Questo uomo mi fa sentire completamente a mio agio. Sono seduta per terra, scalza e con la testa appoggiata alla sedia.

"Continua a trasmettere il tuo entusiasmo a quella bambina" guarda Ginevra. "Ha vissuto in modo troppo triste. Ora vado a riposare. Grazie cara, mi sono divertito moltissimo. Hai una splendida voce da balera!"

Anche Lea a quanto pare. La sento fino a qui e piange in salotto. Mi aiuta a rialzarmi, mi fa una carezza sul viso che mi commuove.

Corro ad allattarla. Ginevra va a dormire, i giochi in piscina l'hanno stancata molto.

Scendo nel salotto. Una lampada da tavolo rischiara debolmente la stanza. Sono le 22.30 non è tardi ma non c'è nessuno. Forse si sono già ritirati nelle stanze. Luca ha fatto il bagno in piscina. Si sta asciugando. Mi fermo ad osservarlo da dietro alla finestra.

Sarà che per mè è un uomo affascinante e bellissimo. Sarà questa sua aria sempre melanconica che mi ha attratta da subito. Sarà questo o altro, ma mi ritrovo a fare pensieri poco casti su di lui.

"Marta"

Cavolo mia suocera. Mi guarda come capisse a cosa sto pensando. Mi sento un po' in imbarazzo. Come

una bambina scoperta mentre ruba le caramelle. E'
sempre la madre dell'uomo che sto immaginando in
un certo modo.

"Le bambine dormono?" guarda Luca. Il suo viso
esprime fierezza. Credo che lei ed il marito abbiano
vissuti e considerazioni estremamente differenti su
questo figlio.

"Si..."

"Stavo pensando di leggere questo buon libro nella
stanza di Lea. C'è un divanetto molto accogliente.
Sono le 22.30. Non mi corico mai prima dalla una di
notte. Tu e Luca potete trascorrere del tempo
insieme."

Arrossisco. Mi ha appena consigliato di
concretizzare i miei pensieri impuri. Mi sorride e va
di sopra.

Non sono sicura che Luca, trovi allettante fare
l'amore, con sua madre nella stanza accanto alla
nostra. E in aggiunta con la sorella sullo stesso
pianerottolo.

Credo che la cosa possa essere a dir poco
condizionante e limitativa. Declinerà di sicuro e si
metterà alacremente a lavorare.

"Le bambine sono a letto. Tua madre si è offerta di
rimanere con Lea. Possiamo stare un po' da soli, se
vuoi".

Da come mi bacia, da come mi tocca, da come mi
trascina su per le scale credo che lo voglia.

E soprattutto mi sembra che il fattore presenza
materna non lo inibisca per niente.

Non frena lui, ma blocca me.

Mi sento strana, impacciata. Riprendere dopo tanto

tempo in questa condizione mi mette un po' a disagio.
Quando la zia Linda si risposò in seconde nozze,
palesò alla nonna Filippa il leggero timore di
riprendere una vita intima con un uomo dopo tanti
anni.
Filippa, la filosofa della famiglia Rossi, la rassicurò
così.
"Linda, stare con uomo è come andare in bicicletta.
Si pedala sempre allo stesso modo!"
Personalmente mi permetto di scostarmi da questo
pensiero ermetico ma d'effetto.
Io che pedalavo sicura e spedita, in questo momento,
mi sento di essere tornata alla mia bicicletta gialla
con le rotelle. Quella che avevo ai tempi dell'asilo.
Mi sento incerta.
Spiazzata da un Luca troppo tenero e sentimentale.
Pronuncia il mio nome come se fossi una dama
candida ed innocente. Mi fa davvero troppo romanzo
ottocentesco tutto questo.
Io così non mi ci ritrovo.
Ho sdoganato da tempo il sesso dal romanticismo.
Preferisco la passiona sfrenata alla tenerezza
sdolcinata.
E Luca mi piaceva molto di più nella versione
maschio disinibito che damerino tutto sorrisi e
buffetti sulle guance.
E poi il letto...cigola. Molto. Troppo.
E ad ogni rumore metallico mia suocera percepisce
distintamente ciò che stiamo facendo. Ed è come se
quella parete che ci separa non ci fosse più, sparisse.
E quindi è come se lei fosse in camera con me.
"Luca..." cerco di staccarlo dal mio collo.

"Cosa?" continua a baciarmi.

"Il letto..."

"Cosa?"

"Fa rumore...non si può sistemare?"

"Adesso Marta?"

Siamo in democrazia, ognuno esprime il proprio parere. Io voto per il sì. Ma dalla tua faccia mi sa che tu voti per il no.

"Lo sistemiamo domani Luca?" Se non è oggi ,mi accontento almeno di un futuro migliore.

"Perfetto Marta! Domani!" ricomincia.

Era davvero un lavoro da cinque minuti. Se hai buone capacità manuali naturalmente. Ma le sue mani adesso sono occupate su altro.

"Luca..."

"Cosa..."

"Tua madre ci sente..."

"Sì, ci sente benissimo Marta, tranquilla, rilassati..." nemmeno capisce cosa dico.

"Luca!! Nel senso che sente ciò che stiamo facendo!"

"Marta così per me diventa difficile..."

Sapessi quanto lo è per me, con tua madre praticamente in camera.

Butta i cuscini sul tappeto per terra. Ci spostiamo lì.

Mi fanno male le ossa, sono caduta facendo la verticale. Ma almeno il tappeto è silenzioso.

Mi sembra passata un'eternità. E' passata solo un'ora.

Come stia andando questa nostra ripresa della vita intima?

Per dirla in termini calcistici, lui andrebbe tranquillamente ai supplementari e non disdegnerebbe i calci di rigore.

Io, alla fine del primo tempo sono già stanca, potendo, chiederei al mister di essere sostituita.

I tempi dell'intimità nel post parto vengono vissuti in modo diverso tra uomo e donna.

Luca è come l'ultimo cliente del bar prima della chiusura serale. Sorseggia con calma il suo vino. Ti chiede un caffè. Poi ti propone di fumare insieme una sigaretta e fare quattro parole.

Io sono la barista che sta lavorando dalla mattina presto. Ho fretta di chiudere.

Sbrigati Luca!

Fortunatamente si assopisce stringendomi.

"Luca devo andare da Lea."

"Mmmm resta qui con me" torna a baciarmi il collo.

"Non credo che tua madre a 75 anni possa ancora allattare. Torno dopo."

Tu intanto addormentati profondamente che per oggi ho abbassato la serranda, chiuso la cassa e pulito il locale. Almeno fino a domani non se ne riparla.

La piccola dorme ancora profondamente.

"Grazie Jacqueline."

"E' stato un vero piacere...e spero lo sia stato anche per voi."

Insomma ...diciamo che devo pedalare ancora un po'...

Capisce che sono evasiva.

"Sono uomini Marta. Hanno bisogno di riempire il nostro cuore, controllare la nostra mente ed avere il nostro corpo".

Mi sorride e va nella sua stanza.

Io vado nella mia. Con Luca. Il corpo gliel' ho già

donato. Il cuore me lo ha riempito da subito, dalla prima volta che l'ho visto. La mente quella è mia. Non la controllerà mai.

15 BUONGIORNO...PIU' O MENO

Lea ci dà il buongiorno alle 5.15.
E' stata la prima notte, da quando è nata, in cui abbia dormito senza mai svegliarsi.
Forse dobbiamo venire più spesso dai nonni.
La porto nel letto con noi. Si bacia il suo papà a cui riserva grandi sorrisi sdentati.
Lui la guarda estasiato.
"Stai poco con lei Luca, ti perdi del tempo che non ritorna più e che è impossibile recuperare."
Non mi guarda, lo fa sempre quando sa di essere in colpa.
"Mi vede così poco e mi sorride così tanto. Come è possibile?" mette la faccia su quella di lei che sgambetta divertita.
"Lei ti ama incondizionatamente, sei il suo papà".
Gli metto una mano nei capelli. E' una cosa che gli piace.
"Non si ama un padre solo perché è tale. Chi ti ha generato non sempre merita il tuo affetto." Smette di sorridere.
"Avete uno strano rapporto tu e tuo padre..."
"Ha il rapporto che si merita e che è quello che lui ha costruito con me."
"Io non so nulla del tuo passato...non mi riferiscono alle donne che hai avuto, mi incuriosiscono il bambino e il ragazzino che eri. Vorrei sapere se sei

stato felice, amato...".

"Non ho bisogno di una seduta di psicoterapia Marta, quelle le lascio a te". Il suo sguardo è duro e senza il minimo rincrescimento per la frase infelice. Tolgo la mano.

"Se si toccano i tuoi tasti dolenti Luca diventi sleale. Attacchi e ferisci sempre".

Eccolo il mio vero uomo, nella sua parte che io amo meno.

Coglie le tue fragilità, stana il tuo punto debole e lo trasforma nella tua vulnerabilità.

Ti riduce in un essere insicuro, attaccabile che prima di agire deve pensare a proteggersi.

E' come essere nudi davanti a lui. Sei così intenta a coprire la tua intimità che non hai più modo di scoprire la sua.

Se non fosse così abile e astuto non sarebbe arrivato dov'è nella vita. Non bastano i master e un gran cervello per stare al suo livello, serve anche una possente dose di stronzaggine. E lui ne ha parecchia, ne ha da vendere.

"Marta l'argomento rapporti famigliari presenti o passati non mi interessa."

"A me tuo padre piace. Mi sento me stessa quando sono con lui." più di quanto a volte io lo sia con te.

"Bene prenditelo pure. A me non serve più, se mai mi è servito."

Mi sembra che la vicinanza di questa notte sia del tutto sparita. E' freddo e distaccato. Perchè Luca?

Aveva perfettamente ragione Gabriel Garcia Marquez, "Il problema del matrimonio è che finisce ogni notte dopo aver fatto l'amore e deve essere ricostruito ogni mattina prima di colazione."

Lea sta succhiando l'angolo del cuscino.

"Credo che abbia fame, guardala!"

Con lei sembra ritrovare un po' di gioia. Dunque l'effetto cielo tempestoso lo procuro solo io.

"Assomiglia molto a tua sorella. Speriamo non in tutto!"

Sa che mi riferisco al suo modo di essere.

"Marta! Non puoi permetterti di giudicarla a prescindere. Non la conosci".

"Difficile fare conoscenza con qualcuno che non vuole minimamente farsi approcciare."

"Non tutti portano all'estremo i rapporti interpersonali come fai tu! Non tutti danno confidenza gratuitamente!" il suo tono di voce si alza.

"Tregua bello o finiremo col litigare pesantemente."

Lo sappiamo entrambi che siamo ad un passo da superare il limite.

Succede sempre così. Arriviamo sull'orlo del precipizio, stiamo in bilico e poi torniamo in una posizione di minor rischio e minore adrenalina. Quando ci riusciamo naturalmente. E non capita spesso. A volte, in quel burrone, ci caschiamo in pieno.

"Non era il risveglio che mi aspettavo Luca. Forse non era la notte che ti immaginavi visto il tuo profuso buonumore." Se dobbiamo dirci qualcosa meglio essere chiari e diretti.

"Ti ho percepita distante Marta." guarda in terra.

"Non ero particolarmente rilassata con tua madre accanto. Noto con piacere che invece di chiarire i tuoi dubbi mi sotterri sotto quintali di terra. Tipico tuo." E terra non era la parola che avevo in mente.

Mette le mani sui fianchi. E' sempre un gesto che precede un attacco o un richiamo verbale.

"Strano che mia madre ti abbia inibita. Non l'avrei mai detto vedendoti così sciolta tra le mani di Josè, davanti a tutte quelle persone."

"Per quanto tempo ancora mi rinfaccerai questa cosa!"

"Per tutto il tempo in cui questa immagine rimarrà nella mia mente!"

"Dottor Ferrari tu eri geloso! E ancora lo sei!" rido.

"Ero infastidito, non geloso!"

"Perchè non lo ammetti! Dai Ferrari ammettilo!!" lo abbraccio.

Litigare con quest'uomo ti sfinisce. Siamo molto simili. Nessuno dei due vuole perdere la battaglia. Finiremmo con l'uscirne feriti a morte. Non sarebbe una vittoria per nessuno dei due. Sarebbe solo farsi del male. Inutilmente.

"Un po' geloso lo sono. Scusa, non ho tenuto conto che lo stare insieme qui potesse metterti a disagio. " mi abbraccia.

"Ad essere sincera anche tu Luca...troppo tenero…davvero lo eri esageratamente."

Mi guarda stupito.

"Pensavo avessi bisogno di un po' di dolcezza.... Dopo tanto tempo...Insomma credevo che un approccio romantico fosse più...più rispondente al tuo stato..." è imbarazzato, fa sempre fatica a parlare di sesso.

Stato? Ma come mi vede questo uomo?

143

"Luca se mi serve dolcezza ho la nutella...sinceramente ti preferisco più graffiante e privo di inibizioni."

"Marta dai!" terribilmente a disagio.

"La versione sweet riservala alla manager. Io ti rivoglio come prima, grazie."

Mano nei capelli, nervoso. Si gratta la nuca, a disagio.

Prendo Lea che intanto si è ciucciata almeno mezzo cuscino.

"A che ora arriva mio fratello?"

"Mi ha detto sarebbe partito presto..."

"Allora sarà già in riva al lago a bersi un caffè."

"Posso chiamarlo e farlo venire qui!"

"Scherzi! Almeno fino alle dieci non voglio averlo tra i piedi." Dopo giovedì sera, non ho molta voglia di vederlo.

Naturalmente alle otto la sua auto è già parcheggiata nel cortile della villa.

E' già abbronzato da giornate in cantiere sotto al sole. Polo bianca, bermuda color kaki, sneakers basse.

A completare il tutto il suo fisico e il suo viso da attore.

La gran dama Lucrezia lo sta osservando con un sorriso soddisfatto e compiaciuto.

E' abbigliata in modo da attirare l'attenzione di chiunque. Anche la mia.

Un vestito leggero che avvolge il suo personale slanciato ed asciutto. Spalle scoperte. Sandali con tacco. Certo! Lei non ha partorito due mesi fa come me.

Luca lo raggiunge subito. Sembrano due adolescenti.

Grandi pacche sulle spalle. Sorrisi.

Si avvicina in modo sinuoso anche Lucrezia, a cui Ale riserva uno sguardo da premio Oscar.

Da gran seduttore si toglie gli occhiali da sole.

Conscio che i suoi occhi azzurri facciano sempre un certo effetto sulle donne.

Da piccola piangevo perchè in famiglia ero l'unica a non avere gli occhi chiari. Mio padre e Ale non potevano che averli dello stesso colore. Mia madre li aveva di un verde olivastro. Io ero l'unica con questo nocciola che non apparteneva a nessuno. Ancora non capisco da chi io li abbia ricevuti in eredità. Per anni ho avuto la sensazione di essere stata segretamente adottata.

Meglio non pensarci. E meglio non lasciare flirtare troppo a lungo i due.

Lei mi sembra troppo voluttuosa e lui troppo affabile.

Può solo prendere una brutta piega questa cosa.

"Ciao diffamatore! Sei venuto per raccontare a Luca altri aneddoti della mia vita o per farmi una bella lezione di filosofia morale?"

"Ciao Madame Bovary! Hai finito di dimenarti con i tuoi ex amanti?". E' alquanto serio anche lui.

"Sappi bella che non sono qui per te, sono qui per lavoro" Toglie delle cose dal bagagliaio, vino e borsa della macelleria.

"Ti occupi di catering? Sei venuto per organizzare un buffet?"

"Sono venuto per condividere del tempo con degli amici. Per cui vai a fare altro. Non fai parte della cerchia".

"Ne sono ampiamente felice." mi allontano. Poi

ritorno.

"Ale scusa! Siccome ho un momento di vuoto rispetto al mio periodo buio...puoi indicare tu a Luca se ho mai fatto sesso a tre?"

"Lo sapevo! Avrei dovuto mandarti in convento." Mi guarda astioso.

"Caro, mi sarei innamorata follemente della madre superiora!". Gli faccio l'occhiolino e vado a svegliare Ginevra.

La mattinata trascorre con i tre ed il nonno che girano per la proprietà. Sul tavolo in giardino ci sono progetti, faldoni, schede catastali, mappali. Ale controlla, valuta, misura, picchia sui muri, ascolta attento il nonno, annuisce, spiega, fa preventivi a larghe spanne come dice lui, gesticola ampiamente come facciamo noi bergamaschi. Scruta i progetti, fa qualche schizzo e apre il portatile.

Il nonno prende del vino in cucina. Sto preparando delle verdure per il pranzo.

"Marta tuo fratello ha un grandissimo ingegno. Inoltre è concreto, sicuro, risoluto. Sono davvero impressionato dal suo temperamento"

"Si è soprattutto tollerante e di larghe vedute" lo guardo sbuffando.

"Noto dell'ironia nelle tue parole."

"Non è tutto oro quel che luccica Attilio."

"Immagino sia difficile rapportarsi con una personalità prepotentemente forte come la sua."

"A volte è impossibile..."

"Ciò che non ti uccide ti fortifica Marta."

"Si ma la lotta continua sfinisce."

146

"Goethe diceva "Essere stato un uomo significa aver dovuto combattere". Tuo fratello è uno stimolo non un freno."

Questo uomo mi sorprende. Ha un fascino tutto suo. Ed è molto più in sintonia con me di quanto lo sia il figlio.

La carne arriva direttamente da Castione, come il vino ed il dolce. Cucinano gli uomini. Naturalmente con la vicinanza di Lucrezia che ormai è cotta a puntino, come il filetto e le costate alla griglia che stiamo per condividere a tavola.

"Questa carne è straordinaria Alessandro."

"Proviene dal macellaio di fiducia della famiglia. Sono alla terza generazione. Allevamento, produzione e macellazione di soli capi selezionati." da sempre paranoico con il macellaio. Ci passa l'intero pomeriggio del sabato con il Giorgio. A parlare di tagli di carne e di donne.

"Perchè la nostra nel gusto e nella consistenza non assomiglia per nulla a questa Marta?"

"Perchè la prendiamo al discount papà!"

"Perchè non la cuciniamo allo stesso modo ed il taglio è diverso"

La mia voce e quella di Ginevra si sovrappongono ma tutti pongono attenzione solo alla sua risposta.

"Mangiamo carne del discount?" portate i sali, l'amministratore delegato sta per perdere i sensi.

"Si ma non di un discount qualunque. Quello di fiducia. Solo discuont selezionati." Guardo Luca e gli sorrido.

"Ti ostini ancora a fare acquisti in quei posti?" Ale

scuote la testa, "Pensavo fosse superata l'idea che essere di sinistra significhi vestire ai mercatini dell'usato e fare la spesa solo con il proletariato." mi sorride.

"Pensavo fosse superata l'idea che essere di destra significhi essere chiusi ed ottusi a prescindere." evito di sorridergli.

"Politicamente schierati differentemente in famiglia?" Attilio ha un sorriso soddisfatto, questa lotta intestina inizia a piacergli.

"Esistenzialmente schierati differentemente. Non solo politicamente" mi sento di sottolineare.

"Marta rappresenta semplicemente tutto ciò che io biasimo." mio fratello è beffardo come sempre.

"Ale è semplicemente tutto ciò'che io stigmatizzo" io sono stronza come poche.

"Come è stata la vostra vita insieme?" Attilio ci ha preso gusto, si accomoda in modo rilassato e ci osserva.

"Terribile, è un oppressore prepotente."

"Atroce, è un indocile cronica. Nonostante tutto però non posso stare senza sentirla per più di due giorni. Per quanto sia cresciuta è sempre la mia Marti." sposta lo sguardo su di me. "Tesoro sono pronto a darti il bacio della pace se vuoi."

"Se ti avvicini ti infilzo con questa" gli mostro la forchetta.

Ale sprigiona la sua risata fragorosa che contagia Attilio e Luca.

"Siete sempre così?"

"Si Attilio e ormai credo che il nostro rapporto non possa mutare." lo credo davvero.

Io adoro e detesto questo uomo dalle maniere educate ma che è il più rude dei maschi. E che per me è stato il più severo dei padri.

Mi alzo per prendere il dolce. Gli passo accanto. Si alza e mi dà un abbraccio dei suoi. Di quelli che ti mandano in apnea. Mi bacia sulla testa. Non riesce mai ad essere risentito con me. Io riesco benissimo invece ad essere arrabbiata con lui.

16 MEGLIO NON SCHERZARE COL FUOCO...

I nonni stanno riposando. Noi siamo ancora a tavola. Ginevra sonnecchia in giardino.

"Luca mi ha detto che vuoi riprendere a lavorare." oddio una predica da mio fratello subito dopo pranzo è insopportabile.

"Si, più avanti."

"Non vedo perchè dovresti. Hai la fortuna di poter rimanere a casa con le bambine"

"Vorrei potermi realizzare al di fuori della famiglia e ampliare i miei orizzonti."

Vorrei fare altro oltre che preparare merende e far fare compiti.

"Io non ti capisco Marti.."

"Non avevo dubbi."

"Vieni dallo zio tesorina, ti fa bene stare un po' lontana da questa mamma moderna e anticonvenzionale." la prende in braccio "Sei sicura che questa bambina stia crescendo correttamente Marti? Mi sembra piccolina, gracile." ecco, Luca ha già un attacco di panico.

"Sei abituato a Diego che è un vitello. Lei non è una

bambina di montagna."

"E' leggerissima, come quando l'ho vista la volta scorsa".

"Ti sembra piccola Alessandro?" ecco la faccia del terrore Luca Ferrari.

"A dire il vero sì"

Ha parlato il pediatra della Val Seriana. L'uomo con le curve di crescita stampate nella mente. Prima di Diego nemmeno sapeva cosa fossero i bambini, conosceva molto bene solo le mamme.

"Io ricordo che Ginevra fosse più grande alla sua età..."

"Luca, Odette è molto più alta e strutturata di me. E' normale che fosse più grande."

"Tu cosa dici Lucrezia?"

Cosa vuoi che ti dica una dermatologa? Che ha una pelle splendida!

"Può avere una struttura esile e quindi risultare un po' piccina ma se sta bene ed ha uno sviluppo adeguato all'età non credo ci siano problemi. Il pediatra si è pronunciato in merito alla cosa?"

Guarda il fratello. Non è mai venuto ad una visita, cosa vuoi che ne sappia.

"Cosa dice il pediatra Marta?" ora me lo chiedi Luca!

"La pediatra di nostra figlia che è una donna, dice che ha una struttura minuta e che cresce normalmente."

"Forse il tuo latte non fa la sviluppare adeguatamente. D' altronde non alimentandoti in modo adeguato è più che normale."

Ora sono anche una madre che non sa nutrire la propria figlia e neppure se stessa.

Perchè oggi sono tutti grandi luminari consulenti?

Luca entra a preparare il caffè.

"Comunque anche Dora non riprenderà più a lavorare."

"Io non sono Dora."

"Cioè?"

"Io non sono come lei."

Prendo una sigaretta dal pacchetto che ha lasciato sul tavolo Attilio.

"Non fumare Marti."

"Non rompere Ale."

Lucrezia sembra a disagio. Stai tranquilla cara questa è la nostra normalità. Si congeda e va ad indossare il costume per un bagno in piscina.

"Non essere sfuggente, cosa vuol dire che non sei come lei?"

"Che lei vive per te. Si inebria di te. Ed è infinitamente troppo buona, troppo tollerante ed accondiscendente. Accetterebbe persino che tu la tradissi pur di saperti felice e realizzato."

"E' solamente una donna con la giusta maturità. Ad una certa età si dovrebbe smettere di essere adolescenti ribelli e trasgressive. Soprattutto se si hanno due figlie a cui dare l'esempio"

"Per cui io cerco di realizzare me stessa e sono un cattivo esempio per Ginevra. Dora che vive secondo il tuo volere è un buon esempio."

"Dora sta facendo la vita che vuole, che le piace. Non certo quella che le impongo io."

"Dora sta facendo la vita che faceva la mamma e tu sei come papà." e sai bene cosa voglio dire.

"Si sono amati fino alla fine. E nessuno dei due si è

mai lamentato."

"Si sono sopportati fino alla fine. E uno dei due cercava perennemente nuovi stimoli al di fuori del matrimonio. Come stai facendo tu, come stai facendo qui."

Mi spiace Ale ma non posso tacere.

"Non è un problema tuo Marti. Fatti i cazzi tuoi."

"Tu ti permetti di riferire a Luca tutto di me e io non posso dirti che stai sbagliando? Hai una famiglia splendida, non giocarti tutto per un'avventura."

"Non mi giocherò niente Marta. Io non perderò la mia famiglia."

"Ma l'amore e la sua stima di Dora sì, o quelli non contano per te?"

"Marta occupati di te. Io so come vivere. Ginevra fai un tuffo con lo zio?"

Non ho mai avuto nessun ascendente sulle storie di letto, d'amore o di tradimento di Ale. Lui sulle mie ha spesso deciso tutto, ha spesso potuto tutto.

Ginevra è già in piscina.

Lucrezia torna tutta argentata. Sembra una trota salmonata. Costume e pareo luccicanti.

Rimane abbagliata da Ale a bordo piscina che indossa solo un boxer corto da bagno.

Lui ha tutti i suoi riti per entrare in acqua. Prima immerge le gambe, poi i polsi, poi bagna le braccia. E' un metodico. E vederlo lì, in prossimità del bordo, mi fa venire una grande voglia di buttarlo dentro.

Prendo la rincorsa, lo sto per spingere ma Ginevra lo avvisa con un urlo.

Traditrice e vittima del fascino conturbante dello zio.

Lui si gira, mi vede, ma non può evitarmi. Sono

troppo vicina e troppo veloce. Mi abbraccia e mi trascina in acqua con lui. Urlo. So che è l'inizio della mia fine. Avrei dovuto salutare le mie bambine.
Luca esce dalla cucina e va vicino alla sorella.
Ale scioglie l'abbraccio sott'acqua, riemergo. Nuoto velocemente per allontanarmi da lui. Due passi e riesce ad afferrarmi una caviglia.
Ripropone lo stesso gioco che facevamo nel torrente quando ero una ragazzina. Mi mette sotto. Nella vita mi ha difesa da tutto e tutti. E' ancora iperprotettivo nei miei confronti. Ma si permette di giocare pesante. Come potrebbe fare con un amico della sua stazza. Peccato che io pesi 56 kg. Lui 90.
Mi fa riemergere. Mi prende i polsi con una sola mano. Mi afferra per il collo e ricomincia.
"Luca la rivuoi?"
"Si Alessandro, se possibile sì."
Grazie amore.
Mi tira fuori e lo rifà di nuovo.
Scherza come un bambino. Sono certa che non mi farebbe mai del male. Sa quando fermarsi.
Questi giochi mi hanno spesso portata a riflettere sulla sperequazione tra la forza femminile e quella maschile.
Noi donne possiamo soccombere per la violenza di un uomo.
Possiamo essere forti d'animo, caparbie, tenaci, possiamo tener testa, saper zittire. Ma davanti alla forza fisica non possiamo nulla. Per quanto io possa battermi lui vincerà sempre.
Perdere nel gioco è una sciocchezza che dura la delusione di un attimo.

Perdere nella realtà, può voler dire mettere seriamente a repentaglio la propria vita, se non perderla del tutto.

Il non potermi difendere dall'attacco di un uomo che sa di potermi eliminare dal gioco, volutamente, prepotentemente, vilmente, mi ha sempre fatto paura.

Mi lascia. Il suo divertimento è finito.
Ora inizia il mio. Ogni gigante buono per quanto forte possa essere, ha un suo punto debole.
Il suo è il crociato anteriore. Ricostruito anni fa.
Ogni qualvolta gli stringo la zona dove vi sono le cicatrici si protegge con le mani ed è più vulnerabile.
Infatti riesco a metterlo sotto io. Ma solo per pochi attimi. Riemerge, mi carica sulla spalla e mi butta letteralmente sul bordo.
"Fuori!!"
Ginevra ha lo zio tutto per sé. La fa giocare senza sosta.
"E' molto strano il vostro rapporto Marta. Molto profondo ed intimo." Lucrezia parla con me ma guarda lui.
Lo è anche il vostro, visto che tu sei sposata e lui ha una compagna.
Si alza, si toglie la gonnellina pareo ed entra in piscina.
Se lei è la trota, lui è lo stoccafisso. Impalato a guardare ogni centimetro di pelle tonica, seno alto e pancia piatta di questa donna perfetta. Per un esteta come lui è un invito a nozze.
Meglio non guardarlo, potrei lanciargli la ciabattina argentata di Lucrezia. Ho la mira perfetta della

nonna Filippa. Non sbaglio un colpo.

Mi metto sul lettino al sole, un corpo si sdraia su di me.

Luca. Il nostro bacio e la postura non sono propriamente da giardino.

"Contenetevi avete due figlie che vi guardano!"

"Ale fatti i fatti tuoi, puritano!"

Proprio tu parli che hai una famiglia a casa e stai impettito in piscina!

"Io sarò puritano ma tu sei una donna di facili costumi"

"Hai sentito Luca! Difendi il mio onore!"

"Scherzi! Io non mi metto contro tuo fratello!"

Bene, è bello sapere che puoi contare sempre sul tuo uomo.

Il nonno ci trova così. Come due ragazzini.

Abbracciati a sbaciucchiarci.

"Luca vedo con piacere che sai rinunciare alla tua proverbiale compostezza. Abbiamo ancora una speranza che tu possa diventare un uomo normale!"

Merenda per tutti! I tutti siamo Ginevra ed io. Succo di frutta rigorosamente senza zucchero. Fette biscottate, burro e marmellata. Abbondantissimo burro.

Gli uomini e Lucrezia stanno discutendo di tempistiche, progetti, nuovi incontri.

"Papà mi spiace, la prossima domenica ho una conferenza di aggiornamento nel pomeriggio. Sono disponibile dalle 16.00 del sabato fino alle 13.30 del giorno successivo." Lucrezia guarda il suo tablet.

Luca ha aperto il portatile.

"A me serve assolutamente il sabato mattino per un briefing. Potremmo arrivare anche noi intorno alle 17.00 e rimanere la domenica. Tu come sei messo Alessandro?"

"Sabato sono impegnato fino alle 14.00. Non riesco ad essere qui prima delle 18.00, traffico permettendo. Nessun problema per la domenica mattina."

Tutti osservano con attenzione la loro agenda.

"Noi che abbiamo da fare Gina?"

"Niente mamma!"

"Va bene anche a noiiii! Il sabato mattina dobbiamo trapiantare il basilico ma sicuro ci liberiamo per il primo pomeriggio."

Lo grido, così ci sentono bene. Riesco persino a fare sorridere Jacqueline.

"Alessandro cosa ne dice di pernottare qui. Avrà modo di rientrare con calma la domenica mattina. Senza dover affrontare il viaggio a tarda sera"

Attilio, hai avuto una pessima idea.

"Con vero piacere!"

"A proposito di pernottamento, Alessandro avrei bisogno di una mano per sistemare una cosa in camera da letto."

Luca ed Ale spariscono per circa mezz'ora.

"Fatto Marta!" Ale si avvicina e mi sorride sornione.

"Sabato puoi divertirti sul letto e non sul pavimento."

Ripartiamo tutti prima di cena.

Il traffico non è sostenuto.

"Ho detto a mio fratello che sta sbagliando con Lucrezia ma non mi ascolterà. Finirà male questa cosa."

"Sono due persone adulte. Valuteranno come riterranno opportuno."
"Certo, facile per te, odi il marito di tua sorella! Non ti poni il minino problema. Io sono legata a Dora. Sono in una posizione imbarazzante e penosa!"

Non parla più è preoccupata.
Ho l'anello che mi ha donato mia madre nella borsa dei portatili. Era della mia trisavola. E' un Cartier di valore.
Spero solo che Marta non lo perda. Conoscendola lo lascerà ovunque.
Un giorno sarà di Ginevra. Un giorno lontano però. Molto lontano. Adesso la penso solo come la mia bambina.

"Sono tutte e due distrutte si sono addormentate subito."
"Ti è pesato il weekend Marta?"
"Sinceramente lo immaginavo peggiore! E' stato divertente. Siamo stati più insieme rispetto a quando stiamo a casa. Ti infili nello studio e non ci sei per nessuno..."
"Mangiamo qualcosa?"
Apre il frigorifero. Non mi risponde mai quando gli faccio notare che è poco presente.
"Latte e biscotti Luca?"
"Marta non ho 5 anni."
"Io ne ho 38 e lo adoro!"
"Tu mangi i crackers salati con la marmellata. Non fai testo!"
Lo abbraccio.

"Non possiamo mangiare dopo?"

"Dopo cosa?"

A volte non è particolarmente perspicace. Se mi stringo di più, forse intuisce.

Cellulare il suo.

"Buonasera Elizabeth! No, certo che non mi disturbi!"

A te no. A me sì. Molto.

"No, non ho visto l'aggiornamento. Sono appena rientrato. Ha già inviato l'accordo? Non ci posso credere..."

Mi scosta di lato come se fossimo in metropolitana e gli stessi intralciando il passaggio.

Lo aspetto per venti minuti.

Diventano quaranta.

Mi faccio il latte, ci metto il cacao, ci butto i cereali di Ginevra. Prendo la scatola dei biscotti e mi siedo sul divano. Sono alla seconda tazza e lui ancora non si vede.

Credo sia al telefono con lei da almeno un'ora.

Quando esce dallo studio sono passati la bellezza di 90 minuti.

"Scusa Marta!"

"Figurati cosa vuoi che sia."

Mi alzo, sistemo la tazza e mi allontano.

"Dove vai? Ci stavamo abbracciando prima che rispondessi al telefono."

"Un'ora e mezza fa. Un'ora e mezza Luca!"

"Non mi sono reso conto che fosse passato tutto quel tempo!"

Fa anche la faccia da uomo incompreso.

"Io si invece. Avevo voglia di stare con te! Ora mi è

passata ed ho la nausea perchè ho mangiato troppi zuccheri. Buonanotte."

Non mi giro nemmeno per guardarlo.

"Ricordati che domani Ginevra non va a scuola non la svegliare."

Non dormo con lui. Mi metto nella cameretta con Lea.

Forse non è la sera adatta per darle l'anello. Non provo neanche a convincerla a scendere.

A questo punto visto che sono solo, lavoro. Troppo tardi per mangiare. Ci penserò domani.

17 L'ANELLO MANCANTE

Luca

Giovedì sera. E' tardi. Sto rientrando ad orari
impossibili questa settimana. E' un periodo delicato
in ufficio. Forse è un periodo delicato in generale.
Non vedo le bambine da domenica. Intravedo Marta
ogni tanto. Mi lascia sempre la cena pronta. Non
dorme con me. Dorme con Lea.
E' arrabbiata e sicuramente ferita.
Niente messaggi, niente chiamate, niente sorrisi.
Solo biglietti sul frigorifero con informazioni
concise.
Quello di ieri sera diceva "Ritirato completo tintoria.
Chiama Jacqueline."
Non un ciao, non un mi manchi. Niente.
Non sono riuscito a richiamare mia madre. Non ho
ancora dato l'anello a Marta, le avevo promesso che
lo avrei fatto. Nonostante io non sia più un ragazzino
mi pesa deluderla. Lei si aspetta sempre molto da me.
Quello che sono lo devo a lei. Come manager
intendo.
Sono impeccabile, produttivo ed efficiente. Sempre.
Mi ha insegnato che non posso permettermi di
concedermi cedimenti nella mia posizione.
Non mi ha insegnato però ad essere altrettanto
valido come compagno, come padre e come uomo.
Mio padre l'ha delusa molto. Credo che il suo
matrimonio triste non le abbia permesso di
trasmettermi quei valori famigliari che Marta ha.
Affetto sincero, amore, attenzione per chi ami.
Mantengo altissimo il mio profilo professionale ma

affondo in quello mio famigliare.

Sono consapevole di far soffrire le donne più importanti della mia vita. Lea, Ginevra e Marta. Non ho gli strumenti per rimediare a ciò che faccio. La casa è buia. Non potevo aspettarmi nulla di diverso. Sono le 23.00.

Lei non è in camera nostra.

Apro la porta della stanza di Ginevra.

"Papà..."

"Ciao! Non dormi?"

"Ti ho aspettato, volevo parlarti. Puoi venire?"

Mi siedo sul letto. Lei fa lo stesso.

"La mamma oggi era triste."

"Cosa è successo?"

"Ero in sala ho sentito un rumore forte. Lei era in cucina e la tazza che le hai portato da Londra era rotta."

"Le è caduta la tazza?" Ipotizzo.

"No, l'ha lanciata contro la parete."

"Come puoi dirlo Ginevra tu non eri presente!"

Mi guarda seria. Evidentemente non apprezza che metta in dubbio la sua parola.

"Il muro era sporco. L'ha pulito ma si vede ancora la macchia. La tazza aveva il caffè.'"

Mi guarda e si morde il labbro. Deve dirmi altro.

"Ho sentito fanculo Luca prima che la lanciasse. Ha pianto tanto."

E' chiaro adesso. Troppo.

"Cosa facciamo papà?"

"Tu hai già fatto molto, sei stata bravissima. Ora spetta a me risolvere la cosa."

"Potremmo prepararle la colazione? In televisione i

papà la preparano sempre quando litigano con le mamme."

"Mi sembra un'idea interessante. Cosa piace a Marta?"

Non sono nemmeno cosa mangi la madre di mia figlia.

"Il succo all'ananas e pane burro e cioccolata."

"Allora credo che domani mattina gliela preparerò. Non preoccuparti. Andrà tutto bene."

Le do un bacio, sto per uscire.

"Papà mi hai promesso che non sarebbe mai andata via. Ricordatelo."

"Certo tesoro dormi."

Non c'è nulla di certo. Niente.

Mi sento stanco e svuotato.

Sono stanca, vorrei solo dormire. Chiudere gli occhi e non pensare più. Non pensare a Luca.

Non un messaggio, una chiamata, un biglietto. Un gesto qualsiasi. Niente.

Ho fatto preoccupare Ginevra. Dovevo rendere la sua vita più spensierata. L'ho incupita. Oggi ha pianto con me.

Forse è lei che apre la porta, non riesce a dormire o vuole vedere come sto. Me lo ha chiesto per tutta la sera.

Entro in camera di Lea. Apro piano. A dire il vero non sono pronto ad affrontare Marta. Ho paura del finale di questa storia.

Ho promesso a mia figlia che avrei sistemato le cose. Non so che parole dire e che gesti fare.

E' seduta in terra, la schiena appoggiata al muro. È stanca e pallida.

Le tendo la mia mano. Mi dà la sua. La sollevo e la abbraccio. La stringo come non ho mai fatto con nessuno.

Stiamo così a lungo. Sento la mia camicia bagnata dove appoggia il suo viso. Non ha mai pianto così per me. Sono andato oltre.

Dorme nel nostro letto. La tengo stretta. Non parliamo. Siamo provati.

Sono le sei. Lui non c'è, forse è già uscito. Scendo con Lea.

Profumo di pane tostato, di dolce.

"Mi hai preparato la colazione?"

Ferrari non si prepara neanche il caffè la mattina.

Si avvicina e mi guarda a disagio.

"Marta ho bisogno di sapere se è tutto come prima. Tra noi. Come posso farmi perdonare?"

"Stira le tre ceste di panni che trovi in lavanderia. Metti più cioccolata sul pane, così è come se non ci fosse!"

Non lo guardo negli occhi. Voglio fare ancora un po' la sostenuta. In realtà avrei solo voglia di baciarlo.

"Forse questo può aiutarmi."

Prende una scatolina rossa dal tavolo. La apre e un solitario in oro bianco risplende.

"Cazzo Luca!!!"

"Fatico ad immaginare che mia madre abbia detto la stessa cosa, quando l'ha ricevuto da mio padre."

"E' l'anello di famiglia!!"

"Credo che questo esprima chiaramente ciò che

provo per te."

"Allora dimmi ti amo!"

"Basta l'anello!"

"Ma che cretino sei! Da quando stai con mio fratello stai diventando come lui!"

Mi bacia. Non me lo dirà mai. Fa troppa fatica.

"Questo appartiene alla dinastia Ferrari da generazioni"

"Per cui non l'hai pagato! Allora non vale!"

Ride e mi abbraccia.

"Ha un significato molto speciale. Non fu mai di Odette e non sarà di Lucrezia. Sarà solo tuo."

Che soddisfazione ho battuto la trota salmonata!

Me lo infila, e mi emoziono.

"E se lo perdessi?"

Mi passa l'emozione mi sale il panico.

"E' la stessa cosa che ho pensato io!"

"Grande fiducia nella tua donna!"

Gli do una pacca nella pancia.

"Marta! Attenta!"

"Non mi trascurare troppo Ferrari. Altrimenti per sopportare il dolore che mi procuri mi vedrò costretta a ballare con Josè."

"Non ti mollo più Marta. Se scappi con l'anello mia madre mi uccide".

"Vi state baciando, che bello avete fatto la pace!! Vedi papà la colazione funziona sempre!" Ginevra ci abbraccia.

Anche il diamante tesoro. Ma lo capirai da grande.

Lo accompagno alla macchina. Non ho l'abitudine di farlo. Ma questa mattina è un po' speciale, è la quiete dopo la tempesta.

"Farò il possibile per rientrare presto."

"Luca, il tuo lavoro richiede una dedizione totale. Non posso chiederti continuamente di essere presente se ti è difficile farlo."

Come sono saggia, sarà merito del cimelio di famiglia?

"Cerchiamo di usare al meglio il tempo che abbiamo invece di sprecarlo con inutili rancori. Questa settimana ci ha insegnato molto. Torna quando ti è possibile io ti aspetto".

Mi abbraccia e mi sussurra un appena percettibile ti voglio bene.

Senza guardarmi in faccia. Senza cercare i miei occhi.

Ma a me basta così. E' già tantissimo per il dottor Ferrari.

18 ALE MA CHE FAI?

Sabato.

"Mamma perchè non possiamo partire questa mattina per il lago?"

"Il papà sta lavorando è in riunione"

"Briefing mamma, si dice briefing".

"A me briefing fa molto pausa caffè. E poi abbiamo la nostra lingua madre che esprime perfettamente lo stesso concetto!"

"Sono felice che lo zio Ale si fermi a dormire dai nonni"

165

Io molto meno. Questa notte condivisa da trota salmonata e stoccafisso, non mi fa stare per nulla tranquilla.

"Nonnooooo ciaooooo!!!!" Ginevra gli salta in braccio.
"Che entusiasmo!"
"Buongiorno Attilio."
"Marta carissima. Accomodati. Siedi un po' con me." ci accomodiamo sotto al porticato.
La nonna ha già preso possesso di Lea per un giretto in giardino. Ginevra le accompagna.
"Sono molto curioso di vedere cosa ci proporrà Alessandro."
"Conoscendolo non ci avrà dormito la notte. Lui non realizza un progetto ma il progetto! Il migliore tra i possibili. E' sempre stato così anche quando c'era mio padre."
"Trovo lodevole che abbia continuato a traghettare l'impresa di famiglia pur se in giovane età."
"Si. Credo che il figlio Nicolas sia avviato allo stesso immutabile destino, sarà lui a continuare il tutto"
"C'è una nota di apprensione nelle tue parole."
Questo uomo riesce a cogliere ogni mia sfumatura.
"Spero solo che sia quello che vuole realmente. Non che lo faccia per soddisfare aspettative altrui."
"E le aspettative su di te quali erano Marta?"
"Che entrassi nell'azienda seguendo la parte amministrativa, mi sposassi presto e fossi una brava moglie."
"La tua decisione di scegliere altre strade e di vivere

libera non starà stata particolarmente gradita!"
Vuole sapere e io lascio cadere ogni barriera.
"Sono stata ostacolata in tutti i modi possibili."
"Buongiorno Attilio! Marta!"
La voce di Ale mi fa trasalire.
"Sei già arrivato?"
Mi mette una mano nei capelli e me li scompiglia.
Addio messa in piega.
"Carissimo, stavamo proprio parlando di lei. Si
accomodi. Lucrezia sarà qui a breve. Caffè?"
"Si grazie."
"Ci penso io Attilio rimanga qui."
Alessandro mi mette in mano bottiglie di vino e ciò
che sembra un dolce.
"Porta questi in cucina cortesemente. Il vino va in
frigorifero."
Tono da padre padrone.
"Perchè hai portato la torta? Ti avevo detto che lo
avrei fatto io!"
"Perchè voglio evitare una intossicazione alimentare.
La famiglia Ferrari ed io mangiamo questo grazie."
Attilio rimane serio ma gli occhi palesano un sottile
divertimento.
"Vai Marta! La cucina è il tuo regno" mi dà una
leggera spinta.
"Schiavista."
Per tua fortuna c'era Attilio e mi sono contenuta.
Stronzo glielo dirò per telefono.
"Nutre un profondo affetto per lei. E' stato
impegnativo farle da padre?"
"Abbastanza. A tredici anni era già così. Stessa
personalità. Mia madre era troppo arrendevole e

lassista. Mio padre troppo preso dal suo lavoro. Ho iniziato presto ad occuparmi di lei."

"E' stata una ragazzina ribelle?"

"E' stata sovversiva. Infinite discussioni per ogni cosa e completa riluttanza alle regole."

"Sa Alessandro, io non avuto la fortuna di avere dei figli così provocatori ed energici."

"La sua è stata una grazia glielo assicuro!"

"Avrei preferito agguerriti confronti a profondi silenzi. Come dice Gibran, grande poeta e filosofo, l'indifferenza è già metà della morte. Morte di un legame Alessandro."

"Attilio! Io adoro Gibran..."

Poso il caffè sul tavolo. Se potesse mio fratello mi abbraccerebbe, l'ho tolto da una situazione di forte imbarazzo.

"Davvero Marta? Non sono molti a conoscerlo!" ha gli occhi socchiusi.

Quest'uomo ed io abbiamo molto in comune, vuoi vedere che ho sbagliato Ferrari?

"Scusate ero al telefono per lavoro. Alessandro ciao!"

Luca gli mette le mani sulle spalle.

"C'è un caffè anche per me Marta?"

Il "per favore amore mio" credo gli sia rimasto tra le labbra.

Ginevra travolge lo zio.

"Ciaooo!!! Hai trovato la casa in montagna! Se sì, mi fai vedere le foto!? Guarda cosa ha regalato il papi alla mamma!"

Mi prende la mano con l'anello e gliela mostra.

"Tuo padre è un temerario! Auguri!" si stringono la

mano.

Luca ride divertito come un bambino, mi osserva, poi si fa serio.

"Marta hai la maglietta bucata!"

Veramente ho anche il pantaloncino scucito.

"Si lo so, ma mi piace molto e la metto comunque!"

"Comunque è una maglietta bucata!"

Oddio che sarà mai!!

"Lo noti tu perchè poni la tua attenzione sui minimi dettagli. Attilio scusi lei cosa vede?" vienimi in aiuto...

"Vedo una donna serena e molto piacevole"

Ti adoro nonno.

"Ecco, tuo padre insegna. Se cogli l'insieme vedi il bello delle cose."

"Scusate il ritardo."

Una scia di profumo dolciastro introduce Lucrezia. La mancanza di puntualità è probabilmente dovuta dal fatto che sei stata parte del pomeriggio dall' Hair Stylist e dal Makeup Artist.

Che a casa mia sono sempre io, mi taglio i capelli da sola e mi sistemo come riesco.

Trucco perfetto, unghie laccate di rosso, acconciatura anni '70. Tubino nero ed un tacco dodici rosso fuoco. Graffiante ed aggressiva. Che sia un chiaro messaggio sessuale?

Mio fratello ha una faccia che è tutto un programma. Gli converrebbe respirare perchè stare in apnea per così tanto tempo credo non gli faccia bene.

Si ritirano nello studio alle 17.30 per valutare il progetto.

Sono le 20.15. Ginevra ed io stiamo morendo di

fame.

Abbiamo organizzato tutti i giochi possibili. Piscina, caccia ai lombrichi, strega comanda colore, un due tre stella, rugby, pallavolo, calcio.

Abbiamo anche la conta dei danni.

Spezzata l'azalea che Lucrezia ha regalato a Jacqueline per la festa della mamma con un calcio di rigore. Abbattuto il vaso di cristallo sul tavolo con una rimessa laterale. Fatto due buche nel giardino per posizionare le scope che hanno fatto da immaginaria traversa per il rugby. Divelto un sottilissimo paletto della luce.

La nonna ha avuto qualche mancamento ma ha mascherato bene.

Mi sono offerta di preparare la cena.

"Non è necessario Marta, sarà il nostro ristorante di fiducia ad occuparsene."

Le ho chiesto cortesemente cotoletta e patatine per due. Porteranno sicuramente pesce pallido con profumi, aromi, verdure caramellate, steccate, disidratate. Noi abbiamo fatto sport, necessitiamo di alimentarci in modo decente!

Allatto Lea e prego si sbrighino. Cosa avranno da dirsi!

Escono alle 20.30. Sorrisi, toni amichevoli, la dama ha la mano sul braccio di Ale.

Brindano in salotto con una bottiglia di champagne. Mi sento un po' esclusa.

Finalmente andiamo a tavola.

Luca è seduto davanti a me e parla con Ale e la sorella di lavoro e politica.

Per fortuna c'è il nonno che si ricorda di rivolgermi

la parola.

"Come procedono le lezioni di ballo Marta?"

"Direi bene, per ora stiamo lavorando sui passi base cha cha cha, rumba e Jive che abbiamo iniziato da poco."

Stanno prestando attenzione alle mie parole anche dall'altra parte del tavolo. Quale onore.

"Mi interessa soprattutto che percepisca il ritmo dalla musica come vibrazione interiore e che superi il disagio di ballare davanti agli altri".

Ale sospira. Per lui il ballo è tecnica pura.

"Infatti nonno, io non mi vergogno a ballare con Marta davanti al giardiniere."

Ecco, magari potevi evitare di dirlo.

"Tu balli per Jamal tesoro?" come è mellifluo Luca quando deve carpire informazioni dalla figlia.

"No papà, non per lui, per quello di Patrizia, la vicina."

Ale è già adombrato. Nemmeno fosse lui il mio compagno.

Mi sento osservata.

"E' capitato che ci vedesse muovere qualche passo mentre era intento a sistemare la siepe". Cerco di sottolineare che fosse molto concentrato sui verdi cespugli e non sul mio bacino.

"Veramente ci ha guardato per tutto il ballo mamma. Ha anche spento il tagliasiepi! Alla fine ci ha fatto un applauso e ha detto che la prossima volta si unisce a noi."

Perfetto Ginevra, i dettagli giusti al momento sbagliato!

"Scusa Marta questo sarebbe il giardiniere giovane e

aitante di cui mi parlavi?" da quando Luca memorizza quello che dico?

"Cosa vuol dire aitante papà?"

"Bello e prestante Ginevra."

"Allora sì, è lui! La mamma dice che ha un fisico da paura."

Basta Ginevra rischi di crescere senza di me. Inizio ad avere caldo, mi sventolo con il tovagliolo.

"E come si chiama questo giardiniere cucciola?"

"Il nome non me lo ricordo zio...ma la mamma e la Roby lo chiamano il gran bonazzo".

"Lo chiamate così????" Luca ha una faccia disgustata.

"Si lo chiamiamo così! Come voi dei piani alti immagino chiamate bella sventola Elizabeth, la tua manager. "

Il nonno ride.

"Insomma Marta, ammicchi al ragazzo che taglia l'erba" grazie fratello aspettavo la tua frecciata.

"Non ammicco. E comunque la libertà sessuale permette a noi donne di apprezzare la bellezza maschile e parlarne liberamente. Forse non lo sai ma non siamo più nel medioevo. Guardare non è peccato. Desiderare forse sì. Limitarsi ad osservare no."

Tu è una vita che vai oltre l'osservare e mi fai anche discorsi virtuosi!!!

"Appoggio pienamente il discorso di Marta. L'amore corporale e la seduzione sono stati per troppo tempo appannaggio di un universo maschile. Nulla è più naturale dell'apprezzare la bellezza in tutte le sue forme e manifestazioni. E' contemplando il bello che appaghiamo il nostro animo."

Grazie Attilio questo anello in realtà me lo dovevi infilare tu. Ci capiamo al volo.

"Anche a scuola con la psicologa parliamo liberamente di affettività e di amore papà. E' una cosa molto importante potersi esprimere apertamente."

"Certo tesoro hai ragione. Vedi l'amore è un sentimento bellissimo. Fa fare cose straordinarie a chi lo prova. Come generare una vita." Luca guarda Ginevra e fa la miglior faccia da padre aperto e comprensivo.

Non sai cosa ti aspetta Ferrari, la ragazzina sta crescendo. E galoppa veloce. Troppo.

"Papà, quando vi siete dati il primo bacio tu e Marta?"

"Mmmm dunque credo....mmmmm" deglutisce. Beve del vino.

"Me lo ha dato qui, in questa casa. La sera in cui tu sei andata con i nonni a dormire dalla zia e dalla cuginetta." non sarebbe riuscito a risponderle Luca si tiene fintamente occupato.

"E quando è stata la prima volta che avete fatto l'amore papà?"

La nonna è sconvolta. Apre la bocca e si porta una mano sul petto. Luca quasi soffoca con il vino. Ale si copre il viso con le mani. Lucrezia arrossisce e finge di leggere il cellulare.

Il nonno ride e batte le mani in aria.

Credo spetti ancora a me dare risposte.

"La mattina dopo Ginevra." La nonna sta per svenire. La nostra prima volta in casa sua.

173

"Ed è stato bello papà?" gli pone domande pur sapendo che lui non risponderà mai. Lo sta sfidando apertamente. Gli sta dimostrando che tra i due la più libera è lei.

"Si Ginevra è stato molto bello. E te lo direbbe anche papà se non fosse troppo imbarazzato per farlo."

"Grazie Marta. Grazie per avermelo detto. Ti va se andiamo a ballare?"

"Certo tesoro mio" Non sono melliflua, sono davvero fiera di ciò che sei.

Il nonno viene con noi. E' il nostro pubblico speciale.

"E' brava Luca si muove bene!"

"Dici Alessandro? Vederla muovere in questo modo...non sembra nemmeno la mia bambina. Mi sembra così...così..."

"Spregiudicata, aperta e imbarazzante? Ho sudato freddo per te prima."

"Forse non sono così pronto ad essere un padre aperto."

"Ziooo ti prego fai ballare un Jive alla mamma voglio vedere i passi!! Per favore!!"

"No!!!"

Nemmeno la nipote implorante riesce a smuovere quel caprone di mio fratello.

"Non importa Ginevra vieni te li mostro io!!"

Il nonno è un DJ alle prime armi ma ha capito, dopo vari tentativi, come far funzionare il cellulare con la cassa.

Fa partire un allegro Michael Buble.

"Marta sbagli i passi! Non è così il Jive."

"Sì, me lo ricordo bene è così Ale!!"

Per un ballerino preciso come lui la tecnica va rispettata in modo precisissimo!

E lo conosco così bene da sapere che il mio stile volutamente errato lo farà alzare dalla sedia.

"Fermati Marta! Attilio scusi faccia ricominciare cortesemente."

E' una vita che non mi fa ballare.

Capisce subito che ho mentito. Ma sono così contenta che non ha il coraggio di piantarmi in asso.

Continua guidandomi forte e sicuro fino alla fine della canzone.

Lucrezia è affascinata da Alessandro. Ho visto come lo guardava durante la presentazione del progetto.

Mentre lui si avvicinava, per meglio esplicarle i dettagli, l'ho vista inspirare più volte.

Il contatto tra le loro braccia, seduti vicini, l'ha messa a disagio. Come il sostenere troppo a lungo lo sguardo diretto di lui.

Si mordeva il labbro inferiore. Lo fa sempre quando è in difficoltà. Come fa Ginevra.

Adesso è concentrata sulla figura di Alessandro in modo ipnotico.

Hanno finito il ballo. Marta gli si getta al collo, lui la stacca, la spinge lontana e prende in braccio mia figlia. Riesce a portarla con un solo braccio. Io non riesco più da un po'.

"Le foto zio, ogni promessa è debito"

Apre il portatile e ci mostra una villetta con un bel giardino, piccolo ma ben tenuto.

"E' bellissima zio! Quante camere ha?"

"Tre camere, due bagni, sala e cucina abitabile. In buone condizioni, non ottime direi, ma è spaziosa ed accogliente."

"Io dormo con Mauro!"

"Ginevra non mi sembra il caso, avete la possibilità di avere una camera a testa!"

"Papà abbiamo già pensato di fare dei party in camera, dormire sui materassi per terra..."

"Ho già espresso chiaramente la mia posizione, dormirete separati e non intendo cedere."

"Grazie papà, come sempre non va mai bene ciò che desidero! Vado a sentire la musica vicino alla piscina." Sbuffa e si allontana.

Temo che il mio ruolo in questa famiglia finirà con l'essere lo stesso che aveva mia madre nella mia, la mediatrice.

E' stato grazie a lei se la comunicazione tra mio padre e me non si è precocemente esaurita nella mia preadolescenza.

Impossibile discutere con lui per più di tre minuti e far valere le mie lecite ragioni.

"Basta Marta! Ho sentito abbastanza, adesso taci per favore!"

Peccato che io nemmeno avessi iniziato a parlare.

Ero ancora ferma al titolo e al sommario.

Mia madre aveva doti molto più convincenti per farsi ascoltare. Le esercitava segretamente in camera da letto. La mattina dopo solitamente ottenevo carta bianca per concretizzare ciò che desideravo.

Con Luca non c'è abilità che funzioni. Il suo no rimane tale, immutato nel tempo e nello spazio. Sempre.

Ginevra siede sul lettino mesta e triste. Per quanto sia portata per il ballo non lo è assolutamente per il canto. Inascoltabile.

"Mi offre una sigaretta per favore Attilio?".

"Certo cara prego. Siediti qui"

So che Luca non vuole sto allattando.

Fumiamo insieme. Incuranti del fatto che agli altri seduti al tavolo potrebbe anche dare fastidio.

Sono rilassata quando sono vicina a lui. Piedi sulla sedia. Testa appoggiata allo schienale.

"Sa Attilio, se penso che quella ragazzina urlante abbia davanti una vita di esperienze nuove e bellissime sono gelosa!"

"Da quando ti confidi con lui? Perchè non ne parli con me?"

Una scenata di gelosia da parte di Luca perché parlo con suo padre, era l'ultima cosa che mi sarei aspettata.

Capisce di aver esagerato e cerca di rimediare

"Sperimenterà il primo vero bacio, il primo vero amore".

"La prima canna, il primo tatuaggio, il primo piercing, la prima sbronza con vomito e stordimento, il sesso disinibito... che grande fortuna..."

"Marta!!". Luca sembra sconvolto.

"Non è una dama dell'ottocento. E' una giovane donna che si affaccia su un mondo moderno!"

"Non è detto che debba fare tutto ciò che hai fatto tu!" Ecco mi mancava il fratello bacchettone.

Se fosse tua figlia Ale non farebbe nulla, nemmeno lo vedrebbe dalla finestra il mondo!

"Marta scusa ma io non credo che quelli che hai

menzionato siano comportamenti idonei ed adeguati. Io ad esempio non ho mai avuto il desiderio di concretizzarli." Luca si sta scaldando.

"Nemmeno io..."

Bene Lucrezia! Hai ricevuto la stessa insana e rigida educazione di tuo fratello.

"E tu Marta? Quale tappa tra quelle menzionate hai concretizzato?"

Essere o non essere sincera? Questo è il problema.

C'è una frase di Aldo Moro che mi lessi anni fa e che mi colpì particolarmente, *"Quando si dice la verità non bisogna dolersi di averla detta. La verità è sempre illuminante. Ci aiuta ad essere coraggiosi."*

E così decido di esserlo anch'io, di mostrare che non sono perfetta ed encomiabile.

Io sono semplicemente me stessa, nei miei virtuosismi e nei miei errori e peccati di gioventù.

"Le ho concretizzate tutte, eccetto il piercing Attilio. Però a volte ho una gran voglia di farmene uno qui, sul sopracciglio. Sono davvero tanto tentata!"

Luca è basito.

"Veramente non hai nemmeno il tatuaggio!"

"Ti sbagli Ale, ce l'ho da 20 anni ma non te ne sei mai accorto."

"Impossibile non l'ho mai visto!"

"Infatti è proprio dove non puoi vederlo..."

"Stai bleffando Marta" mi guarda scettico.

"Luca diglielo tu!"

"Si Alessandro ti garantisco che c'è. Basta che tu non mi chieda dove. Questa sera sono già stato messo a dura prova da mia figlia."

"Come vedi Ale nella mia vita non hai controllato

quello e molto molto altro."

Il mio sorriso è sincero. Il suo nervosismo anche.

Ci salva Lea che piange disperata ed affamata. La prendo e la allatto direttamente sulla sedia. Lucrezia e Jacqueline mi sembrano un po' a disagio.

Bevo caffè e mangio la torta mentre la piccola è attaccata al seno. La riempio di briciole. Mia suocera sta per avere un mancamento. Mi spiace, io non sono perfetta come voi. Sono pasticciona e casinista.

"Brava cucciola che hai finito, devo andare in bagno, non resisto più. Lucrezia scusa prendila tu. Tienila dritta altrimenti mi rigurgita a fontana."

Le metto uno staccio sulla spalla e gliela cedo rapida. Mi guarda a disagio.

Quando torno sta passeggiando nel giardino con la piccola addormentata. La bacia delicatamente sulla guancia. I nonni e Ginevra si congedano, sono stanchi.

"Andiamo a letto anche noi, si è fatto tardi Marta!"

"Luca sono le 22.30 noi a volte ceniamo a quest'ora!"

"Meglio se andiamo a riposare!" mi mette una mano sulla spalla.

"Su Marta ascolta Luca, sembri assonnata!". Ci manca solo mio fratello.

"Non è vero!"

"Allora vai a provare il letto! Ci ho lavorato per 20 minuti la scorsa settimana, dovrebbe essere più che silenzioso".

Luca mi prende per un braccio e mi trascina con sè. Sono in accordo. Come due ragazzini si reggono il gioco. Io non ho parole.

Lea continua a sonnecchiare. La mettiamo nel suo lettino. Non capita spesso una fortuna del genere. Di solito riapre gli occhi e la festa comincia. Per questa sera posso fare a meno dell'aiuto della nonna.

Andiamo in camera.

Lui chiude la porta. Mi spinge contro. Mi prende i polsi e li alza sopra la mia testa.

Il suo sorriso è tutto un programma.

Da come mi guarda sarà tutto molto meno romantico della volta scorsa. Per fortuna.

Mi bacia il collo, mani sotto la maglietta, poi mi slaccia i pantaloncini.

"Luca..." mi viene un po' difficile fare conversazione ma è una buona causa.

"Cosa..."

"Loro due di sotto..."

"Sono adulti..." credo faccia fatica anche lui a fare grandi discorsi.

"Non sono tranquilla..."

"Marta!" Si stacca e si mette le mani nei capelli. "La scorsa volta era mia madre, ora mia sorella, la prossima settimana sarà mio padre? Per fortuna siamo pochi in famiglia."

Si gira e sta per andarsene.

"Luca!" Lo prendo per un braccio. "Ti ho detto che sono preoccupata, non che non mi piaccia ciò che stai facendo." Lo attiro a me.

Il letto tiene benissimo. Nessun cigolio. Passiamo abbondante tempo ad essere tutto, tranne che teneri amanti.

Siamo rimasti soli. Sul tavolo sotto al portico

bicchieri, tazzine del caffè e infinite tazze con le varie tisane di Marta.

Iniziamo a portare alcune cose in cucina. In silenzio. I nostri occhi si incrociano. Lei non tiene lo sguardo è sfuggente. Sappiamo bene entrambi come vogliamo che finisca questa serata.

E' nervosa.

Non è una donna che prende l'iniziativa. In generale non mi piace che lo facciano.

Posa le cose sul tavolo e sta per uscire nuovamente. Credo che abbiamo riordinato abbastanza per questa sera.

"Basta! Vieni qui!"

La prendo per un braccio. La ruoto verso di me. La stringo. La bacio, non in modo dolce. Non sono romantico. E lei non è la madre dei miei figli. Dora è l'unica che può accarezzarmi quando la abbraccio sul divano. Lei è la mia partner.

Lucrezia è altro. Provocante, sensuale, sinuosa, splendida.

Mai stato capace di resistere al richiamo della bellezza femminile.

Secondo Shakespeare ha il potere di far cadere in tentazione più dell'oro.

E io ci cado spesso, pienamente.

Io, il preciso, il responsabile, l'integerrimo, l'affidabile sempre, cerco il proibito, il vietato, il peccato.

Tradisco. Supero il consentito, abbandono le giuste regole.

E' il mio modo di mantenermi in equilibrio. La perfezione estrema e la trasgressione. Questo piacere mi consente di essere libero.

Le sollevo il vestito, in cucina, tra i bicchieri, tazze, avanzi di torta. Avidi e desiderosi l'uno dell'altro.

Ansimanti e svestiti in parte. Incapaci di resistere oltre.

Il resto della nottata la passiamo in camera sua.

L'unica preparata all'ultimo piano della villa. Ci ha pensato Luca a farla preparare lì, lontano da occhi ed orecchie indiscreti.

Niente più vestiti tra di noi. Ci concediamo tutto con un sesso smanioso.

19 MA CHE GIOCO E'?

"Buongiorno Attilio già sveglio?"

"Buongiorno Marta. Ci sono dei biscotti buonissimi nella credenza".

Mi indica con una mano dove trovarli mentre continua a leggere il giornale.

"Dormito bene cara?"

Ha uno strano modo di guardarmi. Direi tendenzialmente malizioso.

"Dormito poco..."

"Ma?..." ancora lo stesso sguardo.

"Ma sono pienamente soddisfatta!"

Ride di gusto e mi mette una mano sul braccio.

"Buongiorno Luca!"

"'Giorno" Lo saluta senza guardarlo in faccia.

Osserva però la sua mano posata su di me.

"Dormito bene?" la stessa domanda.

"Benissimo"

Gli ha mentito. Attilio solleva lo sguardo. Lo fissa.
"Diceva un filosofo francese che le persone deboli
non possono essere sincere. Ricordatelo figliolo."
Sorseggia il suo caffè e continua a sfogliare il
giornale. Se io sono fissata con i numeri lui lo è con
gli aforismi.
Luca lo guarda irato, tesissimo.
"Buongiorno a tutti!"
Ecco mancava giusto l'infedele.
Padre e figlio Ferrari gli rispondono all'unisono.
"Caffè?"
"Si grazie Marta."
"Dormito bene Ale?"
Il gioco di Attilio è pericoloso ma mi attira
terribilmente. E lo faccio mio.
"Si!" mi guarda serio.
"Strano non l'avrei detto, mi sembri stanco. La notte
è fatta per riposare non per altro. Coltiva questa
occasione preziosa."
"Alessandro andiamo fuori."
Luca esce senza degnarmi di uno sguardo.
Si sono dunque delineate le alleanze. Attilio ed io
giochiamo nella stessa squadra. La cosa mi rende
molto felice.
"Sa che io non so nulla di lei? Luca mi ha parlato
pochissimo di voi. Di cosa si occupava?".
"Ero un notaio."
Faccio una faccia sorpresa.
"Io ero convinta che fosse uno psichiatra!"
Ride divertito.
"La mi attività effettivamente mi ha fatto scoprire
molto sull'animo umano. Può essere nobile ma anche

alquanto grezzo e spregevole. Ho conosciuto i lati vili ed immorali di uomini socialmente virtuosi e morigerati. I soldi Marta, rendono peggiore anche l'animo più puro ed immacolato."

"La penso allo stesso modo!"

Brindiamo con i nostri caffè.

"Tutto bene Luca?"

"No. Lo stare vicino a mio padre è quanto di più faticoso io conosca e sperimenti ogni volta"

"Ha un buon feeling con Marta."

"E' il suo gioco. Risultare sempre migliore di me e prendersi tutto quello che è mio. L'attenzione di Marta la vuole per lui. Lucrezia?"

"Stava ancora dormendo. Non l'ho svegliata. Non abbiamo riposato molto..."

"Qualcuno vuole un biscotto?"

Ho interrotto qualcosa di importante. Stavano sorridendo ora non lo fanno più. Credo di non essere la benvenuta.

"No Marta" Luca è serio. La mia colazione con suo padre forse non gli è andata a genio.

Cellulare. Il suo come sempre.

"Scusate, un dirigente dello staff."

Si allontana.

"Ale, Attilio mi ha detto che la prossima settimana vi rivedrete per definire alcune cose. Cosa dice Dora dei tuoi weekend fuori casa?" lo guardo seria.

"E' lavoro Marta!"

Rido. Davvero da non credere.

"Giusto Ale. Lavoro. Salutamela quando rientri. Magari la chiamo questa settimana, è da un po' che non la sento. Chiacchieriamo un po'..." il mio tono di voce è strano, suona quasi minaccioso.

Mi prende per il polso.

"Non fare cazzate Marta. Non ci provare. Non giocare con me."

Stringe mi fa male. Non ho paura di lui ma lo conosco bene e so che non devo andare oltre.

"Sei tu che stai giocando. E lo fai in modo sleale con Dora. Stai tranquillo non ti sputtano. Ma lo faccio solo per non ferire lei non per te."

Stringe più forte mentre gli parlo.

"Mi fai male Ale."

"Marta la bambina piange rientra!"

La voce di Luca è autoritaria, il suo sguardo severo.

Mi avvicino a lui.

"Non darmi ordini. Io non faccio parte del tuo staff!"

Dunque sono complici in questo gioco al massacro. Ma come possono moralmente fare una cosa del genere?

Lea è in cucina nel suo ovetto. L'ha messa Luca quando si è svegliata. Forse l'ha sentita piangere andando di sopra. Non le ha nemmeno cambiato il pannolino.

"Buongiorno Marta"

Ecco è arrivata la disonesta.

Pensandoci io ho fatto lo stesso con Josè. Ero la sua amante. Non ho mai pensato a sua moglie Maria quando cercavamo clandestinamente un tempo, un luogo, un modo per stare insieme.

Ero troppo presa da noi per considerare lei.

Forse per lo loro è lo stesso trasporto. Sono confusa, mi viene da piangere. Perchè non ti basta quello che hai Ale?

"E' bellissima"

"Dicono sia uguale a te."

"Davvero?" sembra sinceramente colpita ". E' stato emozionante stringerla ieri sera."

Non so cosa scatti in me, forse l'idea che non abbia potuto avere un figlio, avvicino una sedia.

"Vieni."

Lei si siede e le metto Lea tra le braccia.

"Io non ho avuto questa fortuna nella vita." Si commuove "E non ne ho avute molte altre..."

"Lucrezia non innamorarti di lui. Non lascerà la sua famiglia per te."

Piange.

"Mi spiace." le passo un fazzoletto. "Ci sono passata anche io. Ero giovane e follemente innamorata!"

"Di Alessandro?"

Sorridiamo.

"No di Josè!"

"Il ballerino?" sorride e piange insieme.

"Si! Ero completamente persa per lui. Amante fascinoso. Senza nulla togliere a tuo fratello naturalmente."

"Marta voglio che tu sappia che non è nella mia natura ciò che sto facendo. Va oltre ogni mio valore morale...ma..." piange si asciuga gli occhi.

"...ma Ale è Ale..."

"E' un uomo fantastico"

"Perchè non lo conosci bene! Fuori dal letto è insopportabile. Grandissimo rompipalle."

"Che situazione incredibile!"

"Si! L'amore a tre è sempre un gran casino Lucrezia"

Vederla con gli occhi lucidi fa commuovere anche me.

Luca ed Ale entrano in cucina e ci trovano vicine, commosse.

Da veri uomini, dopo un laconico scusate, tornano da dove sono venuti, fuori.

La nonna ha organizzato un brunch per le 11.30. Mangiano tutti poco. Tranne Ginevra e me naturalmente.

Il nervosismo mi fa un effetto strano. Non mi chiude lo stomaco, mi apre una voragine.

"Marta ma quanto mangi?"

"Ale ma quanto rompi! E' la terza volta che me lo dici!"

"E' la terza volta che riempi il piatto come un muratore che ha lavorato per ore."

"Quest'anno non ho la prova costume! Vado in montagna!"

Parliamo come se fossimo soli. Ed i effetti è così. Sono tutti presi da situazioni facilmente deducibili. Lucrezia pensa al suo cuore. Attilio ad un figlio che vorrebbe diverso. Luca ad un padre che non vorrebbe proprio. Jacqueline pensa a come tenere insieme questa famiglia che fa acqua da tutte le parti. Ma non si deve vedere.

"Sai chi è tornato a Castione dopo tanto tempo? Matteo...il tuo Matteo"

Luca ci guarda. Forse gli era bastato il giardiniere. Mi sento di dovergli delle spiegazioni.

"E' un carissimo amico e anche fidanzatino in prima superiore. Ha lavorato per anni come barman sulle navi da crociera."

"Ora ha aperto un locale in paese." aggiunge Ale.

Forse il quarto piatto lo evito. Vero che non ho la prova costume, ma la prova "rivedi l'amico" è altrettanto importante.

Ale e Lucrezia ripartono subito dopo il brunch. Lasciamo le bimbe con i nonni e li accompagniamo alle auto nella rimessa dietro casa.

"Ciao Ale"

"Ciao Marti, scusa non volevo farti male" mi bacia sulla testa.

"Scusami anche tu. Sono stata un po' meschina".

Tento di dargli un bacio ma mi spinge verso Luca.

"Per carità dalli a lui i baci." Ridono entrambi.

"Ciao Lucrezia, buona settimana".

Sarà pessima, soffrirai come un cane, fidati!

"Ciao Marta grazie di tutto." Mi sorride e mi mette la mano su un braccio.

Torniamo verso la villa. Non resisto, mi volto e li vedo, si stanno baciando. Un bacio passionale. Rallento mentre li guardo. E' un colpo al cuore.

"Marta dai andiamo."

"Perchè gli reggi il gioco Luca? Perchè incoraggi la cosa? Lei starà malissimo."

"Sta già malissimo da tempo. Non ha un matrimonio felice."

"Lui è solo di passaggio. Le spezzerà il cuore."

"Le farà capire cosa sono passione e amore. La porterà a liberarsi da chi la tiene incatenata in un rapporto sterile e malato."

"Spero che tu sappia quello che fai!"

"Io non lascio niente al caso, studio e pianifico ogni

cosa."

"Tutto, tranne il giardiniere!"

Corro. Lui dietro. Mi raggiunge nel giardino vicino al portico. Mi afferra, cadiamo sull'erba. Ridiamo e ci abbracciamo. Jacqueline ci osserva severamente. Attilio è compiaciuto.

Fermate il mondo, è tornato il mio Luca.

Mi sento semplicemente felice.

Fa caldo. Molto. Sono abituato al fresco della mia montagna.

Aria condizionata e musica.

Non c'è traffico. Non penso a niente. Non voglio riflettere su ciò che ho fatto. Solo guidare tranquillo.

Due ore dopo sono a casa.

Nicolas è in giardino, gioca a calcio con alcuni amici.

"Ciao papà!!"

"Ciao bello! Ciao ragazzi! Dove è la mamma?"

"Dietro casa con Diego."

Marta arriva e scodinzola. Cerca di saltarmi addosso infinite volte.

"Ciao Amore mio"

"Ciao Sandro non ti ho sentito arrivare!" Dora mi sorride.

"Ciao torello vieni dal papà! Non stai ancora dormendo? Mi stavi aspettando? Oddio pesi almeno cinque volte tua cugina! Perchè siete dietro casa?"

"Non li lascia giocare, gattona, si mette in mezzo, vuole il pallone e urla come un pazzo."

Lei è seduta sulla coperta. Le gambe allungate. Scalza. La schiena appoggiata all'albero. I capelli sciolti. Bella con il suo sorriso dolce.

Mi sdraio e le metto la testa sulle gambe.
Mi accarezza i capelli. Le prendo la mano e la bacio.
Gliela tengo stretta.
"Sei stanco? Vuoi dormire un po'?"
"Si voglio dormire qui, così." Apro gli occhi, la
guardo. "E voglio fare l'amore con te."
Mezz'ora di gioco scatenato e il mio piccolo si
addormenta accanto a me in giardino, lo porto in
casa e lo adagio nel suo lettino.
Dora mi attende nella stanza.
Nella penombra la spoglio piano, la tocco, la
accarezzo come le piace e la bacio dove più mi piace.
Sopra di me si muove lentamente. Il suo ritmo
aumenta, il suo respiro diventa un gemito. Il corpo
teso alla ricerca di un piacere che giunge esplosivo e
che diventa anche il mio.
Abbracciati, ansimanti, uniti in una dimensione
unica, le sussurro che la amo, che lei è l'unico amore
della mia vita.
Tutto il resto, tutte le altre per me non contano. E
sono sicuro che lei lo sappia.
I miei figli e la mia donna sono il mio mondo, la mia
vita. Non posso stare senza loro. Senza il resto si.
Senza Lucrezia anche.

20 ODIO IL LUNEDI'

Avrei dovuto fare mille cose oggi. Un attacco di
cervicale tremendo ha sconvolto tutti i miei piani e
mi ha messa completamente a ko.
Sono abituata a stare sola, ad organizzare le giornate

con le bambine e con Mauro. Non posso contare su Luca e su nessun altro. Solo su di me. La solitudine non mi pesa. Il dover affrontare la quotidianità quando sto così male sì.

Mi sono svegliata ed ho faticato a raggiungere la camera di Lea. Vertigini e senso di nausea fortissimi. L'ho dovuta allattare per terra. Non ero in grado di spostarmi.

Oggi sono rimasta in ginocchio vicina al water più di quanto sia riuscita a stare in piedi.

Avevo bisogno di qualcosa, qualsiasi cosa che mi sollevasse da questo problema. Ho aspettato le 18.00. E' arrivata Roby a prendere Mauro ed ha fatto un salto in farmacia per me.

Per fortuna ho lei.

Odette è a Londra per presentare un progetto, Paola è in Sicilia per curare un evento teatrale. Luca c'è. Ma solo telefonicamente. Se non è in riunione naturalmente. E lo è quasi sempre.

Eccola è tornata.

"Oddio Marta sei inguardabile! Domani non te lo mando Mauro, non nelle condizioni in cui sei!"

"No Roby davvero non ti preoccupare. E' stato bravissimo. E' uscito a prendere focaccia per tutti. Ha fatto giocare Lea per parte del pomeriggio. Non togliermi l'unico uomo presente in casa!"

A modo suo lui fa parte della famiglia ormai.

"Senti fammi sapere domani mattina come stai, io lo posso porta' in ufficio con me. Può fare i compiti."

Roby, marchigiana, vive a Milano da 13 anni.

Ha custodito gelosamente il proprio accento ed il modo simpatico di troncare le parole.

191

Arrivata a vent'anni per frequentare un indirizzo universitario unico ed esclusivo, non lo ha mai concluso. E' rimasta incinta l'anno dopo. Indugia su di me con i suoi occhi verdi. Vuole capire come stia realmente. E' attenta e premurosa.

Gli occhi di Mauro sono simili ai suoi e in questo momento sono supplichevoli. Credo che non potrebbe reggere una giornata fermo e zitto seduto ad una scrivania. Lo rassicuro che domani possa restare con noi.

Ginevra cena con un po' di latte. Io con tre pastiglie, sperando facciano effetto velocemente. Porto Lea a letto con me. Non avrei la forza di alzarmi la notte per allattarla.

Luca torna molto tardi. Si corica forse per due ore. Riceve continui messaggi sul cellulare.

Lavoro...forse, spero. Si alza e credo scenda a lavorare.

Sono preoccupata per lui. Ha ritmi troppo serrati. Non voglio gli accada qualcosa.

Ho il terrore che nella mia favola bella entri un lupo cattivo, un evento traumatico e tutto si azzeri, si annulli.

Mi riaddormento con l'angoscia nel cuore.

Mi sveglio presto ma lui non c'è già più.

Da sempre refrattaria ad ogni rimedio chimico chiamato farmaco, questa mattina devo ricredermi.

Ringrazio di cuore il principio attivo che mi permette di stare in piedi senza sentirmi su una nave nel bel mezzo della tempesta.

Mauro arriva alle otto. Roby lo scarica dall'auto. E' perennemente in ritardo. Lo sarei sicuramente anche io se lavorassi.

"Tesoro come stai?"

"Molto meglio grazie!"

"Sicuro? Mi sembri un po' provata! Senti, non ha fatto colazione perchè non si spicciava più. Giuro che domani ti porto il latte ed i biscotti! Scusami!" ha le mani giunte.

"Ma finiscila Roby, vai che arrivi tardi!"

Parte sgommando sulla sua vecchia auto.

"Forza ragazzo vai a svegliare la Gina che facciamo colazione tutti insieme!"

Corre verso casa.

"Marta, ieri mi sono preoccupato...sono contento che tu stia bene!"

Ha una grande sensibilità d'animo.

E' la forza di Roby.

Quello che la fa andare avanti ogni giorno e fare salti mortali per sbarcare il lunario.

Gli alimenti dell'ex marito sono ormai un miraggio, un sogno irrealizzabile. Non arrivano mai sul conto corrente sempre in rosso.

Le rare volte in cui capita sono una carità insufficiente per tutto.

In realtà sarebbero un diritto.

Il giusto contributo per la crescita di un ragazzino che non ha nessuna colpa. Ma che subisce le conseguenze di questa storia finita male.

Generato da due persone che hanno scoperto presto di aver scambiato una infatuazione per amore. E che hanno preso da subito coscienza di non avere nulla in comune.

Il passo tra il non amarsi e il non riuscire più a

condividere la loro esistenza, è stato breve.
Tra loro è rimasto solo astio e rancore.
Da quando conosco Roby sono più le volte che l'ho
vista piangere di quanto l'abbia vista ridere.
La sofferenza l'ha segnata e stancata troppo presto.
E' una donna bella, mediterranea, con la pelle
olivastra e capelli scuri e mossi.
Veramente la tonalità della chioma varia in base alle
offerte della tinta al supermercato, ma oscilla sempre
tra il mogano, il castano cioccolato e il nero.
Non è molto alta, ma ha un incedere sicuro e fiero
che non la fa passare inosservata.
Mi chiedo spesso come possa vivere qui, in questa
città spesso avvolta nella nebbia e nel grigiore.
Lontana dalla sua splendida terra, dal suo adorato
mare. La nostra è stata una simpatia empatica.
Sembra che ci conosciamo da molto più tempo. In
realtà sono solo nove mesi.
Le sono molto affezionata, come lo sono a Mauro.
Quando faccio acquisti per Ginevra penso sempre
anche a lui. Una felpa, una maglietta, scarpe. Per noi
queste piccole spese non sono nulla. Per lei
sarebbero impossibili.
Dovrebbe rinunciare a qualcosa per poterlo fare. E
già si concede davvero molto poco. Una pizza da
asporto ogni tanto, un gelato in centro, la sua amata
palestra.
La sua vita attuale è stata la mia del passato, uno
stipendio che ti permette di realizzare solo piccoli
sogni.
La differenza sta nel fatto che io rispondevo solo a
me stessa. Lei deve rispondere a due occhioni che a

volte chiedono qualcosa di extra a cui non può dire di sì. Il bilancio famigliare non quadrerebbe più.
Luca sa che li aiutiamo con la spesa e molto altro.
Non ne abbiamo mai parlato apertamente, ma concorda pienamente.
Spesso Roby mi ha chiesto come possa sdebitarsi.
Le ho spiegato che grazie a lei io posso essere Marta Rossi. Semplicemente me stessa, nella mia normalità ed imperfezione.
In questa zona un po' esclusiva e un po' snob di Milano io devo essere solo la signora Ferrari.
Parlare con i vicini è un po' come rapportarsi con Jacqueline. Devo ricordarmi che sono vietate oscenità, volgarità, assolutamente banditi i miei merda e cazzo. Il lei è sempre da preferire al tu, troppo intimo e diretto.
Da evitare assolutamente discorsi sulla politica e preferire "il non pericoloso" tema relativo al tempo atmosferico.
Mi sento sempre a disagio in questo mondo non mio.
E' come se fossi ancora a scuola. Con la mia odiata maestra Marcella che naturalmente mi riprendeva sempre.
"La forma Rossi, la forma!!! Non basta essere intelligenti, bisogna curare la forma!!"
Ecco personalmente io ho sempre privilegiato la sostanza. Della forma non me ne è mai fregato assolutamente niente.
"Mamma possiamo fare i pancake?" Ginevra mi abbraccia e mi bacia il braccio.
"Se non mi distruggete la cucina si!"
"Marta li mangi anche tu?"

"Certo Mauro scherzi!!"
I miei due pasticceri sono fantastici. Facciamo una colazione degna della miglior pasticceria del centro.
"Ragazzi sapete cosa potremmo fare? Portarne qualcuno a Luca in ufficio! Non siamo mai andati a trovarlo. Sarà felicissimo!" Ne sono davvero convinta. Già lo vedo, felice e sorpreso nell'accoglierci calorosamente.
Preparano dolci anche per lui. La cucina è inguardabile. Un incubo. La puliremo dopo, si è fatto tardi.
Allatto Lea, carico tutti in auto e partiamo.
La mia vecchia Clio, con aria condizionata accesa, praticamente cammina a fatica. Se vuoi aumentare la velocità devi rinunciare alla brezza ed abbassare i finestrini.
Optiamo per quest'ultima soluzione. Arriviamo 40 minuti dopo in condizioni pietose. Come se fossimo venuti di corsa.
Mi infilo nel parcheggio sotterraneo della ditta. Nemmeno un posto libero. Mi posiziono dietro alla macchina dell'amministratore delegato. Essere la donna del capo ha i suoi vantaggi.
Gina ci guida, conosce bene il posto. E' stata qui spesso per le occasioni speciali.
La portineria è lucida e lussuosa. Sembra di entrare in un hotel di lusso.
"Buongiorno signorina Ferrari!" il portinaio la accoglie con grandi sorrisi. Chissà se sta salutando la bambina o la figlia del boss.
Veniamo accompagnati in una sorta di locale più esclusivo e riservato. La cervicale non mi lascia

tregua, inizia a darmi fastidio stare in ascensore.
Nausea.

Quando arrivi a varcare questa porta vuol dire che sei già un manager di successo. Laureato, con master, tendenzialmente di aspetto gradevole e con una gran dose di autostima.

Non ci attende un portinaio in divisa ma una bionda bilingue con auricolare e microfono. Perfettamente in posa, dietro ad una scrivania in vetro, su uno sgabello tanto d'effetto quanto scomodo.

"Signorina Ferrari buongiorno!" Lei non riserva troppi sorrisi, punta sulla solennità del saluto.

"Buongiorno Janette!"

"Avviso immediatamente la segreteria del Dottore."

"Grazie Janette, molto gentile" come è impostata questa bambina. La nonna ne sarebbe fierissima.

"Buongiorno dottoressa. C'è la signorina Ginevra Ferrari. No, non è sola. E' con un amico ed accompagnata da una babysitter".

Come la bambinaia!

Piazzo sul bancone la mano con il brillante in modo che sia bene in vista.

"Scusi Janette, veramente io sono Marta Ferrari."

Ancora non lo sono, ma Ginevra mi ha detto che entro l'anno concretizziamo. Per cui insomma siamo sulla buona strada. Questione di tempo.

Mi osserva con gli occhi sbarrati. Posa velocemente lo sguardo da me alla piccola e viceversa.

"Mi scusi io conoscevo la signora Todeschi."

"Cecilia? Non c'è più! Adesso ci sono io. E la piccola Lea!" vedo che Luca ha raccontato molto di noi in azienda.

Mi guarda con una faccia sconcertata. Forse il sapere che il Dottor Ferrari si sia riprodotto con la sottoscritta la sconvolge.

Sono accaldata, semi pezzata, quasi del tutto sudata. Indosso una canotta nera, pantaloncino verde forse macchiato e ho la piccola in un marsupio di fortuna realizzato con un foulard etnico. Forse è tutta questa eleganza che la sconcerta.

"Signora Ferrari le porgo le mie scuse. Vi accompagno immediatamente in segreteria."

Dall'alto del suo tacco dodici a stiletto ci fa strada. Io la seguo con la scarpa da tennis bassa.

Ascensore grande quanto il mio bilocale di Bergamo. Tutto in vetro. Ginevra e Mauro ci appoggiano le mani. Li guarda infastidita. Chissà se la pulizia delle impronte spetti a lei.

Non appena l'ascensore si solleva parte una vertigine seguita da un conato.

"Mamma cosa c'è? Stai per vomitare come ieri?"

Janette si sposta fulminea di lato.

"No tranquilla tesoro è passato." Spero.

La seguiamo lungo corridoi ampi che mi mettono a disagio. Tutto troppo perfetto.

Arriviamo alla segreteria. Ci raggiunge una donna non giovanissima, molto piacevole ed elegantissima.

"Molto lieta signora Ferrari. Il dottore è in riunione con lo staff. La annuncio subito."

"No lasci, non lo disturbi se è occupato..."

Ginevra tiene stretto il suo contenitore con i pancake, sembra un po' delusa.

"Il dottore vorrebbe assolutamente essere messo a conoscenza della sua presenza e di quella dei

198

bambini. Si accomodi, torno tra poco."

Mi indica un divanetto in pelle. Da cui potrei non rialzarmi mai più. Rimarrei sicuramente incollata per quanto sono appiccicosa. Meglio non rischiare.

"Prego, vi attende." Con tono di voce più basso aggiunge "Farà una pausa di pochi minuti per ricevervi."

Che onore. Mi sento come in udienza dal Santo Padre.

Peccato che il Ferrari non sia il pontefice. E io sono la stessa con cui ha provato a lungo le molle del letto sabato notte. Potrebbe riservarmi anche più di qualche istante.

Veniamo introdotte in un'ampia sala riunioni.

Lui è in piedi, accigliato.

Seduto intorno ad un tavolo di cristallo lo staff.

Portatili, cellulari e bottiglie di acqua.

Dirigenti vestiti elegantemente, Elizabeth impeccabile come sempre, ed un'altra donna facente parte del gruppo "comuni mortali". Non è stata selezionata a miss Italia.

E' l'unica che mi sorrida. Solidarietà tra affini.

"Signori facciamo una breve pausa".

Grazie di averci presentati e di averci concesso il tempo di dirti ciao.

Se penso alle riunioni che facevamo in comunità.

Pizzette, focacce, dolcetti, fogli sparsi e briciole sui faldoni.

Facevamo lunghe ed infinite discussioni. A volte anche molto accese. Ma sempre in un clima di piena collaborazione, di alleanza vera. Menti e cuori differenti uniti per un obiettivo unico.

Qui non percepisco questo legame, questa vibrazione positiva. Noto sorrisi di circostanza e sguardi sleali. Sembrano confabulare più che parlare tra loro. Ho una sensazione fortemente negativa.

E' qui che trascorre il suo tempo Luca. Con questa gente. Mi sembrano squali pronti a mangiarsi la preda.

Vale la pena aver raggiunto e conquistato tutto questo, per essere soli al comando?

"Papà stai bene?" Ha colto anche Ginevra che il clima sia teso.

"Certo!"

"Ti abbiamo portato i pancake. Ho già messo la nutella! Li ho fatti con Mauro!" sorride entusiasta.

"Grazie ragazzi. Li appoggio qui." Mette distrattamente la scatola sul tavolo. Non li assaggia nemmeno. Forse non è così gioioso nel vederci.

La mia affine ci raggiunge. Ha un viso molto piacevole ed un corpo morbido. Lei li avrebbe assaggiati i pancake.

"Posso vedere come è carina questa piccolina?" Mi tende la mano.

"Luciana"

"Ciao, Marta"

Accento sardo. Ha usato il suo nome e non il titolo accademico. Già mi piace.

Lea la guarda, sorride e sgambetta felice. E tutto questo movimento, unito all'avere mangiato di fretta, le fa emettere un ruttino da adolescente di sesso maschile. La figlia dell'amministratore delegato ha omaggiato la platea.

Tranne Luciana che scoppia in una fragorosa risata,

nessuno commenta. Osservano distanti e poco interessati.

Un clima pesantissimo in questo ufficio, da cui io sento di dovermi allontanare al più presto.

Luca non ha detto una parola. Guarda Ginevra che nel contempo ha smesso di sorridere e lo osserva seria.

"Il papà è evidentemente impegnato tesoro, passiamo un altro giorno. Quando è più tranquillo."

E magari meno stronzo.

"Scusa Marta ma eravamo ad un punto cruciale, non è un buon momento." Lo percepisco distante, stanco, teso.

Gli accarezzo il viso. Vorrei chiedergli di tornare a casa con noi. Di lasciare questo posto. Ma lui non accetterebbe mai, né per un giorno né per la vita.

Gli do un bacio leggero sulle labbra. Non ricambia. Il suo sguardo comunica che non è il luogo, non è il modo. Ma io avevo bisogno di farlo. Non per lui, per me. Volevo trasmettergli qualcosa di caldo e famigliare in questo deserto emotivo-relazionale.

Mi guarda serio e severo.

E' chiaro che il disagio dato da questo luogo sia in realtà solo mio. Lui è l'amministratore delegato. Questa è una realtà che ha voluto, cercato e conquistato.

"Ci vediamo a casa Marta."

E' un invito chiaro. Torna da dove sei venuta.

Salutiamo velocemente gli altri. La risposta è fredda e preconfezionata. Un bel buongiorno distaccato al punto giusto.

Luciana mi accompagna alla porta. Mi guarda. Nota

che sono smarrita.

"In questo nostro mondo, è di normale amministrazione mettere al primo posto gli affari."

Forse lo è per voi, non lo è per me.

Janette mi saluta con tutti gli onori. Stai tranquilla, non avrò mai voce in capitolo su un tuo possibile avanzamento di carriera. Per cui puoi anche ignorarmi del tutto.

Saliamo in auto.

"Non veniamoci più mamma. Questo posto non mi piace per niente!"

Siamo davvero molto simili tesoro!

21 L'AMORE FERISCE SEMPRE

Luca torna tardi. Entra in casa serio.

"Ciao amore." Vado verso di lui. Mi è mancato, nonostante l'accoglienza poco calorosa di questa mattina.

"Ciao Marta" mi piazza in mano il contenitore dei dolci. Non un bacio e non uno sguardo.

Si avvicina al frigorifero, toglie una delle sue bottiglie di bianco. Le intoccabili.

La apre con lentezza, come se stesse spogliando una donna e la degusta.

Ginevra è ancora sveglia. Stiamo giocando a carte sul tavolino del salotto. In montagna frequenteremo sicuramene il circolo degli alpini e non si può trascorrerci del tempo senza conoscere la Briscola.

Nota che i pancake non siano stati toccati.

"Papà non li hai mangiati?"

"Non ne ho avuto il tempo."

"In tutto il giorno non hai avuto un minuto per assaggiarne un solo pezzetto?" Le viene da piangere, è delusa.

"Sono stato molto impegnato con il mio lavoro!"

"Il tuo è davvero uno schifo di lavoro!" si avvia verso la camera.

"Il mio schifo di lavoro è quello che vi permette di vivere così!" alza il tono in modo che lei lo senta.

"Così come Luca?" sono stranamente calma.

Saranno le pastiglie della cervicale. Dovrei prenderle più spesso.

"Con tutto ciò che vi circonda in questa casa!"

"Quanto costa la bottiglia di sauvignon che stai bevendo?"

"Settanta euro Marta" lo dice piano come se volesse sottolinearlo appositamente.

"Caspita! Noi oggi con quarantacinque euro abbiamo acquistato tre paia di scarponcini da montagna. Gli ho regalati anche a Mauro. La spesa per il pranzo ammontava a dodici euro e sessanta." Mi avvicino e gli tocco il petto.

"Questa camicia su misura quanto ti è costata? Trecento, quattrocento euro? Ed il tuo completo? Le tue scarpe fatte a mano? Il tuo orologio esclusivo?" Mette le mani sui fianchi. Meglio che mi prepari.

"Luca il tuo lavoro, ti permette di avere tutto questo. A noi consente l'esistenza di una famiglia qualsiasi."

"Quello che tu indichi con sprezzante giudizio critico di sinistra si chiama cura. Cura dei dettagli

203

Marta, del bello, del gusto. Della classe che è richiesta nella mia posizione."

"Classe che io non ho, vero Luca? Ti metto forse in imbarazzo?" Spara Ferrari, sono pronta. Spero.

"E' una questione di forma Marta!" Oddio un seguace della maestra Marcella! "Tu non puoi presentarti da me abbigliata come se fossi in procinto di andare in spiaggia. Non mi puoi accarezzare o baciare davanti al mio staff!"

"L'ho fatto perchè ero preoccupata per te! Ti ho percepito solo in tutta quella rigidità e freddezza e mi è venuto spontaneo toccarti!"

"Io sono l'amministratore delegato dell'azienda. Della vicinanza e dell'affetto dei miei collaboratori non me ne importa niente, non ne ho bisogno!"

"Io ne avrei..." Sto ragionando a voce alta.

"Non sono alla costante ricerca di una corrispondenza emotiva con il mondo come lo sei tu!. Il tuo atteggiamento è stato a dir poco imbarazzante oggi!"

Ora mi è tutto più chiaro, il mio puzzle inizia a prendere forma.

Pochissimi sanno di noi. Non conosco nessuno dei suoi amici. Sono stata presentata ad una strettissima cerchia di parenti.

"Quando sono entrata oggi, non eri adirato perchè ti ho interrotto nel mezzo di una riunione, eri a disagio per me. E non solo per come mi abbiglio ma per ciò che sono realmente." Ripenso alle sue parole prima della cena dirigenziale. "Mi hai raccomandato più volte di contenermi anche alla serata con i manager delle consociate, mi hai imposto di stare zitta e di evitare ogni agito che potesse metterti in imbarazzo."

"Infatti, ero stato ben chiaro! Ma nonostante ciò tu, sei riuscita comunque ad andare oltre, mettendomi a disagio. La mia posizione richiede una serietà nel porsi e nell'atteggiarsi. Una compostezza che non può venire meno mai! E questo vale per me e per te! Il contegno che ti ho pregato di avere non contemplava certo né il dare spettacolo ballando né tantomeno cantando."

Ha alzato il tono. Troppo. Sono confusa. Smarrita.

"Quindi io vado bene qui dentro ad accudire le tue figlie, perchè tanto non mi vede nessuno. Vado bene anche a casa dei tuoi, dove tu hai voglia di divertirti e mi porti a letto. Ma non ti vado bene per tutto il resto..." ho la sensazione che mi stiano per cedere le gambe.

"Per il resto si può cambiare Marta. E' questione di volontà."

"E' questo che mi chiedi Luca?"

"Si! E' quello che desidererei fortemente!" è serio e fermo nella sua posizione.

"Io ho scelto come essere tempo fa. L'ho scelto per me stessa. Mi spiace ma non torno indietro."

Ho la sensazione che questo sia l'inizio della nostra fine Ferrari.

"Luca io amo tutto di te, anche ciò che non condivido e che sento lontano. Non cambierei nulla. Nemmeno te lo chiederei. Sarebbe svilirti. Tu ami solo un pezzo di me. E sinceramente fatico a capire quale sia poiché sei critico all'inverosimile." Mi viene da piangere. "Avevi Cecilia potevi tenerti lei.

205

Perché mi hai scelta? Perché chiedermi di fare un figlio? Perché cazzo! "

Non mi risponde.

Nei film romantici, a questo punto, il bello della storia direbbe "Perchè io ti amo".

Ma noi siamo nella più dura delle realtà e so che lui non me lo dirà mai, perchè non è amore quello che prova per me.

Continua a guardarmi severamente.

Tolgo l'anello. Lo poso sul tavolo.

"Questo non lo voglio non ha senso. Hai sbagliato a donarmelo visto quello che pensi. Scusami, sto per vomitare."

Vado in bagno. Questa non è cervicale. Questo è il dolore per la nostra storia che si spezza.

Rimango da solo in cucina. L'anello sul tavolo. Ma cosa sto facendo? Ginevra ferita e Marta distrutta. Da me.

Non mi capacito di ciò che ho detto e di ciò che ho fatto.

D'istinto prendo il cellulare e chiamo Alessandro.

"Pronto, Luca ciao!"

"Ho fatto la più grande stronzata della mia vita..."

Gli racconto quanto occorso. Non ometto nulla.

"Luca, questa è Marta. Capacità di analisi critica su di sé inesistente. La sua mente rileva solo i torti subiti e non ciò che lei ha posto in essere. E' così."

"Come faccio a rimediare a questo casino."

"Non aspettare troppo. Il passare del tempo le fa amplificare gli eventi invece che ridimensionarli. Diventa un macigno con le sue filosofie sul senso della vita, dell'amore, dei legami e cazzate del genere. Se sei pentito per quanto accaduto esprimiglielo in fretta."

"Certo che lo sono Alessandro, le ho praticamente detto che la biasimo completamente e che non è come la vorrei!"

"Posso capire che tu sia dispiaciuto per quanto hai pronunciato ma attento, non addossarti tutta la colpa. Sai che non è così."

"In questo momento mi sento solo un perfetto imbecille, fatico a cogliere le responsabilità di ognuno. Grazie per avermi ascoltato, scusami se ti ho disturbato a quest'ora."

"E di cosa, so bene di chi stiamo parlando."

Riprendo l'anello. La cerco per casa. Non la trovo. Ogni stanza vuota è una angoscia che cresce. Se si fosse allontanata?

La trovo in lavanderia. Sta togliendo qualcosa dalla lavatrice.

E' un delirio qui dentro. Impossibile distinguere le cose sporche da quelle pulite.

"Marta riprendi l'anello, te lo chiedo per favore!"

"No Luca. Questo gioco non mi piace. Mi metti su un piedistallo, mi illudi e mi butti giù quando meno me l'aspetto. Torni da me come un cane bastonato e mi chiedi scusa come se nulla fosse."

"Marta ho sbagliato, ne sono pienamente consapevole e ti chiedo perdono. Non so cosa mi abbia preso. Come io abbia potuto reagire così!"

Non è la prima volta che lo fai. Ma sembra un dettaglio che non ricordi neppure.

"Tu mi fai soffrire. Troppo. Io devo iniziare a

proteggere me stessa da te..."

"Da me?? Marta sono io, Luca! Sono l'uomo con cui condividi tutto, abbiamo una figlia..."

"Noi non condividiamo niente! Niente che superi i venti minuti al giorno!"

"Io non potrei mai farti del male!"

"Continui a ripetermelo senza accorgerti che me ne fai più di quanto credi."

E' davvero sorpreso. Non ha mai pensato al peso delle sue parole?

"Rifletti bene Luca. Rifletti su di noi, prenditi del tempo per farlo. Forse hai agito troppo in fretta, probabilmente non ero io la donna per te."

"Marta ma cosa dici?".

"La verità, visto che mi critichi costantemente. Quella che sono è quella che avrai al tuo fianco. Sempre. Non farti aspettative diverse. Non credere che il tempo o il mio amore per te cambino ciò che vedi. Sabato mi darai cosa hai scelto per noi. Per te."

"Io so bene cosa voglio, non mi serve del tempo per ponderare le cose."

"Sì che ne hai bisogno! Non puoi stare con una donna che vorresti fosse altro."

Scuoto la testa.

"Sono pronta ad accettare ogni tua decisione, basta che sia definitiva. E che rispetti la mia persona. Se non mi ami abbastanza lasciami andare. Non voglio soffrire oltre."

Io non ti voglio perdere come posso dimostrartelo Marta.

Raccoglie la cesta con i panni.

"Qualsiasi cosa deciderai voglio che tu sappia che

per Ginevra ci sarò sempre. Che ti piaccia o meno."
"Marta fermati." cerco di bloccarla sulla porta. Mi
dà una spallata e mi sposta.

Venerdì, Marta.

Questa lotta al massacro mi è costata molto. Non
una, ma ben due sedute con la mia psicoterapeuta.
Ho tre bambini a cui badare durante il giorno. Non
posso raggiungerla fisicamente. E lei ha pensato di
farlo diversamente. Via skipe. Chloe mi ha aiutata
ad incasellare questo gran pasticcio emotivo.
Il riavvicinarmi a Luca, l'anello, il suo successivo
allontanamento, il tradimento di Ale.
L'inizio del mio sogno più grande si sta tramutando
nella concretizzazione di un incubo.
Ad acuire tutto ciò questa cervicale che non passa.
Non riesco a tenere giù nulla. Tranne le pastiglie che
iniziano a darmi problemi di stomaco.
Vomito spesso ed ho smesso di allattare.
Non ne ho la forza.
Ho chiamato la pediatra. Avevo bisogno di parlare
con lei. Di comunicarle che non ero più in grado di
nutrire la mia piccola.
Ho pianto al telefono scusandomi più volte. Non ero
pronta a smettere. Mi sento terribilmente in colpa
per non poter dare a mia figlia ciò che la natura
magicamente mi ha offerto.
Passare al biberon è stato uno shock terribile per me.
Lea ha semplicemente aperto la bocca e ciucciato
come sempre. Io ho sentito di perdere un legame
intimo fortissimo.
Sono dimagrita tre chili questa settimana. Mi

specchio e mi vedo pallida, con occhiaie profonde.
Sono sempre stanca. Tanto.

So che tutto questo non è causato solo da un
problema fisico. Sono la paura di rimanere sola e il
fatto di non sentirmi pienamente amata che mi
prostrano a tal punto.

Che palle, era troppo bello per essere vero.

20.30 cellulare. Luca.

"Pronto?"

"Marta, ciao."

"Ciao" mi piacerebbe molto se ogni tanto mi
chiamasse tesoro, amore, mi darebbe speranza per
un futuro ancora insieme. Questa sua freddezza
invece mi dà solo certezze per vite che vanno in un
verso opposto.

"Sto per tornare, non sono solo, devo lavorare. Poi ti
spiego."

Arriva pochi minuti dopo. Con lui e un giovane
vestito da manager. Lo vedrei meglio con un paio di
jeans e una maglietta.

Mi viene presentato come il dottor Berselli. Timido,
composto, viso angelico. Io naturalmente non vengo
presentata.

Effettivamente cosa potrebbe dire di me Luca? La
mia possibile futura moglie, se cambia modo di
essere? La mia mai moglie perchè ho cambiato idea
su di lei? La madre single di mia figlia?

Difficile essere qualcosa di certo in questa
condizione indefinita.

"Marta lui non è mai stato qui, tu non lo hai mai
visto e la stessa cosa vale per Ginevra."

Luca è una spia?!! Ecco perchè mi allontana! Non

vuole che sia coinvolta in un caso di spionaggio internazionale.

"Marta hai capito?" E' accigliato. Come sempre.

"Si, si ho capito. Non mi mettere nei casini. Poi fai ciò che vuoi."

"Scusate devo rispondere al telefono. E' Santeri, dunque è come pensavamo Berselli!" si allontana.

Non voglio sapere nulla dei loro giochi di potere.

Il ragazzo rimane lì in piedi impalato e in evidente disagio.

"Dottor Berselli ce l'hai un nome?"

"Mi chiamo Elia."

"Togliti la giacca fa caldo. Anche la cravatta se vuoi, non siete più in ufficio. Hai cenato?"

"Veramente no..." appoggia il tutto sul divano.

"Pranzato?"

"Nemmeno..."

"Conoscendo Luca lo immaginavo. Siediti, ti faccio un toast. Tanto non sarà breve la sua telefonata."

Mangia in silenzio mentre io sistemo la cucina.

Gli preparo anche dei biscotti con la cioccolata. Sua madre non lo vorrebbe affamato e stanco.

"Eccomi scusa Berselli".

Ha un nome bellissimo, usalo Luca.

Elia è colto sul fatto con la bocca piena, mi guarda dalla tavola fortemente imbarazzato.

"Lasciagli almeno il tempo di finire la cena. Lavorerete tra poco."

Luca sospira. Si versa del vino. A stomaco vuoto non credo sia l'ideale.

"Marta cosa è tutto questo?"

Indica il biberon, le tettarelle, lo sterilizzatore.

"Non allatto più."

"Perchè? Da quanto?"

"Da due giorni. Perchè sono stanca Luca. Mentalmente sfinita e senza forze."

Il nostro ospite vorrebbe sparire sotto terra. Direttamente catapultato nella tesa realtà famigliare del suo capo.

Mi fa una infinita tenerezza. Gli sorrido.

"Un caffè Elia?"

"Se possibile si, grazie signora." guarda Luca attende il suo benestare. Che non arriva ma non importa. Ne ho già preparati due e mi siedo a berlo con lui.

"Ricordati, niente più signora. Io sono solo Marta."

Rimangono nello studio fino a tardi. Non so a che ora il ragazzo sia tornato a casa e non oso immaginare in che stato.

22 SALVATA O AFFONDATA

Sabato, partenza per il lago. Giornata in cui tireremo le somme, in cui si scriverà il mio destino. Non sono per nulla tranquilla, ma non posso continuare così per altro tempo.

La cervicale sembra andare meglio. L'umore molto meno.

"Marta, potremmo uscire questa sera. Parlare da soli tra noi."

"No." laconica ma sincera. Dal suo sguardo non ha accolto al meglio la mia risposta.

"Non ho nulla da mettermi, ho portato solo questi ed una canotta di ricambio." indosso short di jeans.

"Non mi sembra il caso di uscire a cena così Luca."

"Ti sei presentata da me in ufficio abbigliata allo stesso modo, puoi andare anche al ristorante."

Il suo tono è irritato. Non rispondo. Non ne ho la forza. "Non stiamo mai da soli Marta!"

"Forse perchè quando lo facciamo iniziano i problemi."

In realtà, non ho voglia di farmi bella per te, curarmi per te, indossare qualcosa che ti piaccia.

E soprattutto non voglio affrontarti da sola. Ho bisogno di sapere che ci sarà qualcuno vicino a me nel momento in cui mi dirai che dobbiamo prendere strade diverse.

Non avrei mai pensato di cercare calore umano nei miei suoceri.

Pensare a Jacqueline come colei che mi possa consolare, vuol dire essere veramente disperata. E tremendamente senza nessuno con cui condividere tutto questo.

Ci sarà anche Ale. In questo momento però non riesco a viverlo come alleato. Mi sembra che su questa barca che è la vita, stiamo remando in modo opposto.

Questa settimana mi ha chiamata. Mi ha imposto di non fare la bambina, di ricordarmi che sono una madre e di comprendere il ruolo ed bisogni di Luca. Naturalmente le mie necessità non sono nemmeno state menzionate o prese in considerazione.

"Adeguati a ciò che richiede il suo status, Marta, finiscila di fare l'adolescente."

Ho riattaccato il telefono a conversazione in corso.

Mi sento attaccata su due fronti, Luca e mio fratello. Alleati contro di me.

Ci sono già tutti alla villa. Siamo in ritardo come sempre.

Ale ha un tutore al polso e vari cerotti tensori.

"Buongiorno a tutti. Cosa hai fatto?" mi sono già dimenticata della nostra telefonata infelice, mi avvicino e gli tocco il braccio.

"Niente Marti, solito, tendinite acuta, niente di preoccupante."

"Devi stare a riposo, non lo puoi usare così. Lo sai che poi diventa una condizione che ti trascini a lungo."

Mi guarda serio e preoccupato.

"Tu piuttosto, cosa ti è successo?"

E' così evidente quanto sto male?

"Attacco di cervicale."

"Sei dimagrita, Marta, molto!"

Il suo sguardo è indagatore.

Quando la malattia di mia madre non le ha permesso più di nutrirsi, io ho smesso con lei.

Non abbiamo mai avuto un rapporto simbiotico ma era la mia mamma.

Relegata in un letto, emaciata e provata. Obbligata ad un destino senza scelta, senza scampo.

Come potevo soddisfare il mio bisogno orale, come potevo aprire la bocca e compiacermi per ciò che assaggiavo, masticavo, ingerivo?

Io che nello zaino avevo più snack che libri, io che pasticciavo a qualsiasi ora del giorno e della notte, mi sono privata del piacere del gusto.

A preoccupare gli altri non era il mio peso fisico, sono sempre stata esile, ma il fatto che quella bocca non si volesse aprire nemmeno dopo la sua perdita.

Sono arrivata a pesare 45 Kg dai miei soliti 54.

E' stato un gioco pericoloso. Se fossi andata oltre, anche solo di poco, forse non sarei più tornata indietro e forse ora non lo racconterei.

A quel numero della bilancia mi sono salvata.

Cibarmi di nuovo è stato difficile, come lo è stato riuscire a mangiare e non vomitare.

Perchè, come spesso accade, dopo il bisogno di percepirti sempre vuota, ti assale il bisogno di sentirti esageratamente piena.

Hai necessità di riempire solitudini esistenziali con la cosa sbagliata. Il cibo.

Trovare il giusto equilibrio e tornare alla normalità è stato impegnativo. Ci sono riuscita grazie ad un servizio specifico per problematiche alimentari.

Ale ha vissuto con angoscia infinita lo spettro

215

dell'anoressia. Della bulimia non si è mai accorto.

Io ho inizialmente mascherato la mia patologia sotto le spoglie di un gesto di solidarietà verso mia madre.

Privavo me stessa del cibo come il destino privava lei della vita.

Anni dopo, con la psicoterapia, ho capito quanto di irrisolto ci fosse in me. Quanto dolore ed insoddisfazione cercassi di placare senza riuscirvi.

"Stai mangiando Marta?" la paura che io possa ricadere nel mio buco nero non lo ha mai abbandonato.

"No, non riesco, mi è quasi impossibile con questa nausea da cervicale."

Mento e lo sappiamo entrambi.

Vomito per il mio stato interiore, butto fuori ciò che non riesco a tenere dentro. L'infelicità.

Quanto sono ancora irrisolta e complicata dopo tutto il lavoro che ho fatto su di me?

Anni di psicoterapia per sentirmi ancora così fragile ed esposta.

Ammetto che rispetto al passato ho fatto grandi passi.

Riesco a definire il mio agito come un comportamento di risposta insano ad un problema.

Riesco a individuare le cause del mio stato così sofferto.

Ma non riesco ad evitare che accada.

Con Luca, a volte, io mi sento la stessa ragazza emotivamente indifesa di allora.

Non riesco a proteggermi dal dolore che fa scaturire in me.

Osservo Lucrezia, è radiosa e sorridente.

Che destino beffardo, la settimana di merda doveva

essere la sua, tra sensi di colpa e sofferenza. Invece è stata la mia.

Si ritirano subito nello studio per definire i dettagli di quella che sembra la nuova reggia di Caserta. Sono le 16.00.

Prima di entrare Ale mi accarezza il viso. Non è solito a questi gesti delicati. Lo fa quando capisce che sono perdutamente esposta e vulnerabile.

Un tempo mi sarei commossa. Oggi lo sento troppo schierato con colui che potrebbe diventare il mio nemico.

Mi limito a guardarlo, non sorrido e non lo abbraccio.

Aiuto Ginevra a gonfiare il suo salvagente ad unicorno. Mi butta le braccia al collo. A volte basta davvero poco per essere felici. Sei euro e novanta al discount.

Mi metto all'ombra con Lea che sonnecchia nell'ovetto. Mi sdraio per terra, nell'erba con il costume da bagno.

Che giorni infinitamente pesanti, sono così stanca. Questo amore è un gelato al veleno, cantava la Nannini. Ed aveva pienamente ragione. Credo di essermi intossicata con la cosa che più mi piace. Luca.

Mentre rifletto su questo mio mondo strano, i rumori si fanno più deboli, la percezione della realtà più flebile. Cado in sonno consolatore. Fuggo dalla realtà e mi rifugio in sogni che di bello hanno davvero poco.

"Marta...svegliati..."

Apro gli occhi, in realtà li vorrei solo richiudere.

"Luca...che ore sono?"

"Le venti."

"E' tardissimo. Lea! Il latte! Potevi svegliarmi!"

Colpa dell'essermi alimentata poco in questi giorni, mi alzo ed il mondo diventa a puntini. Tanti che girano vorticosamente nei miei occhi. Mi aggrappo a lui.

"Marta stai bene?!"

"Si, si un attimo e mi riprendo."

Sono distrutta in realtà. Il collo è un pezzo di legno. Ho la tachicardia e sono sudata come quando cammino per sentieri in salita.

"Non preoccuparti Marta. Ginevra e mia madre si sono già occupate della piccola."

Vado verso la doccia della piscina. E' freddissima.

"Dovresti fartene una calda. Sali di sopra."

"Luca mollami. Non parlarmi con quel tono preoccupato e spazientito. Mi sembri mio fratello."

Mi asciugo. Butto nel giardino il costume. Mi rimetto i miei vestiti. Senza intimo. Non ricordo dove l'ho lasciato.

La nonna è in salotto con Attilio e le bambine. Bacio la mia piccola sdraiata sul divano.

"Grazie Jacqueline." Lei mi sorride. Mi guarda in modo strano, tra il preoccupato e il gentile.

Televisione accesa.

Dal telegiornale immagini di barconi in mezzo al mare. "Immigrati" pronuncia la giornalista che lancia il servizio.

"Perchè usano questa parola? Sono persone, sono bambini, ragazzini..."

Ragiono a voce alta, come mi capita spesso. "...da giorni abbandonati a se stessi su quelle bagnarole che diventeranno le loro bare. Senza acqua. Come si può permettere che muoiano lì, in quel modo?"
Fatico a reggere quanto osservo.
"Perchè non li aiutano mamma?"
"Perchè sono situazioni delicate" la voce di Ale risuona alle mie spalle.
"Perchè per alcuni le loro vite valgono meno di altre. Questo vuol dire che non abbiamo più valori, più pietà." lo dico con gli occhi lucidi.
Andiamo a tavola. Non ho molta fame e fatico a mangiare dopo quello che ho visto.
Lucrezia siede di fianco a me. Continua ad osservarmi.
Soliti discorsi di finanza tra Luca e mio fratello. Non li ascolto nemmeno.
"Dimmi un po' Ginevra, che cosa ti piacerebbe fare da grande? Hai già un'idea di ciò che farai dopo le medie?" la dermatologa tenta di dare una svolta alla discussione che si è fatta troppo tecnica.
"Non lo so ancora bene...sono un po' indecisa...forse mi piacerebbe fare i pancake. Solo per la mamma però, il papà non li ha nemmeno mangiati. Credo che farò la scuola per pasticceri."
Mi strappa un sorriso.
Attilio guarda Luca con sguardo severo. Non preoccuparti nonno, i dolci non sono andati buttati. Ci ha pensato Mauro il giorno dopo a colazione, li ha divorati tutti lui.
"Luca, a te cosa piacerebbe facesse?" Lucrezia gli sorride amabilmente.

"Beh, se posso esprimere un'opinione, gradirei scegliesse il ramo finanziario. Trovo sia molto affascinante e stimolante. Con una esperienza formativa all'estero, privilegiando ad oggi Londra o New York. Sulla scuola superiore non ci sono dubbi, liceo, probabilmente scientifico."

"Allora perchè non il campo medico! In particolare il campo della ricerca. Direi che ad oggi offra molteplici possibilità davvero allettanti. Concordo pienamente anche io Luca sulla scelta del liceo scientifico." Sorride al fratello.

"Mi spiace ma non posso che spezzare una lancia a favore della scuola formativa per eccellenza, il liceo classico. Mi piacerebbe molto Ginevra che tu seguissi le mie orme e ti appassionassi come me al greco, l'ho amato molto" Ecco ci mancava la nonna.

"Tu zio che dici?"

Cosa vuoi che dica. E' monotematico da una vita.

"Designer d'interni o architettura. Come farà Nicolas."

"Marta, mi interessa molto il tuo parere, tu cosa vorresti per lei?" Attilio mi guarda negli occhi mentre pronuncia le sue parole.

Si appoggia alle sedia, mi guarda e smette di mangiare. Lui mi conosce troppo bene. Sa che non sarò breve.

"Io vorrei semplicemente che fosse libera di esprimersi al meglio. Vorrei che imparasse a contare su se stessa prima che sugli altri. Che non mettesse la sua vita nelle mani di un uomo ma la tenga ben protetta nelle proprie."

Guardo i due uomini che ho davanti, gli uomini della

mia vita.

"Vorrei che nessuno tentasse di cambiare ciò che è. Che fossero in grado di apprezzarla per la sua unicità anche se eccentrica e diversa".

Non so se per rabbia o per commozione ma i miei occhi diventano lucidi.

"Marta....per favore..." Luca mi richiama in modo seccato.

"Lasciala continuare!!" grazie Attilio, io non ho la forza di combattere con lui.

"Mi piacerebbe molto che tu aiutassi gli altri Ginevra. Senza la presunzione di poter cambiare la loro esistenza, ma con l'idea di arricchire te stessa attraverso il confronto con loro. E ancora, mi piacerebbe che tu fossi capace di essere critica ma senza esprimere giudizi avventati. E che riuscissi ad accogliere l'altro nella sua ricchezza ed unicità. Qualsiasi cosa tu scelga di fare o di essere, sappi che avrai sempre il mio appoggio e che io per te ci sarò sempre."

E' pienamente consapevole che il mio legame con suo padre sia a un bivio. Che il nostro destino insieme, sia appeso ad un filo.

Le viene da piangere.

Io non reggo più emotivamente, ho bisogno di alzarmi.

Luca si sporge e mi blocca prendendomi un braccio.

"Siediti Marta."

Non lo faccio, non gli devo obbedienza. Non gli devo nulla. Rimango in piedi.

Toglie l'anello dalla tasca e me lo porge.

"Marta ho riflettuto a lungo, come mi hai chiesto tu.

Voglio che tu lo riprenda. E' tuo. Pur se diversissima da me, ti ho scelta per ciò che sei. Nella tua unicità."

E' stato molto bravo a controllare le sue emozioni, la mimica facciale, la respirazione.

Se non fosse per il cuore che intravedo battere forte sotto alla camicia leggera, potrebbe sembrare che la cosa non abbia alcuna importanza per lui.

Inspira più volte, poi, di getto, lo dice.

"Vuoi sposarmi?"

Me lo ha chiesto. Dopo tanto tempo si è deciso.

Finalmente.

Lo guardo seria.

"No. Non voglio."

"Scusa? Cosa hai detto?"

"Ho detto di no."

"Avete una figlia Marta, pensa a ciò che fai!" ci mancava solo mio fratello.

"Tu ne hai due Ale, ma non vedo la fede al dito e nemmeno mi è arrivata la partecipazione per le tue nozze." oltre il fatto che tradisci la tua compagna.

Luca si risiede, incredulo con l'anello ancora in mano.

Ale gli versa da bere.

"Puoi metterlo via, è la mia risposta definitiva." indietreggio, sto per lasciare la tavola. Lo fisso negli occhi stanca e sofferente.

Si rialza in piedi di scatto, la sedia di pesante ferro battuto cade all'indietro.

Picchia violentemente i pugni sopra al tavolo.

La nonna trasalisce. Attilio lo guarda serafico, nulla scalfisce quest'uomo.

Lucrezia prende al volo il suo bicchiere che è

letteralmente schizzato in aria.

"Marta! Cazzo! Io, non accetto un no!" il tono di voce è alto. Troppo per il Luca controllato che conosco. "Cosa vuoi che ti dica? Che sono stato un cretino? Sì va bene lo sono stato! Vuoi che ammetta che farei qualsiasi cosa purché tu non te ne andassi?" E' accaldato, ha il respiro corto.

"Non può finire così, non puoi voltarmi le spalle adesso! Ora che io...che io..."

"Che tu cosa?" Lo guardo negli occhi.

"Che io ti...che io ti..." si blocca, non va oltre.

"Vede Attilio! Glielo avevo detto, non riesce proprio a dirmelo che mi ama. Mi deve 50 euro, ha perso la scommessa."

"Atteggiamento patologico. Estrema difficoltà nel palesare i propri sentimenti interiori. Dovresti farti seguire da uno specialista figliolo."

Luca ci guarda esterrefatto.

"E' stato molto carino osservarti perdere le staffe per me. Dammi l'anello per favore, mi spetta di diritto. Beviti un po' di vino, mi sembri pallido."

"Stai scherzando Marta? Era tutta una messinscena? Sin dall'inizio era comunque un sì?"

"Certo! Volevo solo vedere come avresti reagito ad un no. Non potrei mai lasciati da solo con due figlie. Soprattutto dopo che ho sentito cosa hai mente per il futuro di Ginevra." gli sorrido.

"Tu sei completamente matta!" mio fratello scuote ripetutamente la testa.

"Attilio, secondo lei posso pensare che Luca sia sincero?"

Osservo mio suocero mentre spalma del burro sui

crostini.

"Si Marta, mai visto perdere il controllo in questo modo. Puoi passarmi cortesemente il salmone? Dovresti provarlo, è davvero ottimo!"

Ne prendo una fetta.

"Molto buono! Posso rubarle il pane? Odio imburrarlo."

"Certo cara."

"Luca, amore, siediti sei ancora in piedi."

Mentre gli parlo lo guardo con un sorriso sarcastico. Sembra frastornato. Sistema la sedia e si accomoda.

"Vista la presenza di un notaio qui con noi, possiamo definire alcune cose che reputo fondamentali prima di sposarti."

Riesce solo a fare un cenno di assenso con il capo. Credo sia ancora un po' provato.

"Io prometto che non mi presenterò più nel tuo lussuoso ufficio in modo imbarazzate, ma non voglio nel frigorifero bottiglie di vino che superino le trenta euro."

"Se cedi adesso Luca è l'inizio della fine" da quando mio fratello fa l'avvocato consulente?

"Va bene Marta, accetto."

Ale allarga le braccia.

"Voglio inoltre poter liberamente parlare di politica con i tuoi colleghi. Di qualsiasi livello essi siano. E ballare e cantare quanto mi pare e piace."

"Io ti avevo avvisato Luca, le dai un dito e lei si prende un braccio..."

"Non ho alternative Alessandro. Hai il mio benestare Marta."

"Fantastico! Allora vi sposate! Baciala papà."

Mi alzo e mentre mi sporgo per raggiungerlo, appoggio male la mano. Rovescio il bicchiere di rosso. Finisce per intero sui suoi pantaloni beige.
"Marta! Non puoi stare attenta? Ora chi la toglie questa macchia!"
"Secondo te l'ho fatto apposta? Ho preventivato la cosa?"
Discutiamo come sempre.
Lea piange svegliata dalle nostri voci. Ginevra si lamenta perchè vuole il dolce con il gelato. La nonna e Lucrezia cercano lo smacchiatore. Ale prende le difese di Luca ed inizio a questionare anche con lui. Ma avrò mai un momento di tranquillità nella mia vita?

23 HO BISOGNO DI RELAX.

Il dopo cena sembra riportare un po' di pace.
"Sigaretta Marta?"
"Con grande piacere Attilio, lei è l'unico uomo di casa che sappia davvero di cosa io abbia bisogno."
Non guardo Luca, sicuramente sarà risentito.
Appoggio i piedi sulla sedia, metto la testa all'indietro e chiudo gli occhi. Ho bisogno di rilassarmi e di svuotare la mente.
Gli uomini stanno sorseggiando un whisky riservato a pochi. Le donne sono in cucina, stanno preparando il caffè.
"Posso?"
Mi incuriosisce molto questo distillato.
"Prego Marta."
Attilio mi cede il suo bicchiere.

"Buono" ne bevo la metà e richiudo gli occhi.

"E' forte, non esagerare!"

"Ale fatti i fatti tuoi, ti prego!"

"Periodo teso Marta? Mi sembri nervosa ed insofferente."

Chiedilo a quel simpaticone di tuo figlio caro nonno, una settimana da incubo.

"Tesissimo. Tra i peggiori degli ultimi anni" lo guardo con la testa reclinata.

"Posso fare qualcosa per te?"

"Mmmmm....avrei una gran voglia di farmi una canna."

"Non credo di poter esaudire il tuo desiderio, al momento sono sprovvisto della materia prima."

"Marta!?? Ti sembra il modo di esprimerti con mio padre?"

"Credo di essere molto meno pudico e antiprogressista di te Luca. Buona notte cara. A domani signori."

Lucrezia insiste per farci fare una passeggiata sul lungo lago, senza le bambine.

"Mi occupo io di loro. Mi aiuta Alessandro. Prendetevi un po' di tempo per voi!"

Da quanto tempo non passeggiamo noi due soli? Ora che ci penso non lo abbiamo mai fatto. Sarebbe la prima volta. Non è di solo sesso che vive una coppia. Ci sono questi piccoli momenti semplici che è bello condividere insieme.

La villa da direttamente sul lago. Una zona molto tranquilla, senza bar, locali. Solo panchine e qualche lampione. Non c'è praticamente nessuno. Solo un ragazzo che porta a passeggio il cane.

Procediamo mano nella mano, silenziosi e tranquilli.

"Ginevra mi ha detto che sei stata molto male questa settimana, non deve succedere più Marta!"

"Allora vedi di pesare adeguatamente le tue parole, futuro marito."

Arriviamo in una zona più buia e più appartata. Si ferma, mi abbraccia e mi bacia. Sembriamo due adolescenti al primo appuntamento. Mette le mani nei pantaloncini. Ora mi vanno larghi.

"Marta non indossi niente sotto!" Mi stringe di più.

"Abbiamo camminato abbastanza, torniamo a casa!"

"Luca, non avremo fatto nemmeno un chilometro. Passeggiamo ancora un po'. Per una volta che si offrono di stare con le bambine!"

"Ci staranno comunque con le piccole, mentre noi saremo in camera da letto."

Arrivo con il fiatone alla villa. Mi ha fatta praticamente correre.

Ale sta giocando a carte con Ginevra.

Mi trascina velocemente verso la scala.

"Papaaaà posso farti vedere una cosa?"

"No tesoro! Mostrala allo zio!"

"Papà! Io voglio te!"

"Mi spiace, ma io adesso voglio tanto la mamma!" mi mette le mani sul sedere.

"Luca!!" gli rifilo una pacca sulla nuca." Arriviamo Ginevra! Caro, impara ad attendere. Io ho aspettato cinque giorni il tuo responso."

"Marta ti prego saliamo! Si sarà già dimenticata cosa mi deve dire!"

"Vergognati, padre snaturato! Non hai nemmeno mangiato i suoi pancake. Glielo devi!"

Trascorriamo la serata giocando a carte.

Si è fatto tardi, sistemo le bambine.

Lea prima di andare a dormire mi ha rigurgitato la quasi totalità del latte sulla canotta. Non oso immaginare quanto gliene abbia fatto ingurgitare Ale. Avrà sicuramente raddoppiato le dosi. E' convinto che io la tenga a dieta.

Luca mi aspetta in camera.

"Guarda che bel regalino mi ha fatto tua figlia! Vado a farmi una doccia."

"Ce la facciamo insieme tesoro!"

La casa dei nonni sta diventando il nostro mondo hot.

Ora, le cose possono essere solo due.

O il clima lacustre fa particolarmente bene a questo uomo, ed allora abbiamo sbagliato a scegliere di passare l'estate in montagna, oppure il fatto di fare sesso nella residenza di famiglia stimola il suo lato più erotico.

Non voglio indagarne i motivi. Pensare che trovi eccitante fare l'amore con me alla presenza di sua madre, è semplicemente inquietante.

"Marta..." si stacca da me.

"Cosa?"

"Dove hai messo i cosi?"

"I cosi cosa?" ho capito benissimo cosa intenda.

"I cosi, Marta i cosi"

"Si chiamano profilattici. Ma che problema avete voi uomini nel pronunciare questo nome? Io non li ho!"

"Come no?!"

"Scusa Luca, con tutto quello che avevo da preparare non erano in cima alla lista delle mie priorità! Credevo ci pensassi tu!"

"Ho pensato all'anello ed ero concentrato sul chiederti di diventare mia moglie. Mi è sfuggito questo dettaglio!"

"Allora fatti una bella doccia fredda. Per stasera niente divertimento."

"Come niente?!! Non potremmo pensare di...nel senso di fare tutto, nel senso di senza...?"

"Parli come la settimana enigmistica, si chiamano rapporti non protetti. Scordatelo!"

Triste e deluso. Sembra un gatto sotto un acquazzone.."Magari li ha tuo padre, potresti chiederli a lui!"

"Marta, mio padre ha 76 anni a cosa vuoi che gli servano?"

"Cosa ne sai della sua vita sessuale? Perchè dai per scontato che non ne abbia una attiva e soddisfacente?"

Mi guarda serio.

"Tu sai qualcosa che io non so. Te lo ha confidato lui! E' infedele a mia madre! O mio dio, alla sua età! Non avrei mai pensato ad una cosa del genere. Povera mamma!"

"Ma che ne so se tradisce tua madre! Non mi ha confessato nulla! Chiedili a mio fratello visto che siete tanto amici!"

"No Marta. L'amicizia è una cosa, questa è una dimensione intima...io non me la sento..."

"Allora lo faccio io!"

"Scherzi! A quest'ora sarà con Lucrezia!"

"Appunto, se lo colgo sul fatto magari gli passa la voglia di fare cazzate!"

Discutiamo per quindici minuti abbondanti sul da farsi.

Alla fine decidiamo che andremo a dormire.

Siamo adulti. Sappiamo controllare i nostri istinti e il nostro lato passionale.

In teoria almeno.

In pratica, sarà l'idea di diventare sua moglie, il diamante che è tornato sul mio dito, la sua barba incolta, i suoi occhi che mi guardano in un modo a cui non so resistere, ma mi scordo i miei buoni propositi e la mia morigeratezza.

Ho appena finito di allattare e sono ancora in attesa del capoparto. Insomma non credo che ci sia tutto questo rischio. O almeno lo spero di cuore.

24 PAROLE COME PIETRE

I weekend dai nonni sono finiti, devo dire che quasi mi dispiace. Avevo in mente di rispolverare alcuni completini intimi che mi aveva regalato il mio ex. E che non ho mai buttato.

La settimana è andata come sempre. Luca è spesso un miraggio.

Per due sere è tornato con Elia e con un dirigente che non mi è stato nemmeno presentato, per fare non so cosa.

Io mi limito a preparare toast, dolcetti e caffè e portare tutto nello studio.

Busso tre volte. Nei film fanno così di solito.

Uno colpo secco, pericolo. Due, significa che si avvicina qualcuno. Tre, tutto tranquillo.

Questa domenica andiamo in montagna da Ale.

Vediamo la casa ed iniziamo a portare qualcosa che ci servirà per la vacanza. Lettino da campeggio, seggiolone, zaino per infilarci la piccola durante le escursioni, passeggino.

"Marta dove hai preso tutta questa roba?"

Deve alzare la voce perchè Ginevra sta cantando mentre ascolta la musica. Impossibile da sentire povera stella.

"Su un sito. Vere occasioni. Pagati pochissimo, praticamente nuovi!"

"Vuoi dire che sono articoli usati?"

"Si certo! Il fatto che tu me lo chieda mi offende!"

Rido. Lui meno.

"Pensarti lontano per così tanto tempo mi rattrista Luca, a volte non sono sicura di aver fatto la scelta giusta."

"Mi mancherai anche tu Marta. Verrò nel fine settimana. Farò il possibile per mantenere la mia promessa. Lavoro permettendo naturalmente". Si sta già giustificando, partiamo bene.

Mi mette una mano sulle gambe scoperte. Mi solleva la gonna di jeans e si insinua tra le cosce.

"Luca!! C'è Ginevra!!" gli tolgo la mano.

"Nemmeno si è accorta!"

"Ho visto benissimo papà. Certe cose si fanno in privato."

La faccia di Luca richiamato ad un atteggiamento più consono dalla figlia, è semplicemente da fotografia. Peccato non abbia il cellulare a portata di mano. Mi sarei divertita moltissimo a rivederla.

Pranziamo nella casa che un tempo era mia, sotto al porticato con le travi a vista. Ampio, piastrellato divinamente e con un grande camino centrale.

"Non te l'ho mai detto Ale, hai fatto un lavoro splendido con questa casa."

"Che onore! A cosa devo questa bontà? Al fatto che per due mesi sarai qui ogni sera a rompermi le scatole?"

"Non preoccuparti, ce l'ho una casa dove stare! Mi vedrai raramente se la cosa ti preoccupa." lo sapevo, dovevo prenotare al mare.

"Oddio fa l'offesa! Mi farebbe molto piacere cara se stessi con noi durante il tuo lungo soggiorno montano. La tua presenza è sempre fonte di gioia per tutti. Così ti va bene?"

Gli lancio il tovagliolo di stoffa e lo colpisco in pieno volto.

A casa mia non avrei mai potuto farlo. Uso solo tovaglioli di carta. Se siamo sole Gina ed io anche uno in due. A tutela del pianeta e del fatto che spesso mi dimentico di comprarli. Cerchiamo di razionalizzare le risorse disponibili.

In verità non potrei pensare di avere anche quelli da lavare e stirare.

Non ho ancora nessuno che mi dia una mano e ho una infinita quantità di panni da sistemare nella lavanderia. A volte trovo ceste di abiti puliti così pieni di polvere che devo rilavarli.

L'altro giorno Luca mi ha ripresa perchè i suoi calzettoni in prezioso filo di scozia erano spaiati e abbinati tra loro in modo scorretto. Il nero con il blu. Come se fosse facile distinguere queste tonalità alla una di notte, sotto la luce flebile della lampadina che ho sbagliato ad acquistare.

Dovrei sostituirla, ma farlo una volta è già stato complicatissimo.

Smontaggio della plafoniera su una scala mal ferma, vertigini, perdita di una vite.

La ricerca ci ha obbligate allo spostamento della lavatrice, asciugatrice e di un mobile pesantissimo. In ginocchio, con il bagliore del cellulare come unico aiuto, abbiamo scandagliato tutte le piastrelle. Sporche naturalmente. La torcia l'abbiamo persa durante il precedente trasloco.

Il rimontaggio della luce sul soffitto è stato quasi impossibile.

Ho detto cose che credo Ginevra non abbia mai sentito in vita sua. Compreso il fatto che un amministratore delegato in casa non serva a nulla.

"Trovati un uomo che sappia usare le mani non solo su di te, ma per sistemare tutto quello che non funziona in uno schifo di appartamento!"

Quaranta minuti dopo, la bestia terribile è tornata attaccata dov'era.

Evitiamo però di sostarci sotto troppo a lungo, non sono così sicura di aver fatto un buon lavoro.

Dora osserva i bambini sulla coperta. Sorride.

"Che bello se potessero crescere insieme. Marta, ti ricordi quanta vita e quanta allegria c'erano in questa casa? Tua nonna stava seduta lì, vicino al camino con il bastone tra le mani."

Abbiamo trascorso insieme innumerevoli pomeriggi.

"A cosa le serviva?" Ginevra mi osserva interrogativa.

"Lo usava in alternativa alla ciabatta. Se il bambino era vicino e non obbediva lo colpiva con quello. Se era troppo lontano, usava l'altra arma. Una mira eccezionale. Infallibile. Il mio fondoschiena ne porta ancora i segni."

"Io non li ho visti e l'ho guardato bene!" Luca mi sorride.

"Papà sei un uomo scurrile! Nelle parole e nei gesti!"

Finge di non sentirla.

"Direi che la nonna non fosse una seguace dalla Montessori."

"Luca qui c'erano dai quattro ai sei bambini tutti i pomeriggi. E non parlo di soggetti tranquilli seduti ad un tavolo a giocare con video giochi. Bambini di montagna. A loro aggiungi almeno quattro adolescenti amici di Ale."

"Mi scuso con la nonna. La rivaluto pienamente."

"Rammenti le merende che preparava tua madre per i ragazzi? Divoravano qualsiasi cosa!" Dora guarda Ale e ride.

"Tu hai conosciuto lo zio quando eri una bambina, come era?"

"Era bellissimo Ginevra, simpatico e sempre sorridente come ora." Ale le mette un braccio attorno alle spalle.

"Come siete romantici zii!"

"Loro sono sentimentali ed io sono volgare!" Luca è risentito.

"Tuo padre non si è mai mostrato infastidito dalla presenza di noi bambini Marta," Oggi Dora è in vena di ricordi. Io fatico a farlo. Ho memorie molto vaghe su di lui. "aveva sempre una carezza per tutti."

Forse le faceva agli altri, non a me. Un gesto del genere non lo scordi. E io non lo ricordo proprio.

"Mi sono sempre chiesta perchè voi foste solo in due. Era tipo da famiglia ampia."

"Io non escludo che abbia fortemente ampliato al di fuori della nostra cerchia famigliare. Ci sarà sicuramente qualche altro erede di Fernando Rossi nella bergamasca."

"Marta! Smettila!" lo sguardo di Ale è serio, il tono ancora di più.

"E' quello che penso e lo sapeva bene anche la mamma."

Lancia la forchetta nel piatto.

"Non hai un modo più dignitoso per onorare la sua memoria?"

"Puoi smettere di indorarlo e iniziare a vedere con obiettività la realtà dei fatti!? Io non l'ho idolatrato come hai fatto tu per tutta la vita, io gli ho solo voluto bene. Per questo riesco ad essere più critica."

E soprattutto lui non mi ha amata come ha amato te.

"Vado a prendere del vino" si allontana risentito, getta il tovagliolo sul tavolo con un gesto stizzoso.

E' una vita che litighiamo per queste cose.

"Mamma perchè sostieni di avere altri fratelli?"

"Perchè l'infedeltà coniugale è sempre stato un segno distintivo dei Rossi."

Ricordo bene che la nonna Filippa uscisse a riprendersi il marito quando faceva buio e non rientrava la sera.

Non lo cercava al bar sotto casa. Andava direttamente dalla Felicina, sapeva di trovarlo là.

Mio padre era un uomo fortemente affascinante che

235

non lasciava indifferente nessuna donna.

Aveva sempre da controllare qualche dettaglio in cantiere tra le 21.00 e le 22.30. Lo faceva elegantemente vestito, profumato e con i capelli biondi ben pettinati all'indietro. Quando rientrava era sempre un po' più spettinato e sgualcito.

"Quindi è anche una peculiarità dello zio Ale?"

Lui è lì in piedi davanti a me. La bottiglia di vino in mano e uno dei peggiori sguardi degli ultimi anni. E non che ne abbia avuti di particolarmente buoni nei miei confronti.

"Nooooo, figurati! Lo zio è l'unico che non ha ereditato questa caratteristica di famiglia. Lui è…affidabile e serio, molto moltissimo serio."

Sorvoliamo sul fatto che abbia avuto un figlio 19 anni fa con una donna sposata.

Non credo che mio fratello mi vorrà ancora come sua ospite. Meglio cambiare velocemente l'argomento della discussione.

"Nicolas hai già scelto a quale facoltà ti iscriverai?"

"Si iscriverà ad Architettura". Ale mi risponde senza guardarmi in faccia.

"Si zia, quella è la scelta."

"Preferenza tua o di tuo padre?"

Tentenna, prende tempo.

"Mia e fortemente caldeggiata da papà naturalmente..."

Non mi guarda negli occhi il ragazzone.

Io non credo che voglia veramente questo. Ma l'ascendente di mio fratello su di lui è troppo forte.

"Nicolas, se la gloriosa attività della famiglia Rossi non fosse destinata a te, per cosa avresti optato?"

Ho una voce bassa e persuasiva.

Mi osserva.

Sei così giovane. Peccato tu debba già rinunciare ai tuoi sogni.

Attende, è titubante. Sta per tradire il padre che gli ha regalato una vita diversa e che lo ha accolto con amore.

"Fisioterapia o infermieristica pediatrica."

Gli sorrido. Sono molto fiera di lui. E' riuscito a dirlo nonostante la paura di ferirlo.

Dovrai combattere o soccomberai con questo uomo. Prima o poi dovrai scegliere se vuoi realizzare i tuoi sogni oppure i suoi.

"Ora ti svelo un segreto mio Nico. A me sarebbe piaciuto molto insegnare!"

"Ma sentila! E questa passione ti è sorta prima della fase ballerina di lap dance o dopo la fase missionaria laica in sud America? Perchè devi sapere che Marta è stata una fonte inesauribile di idee!"

Ecco, non ha gradito la confessione estorta al figlio.

"A dire il vero caro nipote ho pensato anche di riprendere gli studi! Cambiare ramo..."

"Davvero? E cosa zia? "

"Giurisprudenza, ho sempre amato il diritto, ero anche molto portata quando andavo a scuola."

"Amare il diritto! Questa me la segno! Detto da una che non ha osservato mezza regola! Grande battuta. Incredibile, non posso credere che tu l'abbia dichiarato veramente!" Ale si agita sulla sedia e muove la testa incredulo.

Il tono non è divertente ed inizia ad infastidirmi.

"Sai zio, la mamma mi ha regalato la costituzione.

Dice che è il mio piccolo libro delle risposte.
Quando non riuscirò a capire se ciò che penso sia
giusto o sbagliato, lì potrò trovare un aiuto. E' stata
scritta da persone che hanno voluto ridare dignità,
rispetto e valori all'uomo dopo un periodo storico
molto brutto. La stiamo leggendo insieme."
Luca la guarda strabiliato.
"Voi parlate di questo nel tempo libero?"
"Di cosa dovrei parlarle tesoro? Delle tendenze
modaiole per l'autunno e l'inverno?"
"Mi chiedo solo se la tua spiegazione sia oggettiva o
fortemente soggettiva come penso Marta. Non credo
che la nostra interpretazione delle norme giuridiche
collimi appieno."
Per forza.
Se poniamo al centro la più importante legge dello
stato italiano, io mi pongo alla sua estrema sinistra,
tu alla sua destra.
Come far coincidere le nostre visioni se osserviamo
da due punti così diversi?
"Io inizierei ad interessarmi maggiormente rispetto a
cosa questa sinistroide trasmette a tua figlia. Eviterei
di lasciarle troppo campo libero. Può essere
pericoloso." stronzo come sempre Ale.
Dora è a disagio non regge le tensioni famigliari.
"Vado a preparare il dolce per i bambini."
Il suo Nicolas di quasi un metro e novanta è ancora
un cucciolo per lei.
"Vengo ad aiutarti. Ho bisogno di cambiare aria."
Mi prendo in braccio Diego e la seguo.
Gli uomini fuori stanno conversando. Ale gesticola,
si alza in piedi e si muove animatamente.

"Scommetto che sta ancora parlando di me..."
"Quando è così nervoso di solito la ragione sei tu.
Mi spiace che discutiate spesso..."
"Non preoccuparti. Siamo così da sempre. Poi ci
passa velocemente. Vedo comunque che lo capisci
alla perfezione!"
"Sì, lo conosco molto bene Marta. So bene chi è
Sandro." lo sguardo si fa serio e punta i suoi occhi
neri nei miei.
"Cosa intendi Dora?"
"Intendo il tuo discorso in merito agli uomini della
famiglia Rossi."
Oddio che stupida, nemmeno ho pensato a lei mentre
lasciavo spazio ai miei pensieri e alla mia
stronzaggine.
"Dora, scusami. Se ti ho offesa con le mie parole
inopportune io..."
"Marta tu hai solo detto la verità. Lui è così da
sempre con le donne. Lo so bene, io in passato sono
stata una di loro."
Guarda in terra. Le ho fatto male, vorrei
abbracciarla...
"Cambiare era la sua prerogativa. E a volte è ancora
così, so bene che il suo passato è ancora il suo
presente. La differenza è che le altre passano. Io
resto Marta. Con loro è sesso, con me è amore. Può
essere rude e maschio fuori da questa casa. Con me è
affettuoso, attento, un amante dolcissimo."
Io ascolto sconcertata, sono senza parole.
"Dora come fai ad accettare tutto questo?"
"E' nella sua natura. L'ho visto con ragazze
bellissime con cui si accompagnava per poco tempo,

quello necessario a soddisfare la propria curiosità a letto. Se ora lo obbligassi ad essermi fedele lo perderei. Lasciandolo libero lui è sempre più mio. So bene che il pernottare dalla famiglia Ferrari abbia significato tradirmi. Ma ogni volta che è stato di ritorno mi ha chiesto di fare l'amore con lui. E mi ha rinnovato la sua promessa di un legame indissolubile Questo è il nostro patto di alleanza, la sua libertà per la mia felicità. Il nostro modo per essere uniti."

Non credo che abbia bisogno di essere abbracciata. Lei sta benone. Sono io che ne ho bisogno, e avrei anche necessità di bere qualcosa di forte.

"Mi parli di felicità Dora? Nonostante il suo comportamento? Tu ti reputi davvero appagata da questo legame?"

"Come non lo sono mai stata in vita mia."

"Ma non soffri per lui?"

"Soffrirei se non lo avessi, se lui non fosse mio" sorride a Diego.

"E la tua dignità?"

"La mia felicità e quella dei miei figli sono di gran lunga più importanti. Ci ama profondamente, siamo la sua famiglia. E io, solo io, sono la donna che conta immensamente per lui."

"Io non potrei mai tollerare una cosa del genere, non potrei sopportarlo."

"L'amore per un uomo ci fa dire di sì a cose che mai avremmo pensato di accogliere Marta. Ricordatelo."

Prende la torta, mi guarda senza sorridere, sta per uscire.

"Dora, cosa è l'amore? Tu lo hai capito?"

"L'amore non è un ideale è una realtà. Racchiude il

bello e il brutto dell'esistenza. Se vuoi essere felice ingioia l'amaro e goditi il dolce Marta."

Mi lascia sola e sgomenta in cucina. Porge il dessert ad Ale che l'abbraccia con trasporto. Lei è semplicemente radiosa.

Sono ancora frastornata, torno fuori, prendo posto accanto a lui.

Si alza e si allontana.

Credo non abbia la minima voglia di starmi vicino.

Ho esagerato, la storia di papà, la scelta di Nicolas. Forse ha ragione Luca, devo imparare a contenermi ed avere quel limite che si traduce in rispetto della dimensione altrui.

Ritorna e mi pone dinnanzi un vassoietto impacchettato e infiocchettato.

"Non te li meriti naturalmente! Ma sono per te."

Sei bignè al cioccolato ricoperti di glassa al pistacchio. I miei preferiti.

Non me l'aspettavo. Ha ragione Dora, questo uomo pensa sempre e profondamente a chi ama.

25 L'AMICO RITROVATO

Andiamo a visionare la casa. La dolce sorpresa di mio fratello mi sta dando un po' di nausea. Forse non dovevo mangiarli tutti.

"Guardatela bene prima di firmare il contratto."

"Se ci sono i letti, un frigorifero e la lavatrice a me va benissimo. Non è la dimora della vita, ci sto per due mesi."

"Ho insistito tanto Alessandro affinché optasse per un hotel. Avrebbe potuto riposare un po' ma nulla!"

241

"Ma scherzi Luca! Lei deve soffrire come un eremita nel deserto altrimenti non è soddisfatta."

"Avete finito voi due?" pesantissimi insieme.

L'alloggio è arredato in modo semplice, pulito e freschissimo. Lasciamo tutto quello che abbiamo portato. Siamo più vicini al centro rispetto alla villa di Ale. Ginevra vuole fare un giro a piedi per vedere il paese.

"Mamma andrò con Mauro a fare la spesa al mattino. Così tu potrai stare a casa con Lea."

In verità io avrei un gran bisogno di uscire tesoro. Vivo perennemente chiusa in casa. Perchè tutti pensano che lo stare tra quattro mura domestiche sia rilassante? A volte è semplicemente alienante.

"Ecco Marta, quello è il nuovo locale di Matteo."

Mi avvicino, sono curiosa. Fuori tavolini alti in acciaio, moderni e particolari. Sgabelli rossi. Dentro il bar gli stessi colori. Molto moderno, luminoso, luccicante. Mi sarei aspettata qualcosa di più sobrio da lui. Pensavo a tonalità scure e tanto legno, di cui in realtà non c'è traccia. Una scelta molto particolare. La porta è spalancata, anche se mancano ancora due ore all'apertura serale.

Entro.

Al bancone un uomo girato di spalle. Non credo sia lui. L'altezza é la medesima ma Matteo era più esile. Questo è palestrato, pieno di tatuaggi e rasato a zero.

"Ciao..." sono tra il titubante ed il curioso.

"Buongiorno! Mi spiace ma siamo ancora chiusi."

Si gira, sorride. I suoi occhi!

"Noooooo Martella!!!" Mi chiamava così perchè a suo parere ero fastidiosamente assillante ed insistente in tutto.

"Teone!"

Esce dal bancone, ci abbracciamo.

"Ma come sei diventato! Fatti vedere!"

Barba, piercing sul sopracciglio, divaricatore all'orecchio, anello al dito modello tondino della migliore carpenteria della bassa Bresciana, bracciale al polso che ricorda tanto la catena con cui legavo la bici in stazione a Bergamo.

"Ma sei veramente trendy!" Vorrei dire figo ma mi sembra eccessivo.

"Tu sei uguale stella mia." Mi stringe di nuovo a sé.

"Si come no! Tutto bene?"

"Benone e tu?"

"Più o meno. Anche se la mia vita è sicuramente più noiosa della tua attualmente! E questi dove li tenevi nascosti?" gli tocco i bicipiti di tutto rispetto. Anche i pettorali non scherzano. "Avevo più muscoli io di te l'ultima volta che ci siamo visti!"

"Mamma posso entrare?" Ginevra attende sulla porta timidamente.

"Certo, vieni tesoro!"

"Tua figlia?"

"Non proprio" le è già passata la timidezza "Lei è la mia mamma Marta e poi ho la mamma Odette!"

"Marta! Non l'avrei mai detto. Anche tu hai cambiato qualcosa nella tua esistenza! E non poco! Sono felice per te!"

"No Teo, è Paola che sta con Odette."

"Quindi tu stai?"

"Quindi sto con l'ex di Odette che si chiama Luca. Che è il padre di Ginevra...

"...Che prima stava con Cecilia. Poi ha baciato la mamma e si è messo con lei. Hanno fatto altro ed è nata Lea."

"Per essere una vita noiosa mi sembra abbastanza movimentata Marta! Non perdi tempo!"

Ridiamo.

"Non mi sembra vero Teo! Quanto tempo passato insieme. Quanti ricordi!"

"Sai che penso spesso a tutto ciò che abbiamo fatto! Avremmo potuto scriverci un libro."

"Io penso molto a te, alla tua infinita pazienza nello starmi sempre accanto nonostante tutto, nonostante me." Praticamente il contrario di Luca. "Tra poco salgo per due mesi, avremo modo di vederci e parlare un po'."

"Mi farebbe davvero piacere. Dove stai ora?"

"Milano. Sono andata a vivere in città."

"Ci sono stato anche io per un po'. Vita notturna nei locali. Poi ho sentito il richiamo di casa e sono tornato."

"Teo...non si riesce davvero a stare lontani? Dalla montagna intendo..."non vorrei pensasse a noi due. Noi riusciamo benissimo a non stare vicini. Non importa se lo sogno almeno due volte a settimana.

"Io non ci sono riuscito, ma non è detto che non riparta tra qualche tempo. Mai fare programmi a lungo termine. Prendere il bello del momento, poi si vedrà."

"Tu lo puoi fare, io meno, con due figlie piccole. E' già un casino muoversi per il weekend!" Lea piange.

Luca e Ale entrano. Presentazioni di rito. Per come lo conosco, a Teo, il mio Luca non piace per niente.

Ci salutiamo, ci abbracciamo e ci promettiamo una serata di ricordi condivisi. Abbiamo dieci anni di vita da raccontarci. Gli do un bacio sulla guancia, forte ed affettuoso come facevo ai tempi. Solo che ora la sua barba è ispida e il suo profumo è quello di un uomo e non più del ragazzo che ho lasciato.

Che gioiosa emozione. Sorrido mentre cammino. Non so perchè questa cosa mi faccia stare tanto bene.

"Lui sarebbe l'amico timido e introverso con cui condividevi i tuoi pomeriggi?"

"Che dire tesoro, sarà stata l'aria di mare a renderlo così! Tutto quello iodio avrà avuto il potere di rigenerarlo!"

Ginevra corre. Si sente libera. Può farlo qui, senza le limitazioni che impone la città.

"Magari quando lo saluti basta un ciao, senza buttargli le braccia al collo, baci, onorificenze varie e tutti quei sorrisi, quelle moine. Tieni un profilo basso Marta, lo preferisco."

"Tranquillo Luca, conserva la tua gelosia per qualcun'altro. Loro sono stati troppo legati, troppo amici. Non c'è nessun pericolo! Erano uniti da un rapporto fraterno!"

Ecco ha parlato l'esperto di relazioni interpersonali. Il guro della psicanalisi.

"Se lo avessi immaginato come un fratello non sarei mai andata a letto con lui. Ci ho perso la verginità."

Non so chi dei due rischi maggiormente un attacco ipertensivo. Credo che la pressione sia aumentata esponenzialmente ad entrambi.

Teo ed io. Sedici anni, quasi diciassette.

Legatissimi. Un trascorso lontano come fidanzatini.

Amico straordinario era lui per me. Ed io altrettanto per lui.

Infiniti discorsi insieme sulla vita, l'amore, la religione, la politica, la morte, il sesso.

Soprattutto il sesso vista l'età.

Nelle nostre riflessioni filosofiche arrivammo a questa strana conclusione. Perchè offrire la nostra purezza a qualcuno che forse non avrebbe apprezzato degnamente questo grande privilegio? Qualcuno che avrebbe potuto ferirci con successivo distacco, freddezza e indifferenza.

Così, pensammo di rendere speciale un passaggio tanto delicato come la prima volta.

Decidemmo di regalarci a vicenda ciò che tra noi sarebbe stato per sempre un dono unico.

Fu strano, intenso e denso di significati. Così speciale da farci quasi piangere.

Non si ripeté mai più dopo quella volta. Avremmo tradito il nostro prezioso patto. Il nostro darsi reciprocamente per non svilirne il significato.

"Marta non mi dire mai più che Ginevra e Mauro possono dormire insieme!"

"Fino ai suoi sedici anni possiamo stare tranquilli. Poi ci penseremo!" Corro da Ginevra. E lascio Luca a gestire le sue paure.

26 RITORNO A CASTIONE

La settimana prima della partenza è stata la più pesante degli ultimi mesi.

Mi sono scordata di cercare qualcuno che si occupasse del terzo figlio. Luca.

Per fortuna Adelma, la ex governante di famiglia, mi è venuta in aiuto.

E' una donna con un gran cuore.

Se sono riuscita a resistere nei primi mesi a Milano è stato grazie a lei.

Mi ha dato la forza di non mollare quando Luca mi faceva guerra aperta.

Mi ha confortata quando lui sottolineava le mie inadeguatezze, i miei errori, la non condivisione della linea educativa che avevo scelto per sua figlia.

Lei ed il portinaio dello stabile sono stati la mia famiglia affettiva in quel periodo.

E' stata anche la prima persona a dirmi che il Dottor Ferrari forse si stesse innamorando di me.

Io, la semplice babysitter di Ginevra. A quel tempo non le credevo, ma in fondo speravo che il suo istinto non si sbagliasse.

Ha accettato di aiutarci per questi due mesi. Naturalmente dovrà portare a casa nostra le due nipotine di sette e nove anni. Non saprebbe dove lasciarle durante le ore di lavoro. Ma questo Luca non lo sa. Dopotutto lui non le vedrà mai. Le bambine avranno liberamente accesso alla camera e ai giochi di Ginevra.

Adelma si occuperà di tutto, cura della casa, spesa, abbigliamento di Luca. Sa ciò che lui vuole più di chiunque altro. Sicuramente molto più di me, visto che ha sempre da ridire su ciò che faccio.

Sistemato il problema uomo solo, sono passata alla preparazione delle valigie.

Fatte, disfatte, rifatte e ridisfatte.

Troppe cose leggere, poi troppe cose pesanti.

Troppe cose inutili e poi troppo poco di utile. Alla fine le ho preparate a casaccio pensando che comprerò al mercato settimanale ciò che dovesse mancare.

Oggi finalmente partiamo. Ci portiamo direttamente anche Mauro. Tornerà sabato mattina a Milano accompagnato da Nicolas.

I ragazzi sono felicissimi, scoprono una libertà difficile da concretizzare in città. Escono da soli, sono responsabili, puntuali. Hanno fatto amicizia con altri bambini del paese e si ritrovano al parco per giocare tutti insieme.

Oggi li ho portati al torrente. Hanno fatto il bagno nell'acqua gelida. In mutande come facevo io da bambina e si sono asciugati sulle rocce al sole.

Questa sera siamo a cena da Ale. Ha voluto preparare la grigliata per i ragazzi.

"Chissà che voglia che hai di stare davanti al camino dopo una giornata di lavoro."

"Non è un problema Marta. I bambini sono felici. Mi spiace solo per l'orario, sono le venti e ancora non c'è nulla di pronto."

"Ale il tuo tardi è il nostro presto, Luca non arriva mai prima delle 21.00 a volte le 22.00."

"Lo hai sentito?"

"No, ieri sera era impegnato, ha lavorato a casa con dei colleghi. Questa sera dovrebbe chiamare alle 20.30. Sempre che si ricordi naturalmente."

Questo è il sogno. La realtà è che lo chiama Ginevra alle 21.30.

"Pronto!" dal tono è impegnato

"Papà ciao! Tutto bene?"

"Si tesoro sono solo un po' di fretta. Grazie Susanna lasci pure i dati sulla scrivania. C'è la mamma?"

"Si è qui con me, ti ho messo in vivavoce." Cosa che lui odia.

"Luca ciao sei ancora in ufficio?"

"Ciao Marta. Cose da ultimare. Giovedì sono a Francoforte e venerdì a Parigi. Dovrei rientrare sabato nel tardo pomeriggio, se non ci sono problemi naturalmente. Spero di riuscire a raggiungervi, diversamente ci vedremo domenica."

Ginevra non fa una piega. E' abituata da anni ai suoi ritmi e alle sue promesse non mantenute. Io reagisco come una bambina che sotto l'albero di Natale trova il regalo sbagliato.

Alzo gli occhi al cielo, sbuffo, mi abbandono contro lo schienale della sedia.

"Va bene. Fammi sapere."

"Ciao Marta."

Due giorni che aspetto di sentirlo e questo è tutto.

"Ketchup o maionese Marta?"

"Non ho fame. Per i bambini entrambi grazie."

"Vedrai che sabato sera sarà qui!"

"Ti sbagli Ale! Non lo conosci."

Mi prendo in braccio il mio nipotino che sembra più interessato ai wurstel e salsicce fumanti in tavola che a me.

Lo imbocco anche se avrebbe già abbondantemente cenato. Mi riserva dei sorrisoni bellissimi e mi dà baci appassionati. Almeno lui sembra trovarmi irresistibile.

"Zio è tutto buonissimo. Domani me la fai ancora!?"
"Mi spiace Ginevra, domani la zia ed io siamo a cena fuori è mercoledì."
"Uscite tutte le settimane?" sono sorpresa.
"Si! E' la nostra serata. Nicolas si occupa di Diego."
Dora mi sorride.
Ale porta il dolce e i caffè. Porta anche il latte a parte per macchiarlo. Non nella bottiglia come farebbe Luca. Nel bricchino montato e tiepido, come piace a Dora.
Questa settimana mi sta insegnando molto. Inizio a pensare che preferirei essere tradita ogni tanto pur di ricevere le attenzioni che ha lei. Che infinita tristezza.
Torniamo a casa. I ragazzi vanno a letto subito, sono esausti, le giornate sono piene. Non stanno mai fermi. Io mi porto Lea nel lettone, non ho voglia di stare sola.
Cellulare.

00.24   Marta sei ancora sveglia?
00.24   Si
00.24   Questa casa è troppo vuota senza di voi, troppo ordinata, troppo silenziosa. Mi manchi...
00.25   Anche tu amore.
00.25   Sabato parto direttamente dall'aeroporto per raggiungerti.
00.25   Se sei stanco riposati. Ti aspetto domenica. Cerca di riguardarti Luca, lavori troppo.
00.26   Cosa avete fatto di bello oggi?

Gli mando le foto dei ragazzi che giocano e fanno il

bagno nel torrente. Lea sdraiata tra i fiori. Diego che la abbraccia e che sembra intenzionato a strozzarla per quanto stringe.

Lui mi manda un cuore. Una cosa semplice, ma che mi fa sentire come la bambina che trova finalmente il dono tanto desiderato sotto l'albero di Natale.

Oggi spese pazze, c'è il mercato a Castione. Nei luoghi di villeggiatura è un appuntamento imperdibile d'estate. Gente che arriva dai paesi vicini, bancarelle infinite come alla festa del patrono in città. Per chi come me ha la pazienza e la caparbietà di tuffarsi nelle ceste degli articoli in offerta, ci sono occasioni irrinunciabili.

Compro calzini per Gina, Mauro, per me, per Luca e per Roby. Mutande per i ragazzi. Un completino per Lea ed un pigiama a coccodrillo per Diego.

Mentre osservo questa mia personale Via Monte Napoleone, rimango abbagliata da un abitino che non metterò mai ma che voglio togliermi lo sfizio di prendermi.

Quindici euro, posso concedermelo. Stile orientale. Nero con fiori rossi. Manichina che copre solo la spalla e lascia scoperto tutto il braccio. Colletto alla coreana. Allacciatura laterale. Corto, forse troppo, ma è estate e posso osare.

La signora mi invita a provarlo direttamente nel furgone che funge da camerino. Non chiude tutto il portellone perchè rimarrei al buio.

Il mezzo non è molto alto e picchio la testa più volte. Se salire è stato un gioco da ragazzi, scendere con il vestito stretto è letteralmente impossibile.

251

"Alza alza, alza vestito per scendere giù bella."
Praticamente scendo a terra quasi in mutande.
Mauro e Ginevra sono entusiasti sembra che mi stia
benissimo.
In realtà non ho modo di appurarlo, la signora regge
uno specchio che muove velocemente. Scorgo solo il
mio viso e il cielo, o i piedi e il selciato. Credo
fatichi a trovare la via di mezzo. Lo prendo
comunque. Mi comunica a gesti di aspettare e mi
porta un paio di scarpe rosse con il tacco. Mi fa
segno con le dita che per 30 euro posso avere tutto.
Sono perfette. Imparerò a camminarci.
Anelli di pesce, chele di granchio, panzerottini e
patatine fritte della gastronomia sono il nostro
pranzo di oggi. Tipiche squisitezze di rosticceria.
Mangiamo in giardino seduti per terra. Che pace!
Oggi niente escursioni, solo relax.
La sera usciamo per un gelato. I ragazzi corrono per
la piazza. Entro nel locale di Teo. Trovo un posto
davanti al bancone.
"Ciao Martella!"
"Ciao bello, mi dai un po' d'acqua per favore? Quella
del rubinetto va benissimo."
"Fossero tutti come te chiuderei domani."
"Ce le hai due patatine? Ho mangiato troppo gelato
mi viene la nausea."
"Ancora mischi dolce e salato? Non sei proprio
cambiata."
Mi riempie una ciotolina e si precipita fuori. I clienti
attendono, è tutto occupato. Non c'è un posto libero.
Sembra di essere a Milano nell'ora dell'aperitivo.
"Marta, che ne dici di una pizza lunedì sera? Sono a

riposo."

"Mmmmm devo chiedere ad Ale se mi tiene i bambini. Gli ho detto che abbiamo fatto sesso insieme, non so se lo farà..."

Mi guarda serio.

"Preparo il passaporto e lascio il paese questa notte. Tuo fratello arrabbiato vorrei evitarlo."

Rido, lui apre e chiede bottiglie con una velocità impressionante.

"Ti faccio sapere. Ciao Teo, ti lascio lavorare."

Troppo preso, parleremo con più calma lunedì.

"Marta aspetta" fa un conetto di carta, ci mette anacardi e noccioline e me lo passa con un sorriso.

Che bello quando qualcuno ti conosce così perfettamente da non avere bisogno di chiedere nulla.

Gli lancio un bacio ed esco.

Recupero i ragazzi che a furia di correre sono in condizioni pietose, casa, doccia e letto.

Domani passeggiata tra i boschi.

Cellulare il mio. Forse è Luca, si è ricordato che esisto. No è Odette.

23.35 Marta tesoro, ho visto le foto dei ragazzi. Sono bellissime. Grazie per ciò che fai.   E' evidente che Ginevra sia felicissima. La prossima settimana ci siamo prese dei   giorni di riposo, passiamo a trovarvi se non è un problema.

23.36 Scherzi! Mi fa solo piacere. Fermatevi un po'. C'è posto.

23.37 Allora se ti va bene arriviamo lunedì mattina.

23.38   Perfetto! Posso chiederti un grande
        piacere Odette, avrei giusto un impegno
        per   lunedì sera....

Avrò la mia serata dei ricordi con Teo.
I ragazzi dormono.
Provo le mie scarpe con il tacco. Riesco a
camminare. Incredibile cosa faccia la saggezza
dell'età, non ci sono mai riuscita!

C'è un sole splendido questa mattina. Porto i ragazzi
su un percorso eco didattico.
"Mamy hai il fiatone!" Ginevra mi spinge da dietro.
"Portare lo zaino con tua sorella non è un peso da
poco". Unito al fatto che davanti ho lo zaino con i
panini e le borracce, direi che l'affanno sia più che
lecito.
Cellulare. Luca.
"Ciao tesoro!"
"Ciao Marta! Cosa stai facendo? Sembri affaticata!"
"Siamo sul sentiero dell'orso." e io mi sento pesante
proprio come lui.
"Sono rientrato a casa per prendere dei documenti ed
ho trovato due bambine in compagnia di Adelma."
Ecco l'ha beccata!
"Si Luca, sono le nipoti, non sapeva dove lasciarle.
Le ho detto che poteva portarle con se. Sono
bambine bravissime."
"Avresti potuto avvisarmi Marta. Preferisco essere
posto a conoscenza di ciò che mi riguarda."
Dunque posso evitare di dirti della serata con il mio
vecchio amico, riguarda solo me.

"Si hai ragione scusa."

"Ho il volo tra poco."

"Va bene Luca. Fai buon viaggio e fammi sapere quando arrivi, sai che non sono una grande amante dei voli."

"Salutami le bambine."

Non si ricorderà di avvisarmi. Succede sempre.

Sabato Mauro parte per Milano accompagnato da Nicolas. Ginevra è triste. Si sono divertiti molto insieme.

Ieri ho sentito Luca di sfuggita. Era presissimo.

Si è ricordato di scrivermi quando è atterrato a Parigi.

"Arrivato tesoro, ti stringo, un bacio" ...ho persino pensato che il pensiero non fosse destinato a me ma ad un'altra.

L'ho riletto più volte. Mi sono sentita crudele ed ingiusta. Lui è completamente sotto pressione e io sono capace solo di soffermarmi su dettagli come il tono amorevole dei suoi sms.

Siamo a cena da Ale. Continuo a controllare il cellulare e ad osservare il cancello della villa nella speranza di vedervi arrivare l'auto.

Sono le 21.00 inizio a pensare che forse arriverà domani.

Cellulare. Lui.

"Ciao Marta"

"Ciao amore! Dove sei?"

"A Parigi, le cose si sono protratte oltre ogni possibile previsione. Abbiamo spostato il rientro a domani nel pomeriggio. Mi spiace molto. Avevo voglia di stare con voi."

255

"Dispiace moltissimo anche a me." non ho altre parole sono delusa.

"Ci sentiamo o ti scrivo più tardi, abbiamo una cena. Ti abbraccio Marta."

"A dopo."

Non sono amareggiata. In realtà sono arrabbiata.

"Ginevra tuo padre non viene né oggi né domani!" non le do altre spiegazioni.

Tolgo Diego da Lea, si è sdraiato su di lei e la sta schiacciando. Due giorni fa ha tentato di soffocarla con un peluche in faccia. Adora usare i cubetti di legno come corpo contundente su di lei. Forse non ama particolarmente l'altezzosa cugina di città.

Ale mi guarda con sguardo compassionevole.

"Mi spiace Marti"

"Fa niente, ci sono abituata."

"Prendiamo il caffè nel mio studio, devo parlarti di una cosa."

Spero non riguardi la divisione dei beni di famiglia è un argomento che non mi interessa e tollero a fatica. Porto Lea con noi, inizio a temere per la sua incolumità quando è da sola con Diego. Lui porta i caffè e cioccolatini. Sa che ho bisogno di dolcezza.

Si siede alla scrivania, prende in braccio la piccola.

"Ciao bella dello zio, me lo dai un bacetto?" lei risponde con sorrisi e lallazioni affettuose.

Nemmeno una settimana ed è già innamorata di lui.

La avvicina alla guancia e lei gli prende il viso.

"Ale puoi dirmi velocemente quello che devo sapere?" sarei un po' incazzata per le mie vicende famigliari, questa sera non ho molta pazienza. Credo di averla smarrita al telefono.

"Avrei preferito comunicartelo in un momento di maggiore serenità."

Io sono serenissima! Ho mangiato tre cioccolatini solo perchè temevo un calo di zuccheri, non perchè sia triste o ferita.

"Ale stai bene? Non c'è nulla di grave vero?" vivo con il terrore che si ammali come è successo ai miei.

"Sto perfettamente Marta, voglio solo sposare Dora."

"Oddio." mi commuovo. Il mio fratellone diventa grande. Non metterà la testa al posto ma almeno avrà la fede al dito. "...posso abbracciarti?" ho già gli occhi lucidi.

"No!" ecco come ti ammazzo l'emozione.

"Volevo solo condividere con te la mia felicità interiore..." nessuno mi comprende in questa vita.

"Finiscila Marta con le sdolcinatezze. Voglio che sia una sorpresa e che tu organizzi il tutto."

"Io? Non riesco a pianificare la mia giornata! Come posso trasformarmi in Wedding Planner?"

"Marta non è il matrimonio di Harry e Megan! Pochi amici e parenti, al massimo venti persone. Mi serve solo che tu pensi a tutte quelle cose frivole come i fiori, i petali di rosa sparsi fuori dalla chiesa, le bomboniere. Insomma, tutte quelle stronzate che piacciono tanto a voi donne e che io non oso nemmeno immaginare. Al ristorante ci penso io. Tu saresti capace di scegliere la mensa della Caritas per essere solidale."

"E dove vorresti sposarti?"

"Nella chiesetta di Rusio."

Adoro quel posto. Come ti invio Dora.

"Cerimonia religiosa? Scusa Ale ma non è necessario frequentare un corso prematrimoniale?"

"Solitamente si. Risistemo a mio spese il campo da basket dell'oratorio, il don chiude un occhio."

"Hai già scelto la data?"

"Non ancora. Pensavo ad Agosto. Basta che non sia durante la settimana. Lavoro."

Incredibile, non stacca nemmeno per una cosa così importante. Prendo il calendario da tavolo.

"L'otto Ale. Assolutamente l'otto. E' il simbolo dell'infinito e dell'equilibrio cosmico. Sai cosa rappresenta in Giappone?"

"Il numero tra il sette e il nove. Basta così Marta ne ho abbastanza di numeri."

Perchè nessuno mi ascolta!

"Ale e l'abito di Dora?"

"Non voglio una cosa classica con tulle, velo e perline da principessa d'altri tempi. Andrà benissimo un abito da sera."

Quello che hai bocciato è il sogno segreto di ogni donna, ma tu non lo puoi capire!

"Come posso convincerla ad acquistarne uno?"

"Le dirò che dovremo partecipare ad una importante inaugurazione. Nicolas l'accompagnerà in chiesa. E tu, accompagnerai me."

Io lo che porto all'altare. Oddio piango a tal punto da avere bisogno di altri tre cioccolatini.

"Tieni la bocca chiusa, lo sai solo tu. Informerò mio figlio e Luca a breve."

Dora mi vede uscire dallo studio in uno stato pietoso. Mi abbraccia.

"Non piangere Marta! Vedrai che il prossimo fine

settimana il tuo amore ti farà una bella sorpresa!"
Vedrai la tua di sorpresa l'otto di agosto! Ricomincio
a piangere.

27 UNA SERATA DI RICORDI.

Odette e Paola arrivano presto. Ci raggiungono in
treno e autobus di linea. Proprio come erano soliti
fare villeggianti anni fa. Ginevra si gode la sua
mamma. La abbraccia per tutto il giorno. In piena
libertà, senza sensi di colpa nei miei confronti e
questo mi rende davvero felice.
Paola e Lea ormai sono un corpo ed un'anima sola.
Mi sembra di non avere nulla da fare. Riesco persino
a sdraiarmi ed addormentarmi al sole ascoltando
musica.

16.00   Ciao Marta. Sono arrivate?
16.00   Ciao Luca. Si. Oggi per me è giorno di
vacanza. Potremmo vivere tutti insieme, sarebbe
          bellissimo, che dici?
16.01   Ritrovarmi nella stessa casa con la mia ex
moglie e la sua compagna è il mio sogno
          inconfessato. Ti prego Marta non rovinarmi
l'unico momento di pausa. Ci sentiamo tardi
          questa sera. Salutami le piccole. Le grandi a
tua discrezione.

Da quando si sono unite in matrimonio, Luca si
mostra meno amichevole verso di loro. Fintanto che

la loro relazione è rimasta segreta riusciva a tollerare la cosa. Il loro passo istituzionale ha incrinato la forma. E' andato oltre il segreto di famiglia. E' cosa pubblica. Io fatico ad accettare questa sua chiusura. Ma devo imparare a farlo. Non posso pensare che il mondo ragioni sempre come piacerebbe a me.

16.02   Ciao Martella questa sera si esce in moto. Prenditi un giubbino.
16.02   Per moto non intendi il vespino azzurro di tuo fratello spero!
16.03   No bella! Intendo la mia Ducati.

Jeans stretti, maglietta, giubbino, scarpe da tennis. Non ho bisogno di essere perfetta, con lui mi basta essere me stessa.
Bergamo città alta. E' da una vita che non ci vengo. L'ultima volta fu con Luca e non stavamo neanche insieme. Ancora gli davo del lei.
Parcheggiamo lungo le mura e saliamo a piedi. Sediamo dentro al locale. Fuori è ancora un po' caldo.
Chiacchieriamo in tranquillità. A ruota libera tra passato e presente.
"Com'è che ti sei scelta un tipo così sofisticato? Che fa nella vita? Parlamentare di destra?"
"No! Però lo vedrei bene! Fa l'amministratore delegato in una importante azienda finanziaria."
"E tu Teo? Compagna niente?"
"Nulla, vivo bene con me stesso per ora. Dove l'hai conosciuto un altolocato del genere? Non credo vi siate incontrati all'oktoberfest bevendo una pinta, o

al motoraduno harley davidson."

"Fino a giugno dello scorso anno sono stata la babysitter ben pagata di sua figlia. Abbiamo vissuto nella stessa casa per sette mesi. Battagliato molto fin da subito. E sai come si dice, l'amore assomiglia di più all'odio che alla amicizia. Insomma dal non sopportarci all'innamorarci il passo è stato breve."

"Per cui in sette mesi vi siete infatuati, desiderati ed avete figliato. Come mai la decisione di procreare così presto?"

"Il desiderio era più suo. Io sinceramente pensavo che sarei rimasta incinta più avanti. Ma Lea aveva fretta di arrivare ed ha completato la famiglia."

"Storia d'amore da romanzetto tutto al femminile." Li ha sempre detestati.

"Non demonizzarmi il genere rosa, sono una lettrice accanita!"

"Ti prego Marta mi deludi. Ti ho lasciata che leggevi il contratto sociale di Jean-Jacques Rousseau e ti ritrovo appassionata a quelle cose melense". Assaggio la sua birra.

Mi appoggia la mano sul viso e mi toglie la schiuma sul labbro con un dito. Credo di arrossire un po'. Riprendo a parlare fingendomi indifferente al suo gesto.

"A vent'anni avevo bisogno di grandi ideali. A quaranta necessito di storie romantiche a lieto fine."

"La tua non è così?"

"Forse, non lo so. Credo di sì o almeno lo spero. Vorrei solo che Luca fosse più presente. Stesse di più con noi. Ma questo è un bisogno probabilmente egoistico."

"Voler condividere del tempo con chi reputi importante non è egocentrismo, è amore."

Profondo e riflessivo come sempre.

"Marta, ma tu ci stai bene con uno così impostato?" se continua così mi mette in difficoltà, mi muovo nervosamente sulla sedia.

"Non è impostato di suo. Proviene da una famiglia bene. Padre notaio e madre insegnante in un liceo esclusivo in Svizzera. Educazione rigida, scuole di livello. Diciamo che si è uniformato, ecco..."

"Diciamo che è un conservatore, reazionario e tradizionalista. Semplicemente il tuo opposto!"

"Non ti piace proprio?" gli sorrido.

"Mi sta sommariamente sulle palle e non aggiungo altro perchè ti voglio bene. Cosa ti ha colpito di lui?"

"Sinceramente? Mi ha attratto fortemente dalla prima volta che l'ho visto. Un figo pazzesco."

"Quindi galeotto fu l'ormone! Sei sempre stata passionale, fin dalla prima volta insieme."

Sorrido ripensando a noi. Gli rubo un'oliva dalla pizza. Direttamente con le mani e me la mangio.

"Marta! Lo fai ancora?"

"Solo con te caro!"

Ne prende un'altra e ma la pone. Temporeggio un po'. Le mie labbra sulle sue dita mi rimandano ad un gesto che reputo sensuale e che mi imbarazza un poco.

Non dovrebbe essere così, siamo solo amici dopotutto. Mentre apro la bocca e la sua mano si avvicina a me, non ne sono più così sicura.

Non ho più certezze su nulla in questo momento.

Passeggiamo per città alta. Poca gente. Ci fermiamo

ad osservare il panorama dalle mura.

Mi sento serena e semplicemente in pace con me stessa. Era da tempo che non mi sentivo più così.

Accende una sigaretta. Me la offre.

"No grazie, cerco di evitare se riesco a resistere. Luca detesta che fumi."

"Luca non c'è".

Mi appoggia la sigaretta sulle labbra e faccio un tiro. E poi altri ancora.

Mi fa un certo effetto quando mi guarda negli occhi così da vicino. Devo abbassare lo sguardo. Il suo rimane sicuro e diretto su di me.

L'aria è fresca, si sta bene. Troppo. Città bassa illuminata, i paesini che si perdono all'orizzonte. E' tutto così perfetto.

Le nostre braccia appoggiate sopra al muretto si toccano. Il mio sembra così sottile rispetto al suo muscoloso e molto tatuato. Seguo con un dito un tribale sul suo polso.

Ed è un attimo. Un attimo non preventivato, non pensato. Ma col senno di poi, probabilmente cercato e voluto.

Dal braccio passo a guardargli la bocca. Lui fa lo stesso.

Male, molto male. Avrebbe dovuto continuare a contemplare l'orizzonte.

Ci avviciniamo, ci baciamo. Dapprima in modo leggero e delicato, poi molto meno.

E' come se questo momento ci restituisse ciò che ci siamo persi in questi anni.

Da appoggiati al muretto ci ritroviamo ben dritti, l'uno contro l'altro. Le sue mani sui miei fianchi mi stringono. Le mie sono sulle sue spalle.

Non ha il sapore di Luca. Infatti non è Luca è Matteo! Ma sono completamente rincretinita? Ho sbagliato uomo!

Staccati subito Marta!! Perchè non riesco a farlo? Perchè non mi fermo? Perchè mi stringo di più?

Ad interrompere il bacio è lui, dopo un tempo che non quantifico e che mi ha del tutto sconquassata.

"Cosa stiamo facendo?" lo mormora appena.

La sua fronte sulla mia.

Se lui non avesse smesso io avrei proseguito.

Oddio sono una Rossi. Come mio nonno, mio padre e mio fratello! Io che li ho tanto biasimati sono geneticamente come loro: infedele e sleale.

E poi lui, Matteo!

Ma non poteva invecchiare diversamente?! Non si poteva ripresentare dopo anni con un'ampia stempiatura centrale sulla nuca, un riporto inguardabile alla Donald Trump, pancetta e corpo flaccido!

No! Mi si ripropone attraente e virile.

Ho sempre preferito una bella mente ad un fisico piacente. Ma lui purtroppo ha un connubio vincente.

E vogliamo parlare di tutti questi tatuaggi? Chissà se ne ha anche sulla schiena? Chissà come è la sua schiena senza questa maglietta a cui sono ancora aggrappata.

Oddio, sono già ai pensieri impuri ed è già mezzo nudo nella mia mente! Fermati Marta! Staccati subito prima che la fantasia finisca al di sotto della cintura dei suoi jeans.

Riprendiamo a passeggiare senza parlare. Siamo

imbarazzati è palese. Lo prendo sotto braccio. Non voglio stargli lontana. Ci sorridiamo timidamente... Torniamo a Castione. Ferma la moto sotto casa sua.

"Marta ora ci eviteremo a causa di ciò che è accaduto?"

"No, non voglio che accada, ci siamo appena ritrovati dopo tanto tempo..."

"Cosa è stato quello che successo tra noi?" medita sempre.

"E' stato il nostro rapporto che è prepotentemente tornato. E' frutto di quanto siamo stati bene insieme. Non lo so sono confusa! Io forse sarei andata oltre il bacio, anzi tolgo il forse." Lo guardo. Siamo sempre stati sinceri tra noi.

"Abbiamo fatto un patto anni fa. E' ancora valido. Niente sesso insieme dopo la prima volta."

"Bei cretini che siamo stati a pensare questa cosa Teo!" Ridiamo. Si sta stemperando la tensione.

"Questo ci aiuterà a non superare il limite, almeno per ora." mi porge la mano e io gliela stringo.

Abbiamo rinnovato la nostra promessa.

"Sei come allora, saggio e leale."

"Sei come allora Marta. Se non ti frena qualcuno tu vai sempre oltre."

"Oddio, questo lo sostiene anche Luca!"

Abbiamo ancora le mani unite. Lui bacia piano la mia.

"Ciao Teo!" io gli sfioro delicatamente le labbra. Sono completamene ribaltata. Come dopo una bevuta di gruppo.

Sono felice e sto malissimo. Tutto nello stesso momento.

00.15 Ale sei ancora sveglio? Ti disturbo? Sei occupato?
00.15 Si, no, no.

Va bene essere ermetici e concisi ma così esagera!

00.15 Posso passare cinque minuti?
00.16 NOOOOOOOO!!!!!!!!!!
00.16 Ale ti prego, non te lo chiederei se non fosse importante.
00.16 Non suonare. Ti apro io.

Arrivo a casa sua trafelata. Mi aspetta sotto al portico in maglietta e bermuda. L'aria è molto fresca. Ma non ha mai freddo questo uomo?
"Ale aiutami che casino infernale! Matteo ed io ci siamo baciati!"
"Mmmm......solo quello Marta?"
"Si......." per fortuna o peccato, non sono in grado di capire bene.
"Non è successo nulla, vai a casa e dormi. Buonanotte."
Si gira. Lo fermo per un braccio.
"Un bacio lungo, passionale, abbracciati stretti! Io sono in completa confusione e tu lo chiami niente?"
"Direi di sì rispetto a ciò che avresti potuto fare!"
Arrossisco. Lo ha capito.
"A Luca cosa dico?"
"A Luca non si dice! Ti ha lasciata sola, sei arrabbiata con lui perchè non ha mantenuto fede alla sua promessa e hai agito di conseguenza."

"Non è vero! Io non l'ho baciato perchè sono incavolata con Luca, l'ho fatto perché mi sento fortemente attratta da lui!"

"Senti Marta, fatti andare bene la mia versione. La tua finirebbe per complicarti troppo la vita."

"Sono come te Ale. Alla fine siamo uguali! Ho fatto una cosa terribile!"

"Io ho fatto molto peggio. Sei lontana anni luce dal raggiungermi. Ti riporto a casa in auto, andiamo!"

Si ferma fuori dalla villetta, tutto è spento, tutto tace.

"Marta vuoi scendere? Non vorrei fare l'alba qui."

"Io stasera sarei andata a sua casa con lui, mi sento in colpa."

"Non ci pensare Marta, non lo hai fatto."

"Questo non rende meno grave il mio agito."

"Questo non è un tradimento. La cosa finisce qui. Noi non ne parleremo più. Tu evita di cadere nuovamente in tentazione. Non sei come me, non saresti in grado di gestire la cosa."

E' vero, non sono capace di governare le emozioni scaturite da un bacio, figuriamoci quelle derivanti dal fare l'amore con lui. Mi imbarazzo solo al pensiero di noi due tra le lenzuola. Percepisco il mio viso che avvampa.

"Marta togliti dalla testa qualsiasi immagine di Matteo e di te insieme, così peggiori solo le cose."

Inizio a pensare che mio fratello mi conosca meglio della mia psicoterapeuta.

Entro in silenzio. Come se non volessi farmi scoprire. Dormono già tutti.

Cellulare, potrebbe essere Mattero, oddio no, è Luca!

00.45 Ciao Marta, risentita per come si è delineato il fine settimana?

00.45 Triste. Solo quello. Stai bene?

00.45 Abbastanza, grazie. Un po' stanco...

00.46 Dormi! Buonanotte.

Non riesco a chattare con lui adesso, non dopo quello che è successo questa sera.

00.46 Vorrei fossi qui. Per addormentarmi con te. Dopo avere fatto altro...mi manca il tuo profumo.

Oddio proprio stasera deve fare il tenero! Perché non è stronzo come sempre?
Io un "po'di altro" veramente questa sera l'avrei già fatto. Ma non con te. E ti è andata bene che avevo un patto antico.
Non so riesco a fare finta di nulla, a non essere sincera con lui. Piango, mi sento così falsa ed ipocrita.

00.46 Anche io vorrei che fossi qui Luca.

Cosa e chi vorrei in realtà non lo so. E' tutto così difficile.

00.47 Ieri hanno organizzato un percorso benessere in una spa splendida. Sperduta in un luogo incontaminato ed ameno. Natura selvaggia e ottimi vini francesi. Devo dire che è stato davvero molto rigenerante. L'avresti apprezzato molto.

Come percorso spa? Io lo credevo impegnato in contrattazioni all'ultimo sangue e invece questo mi stava ammollato in piscina! Magari con Elizabeth al fianco in micro bichini e senza smagliature da gravidanza!
Non ti lamentare se io bacio l'amico ritrovato dopo che tu te la sei spassata nel luogo ameno!
Mi sparisce ogni minimo senso di colpa.

00.47   Sono felice per te Luca. Io ho già ampiamente apprezzato la mia serata. Avere qui Odette e   Paola è l'equivalente di avere due angeli. Un bacio.

Vedi di riposare malissimo! Magari questo non lo scrivo...

Il giorno dopo escursione tra donne.
Raggiungiamo la località Salto degli Sposi, un belvedere splendido.
Il nome deriva da una tragedia che colpì un musicista polacco e la giovane moglie alla fine dell'ottocento. Innamorati di questo punto panoramico, erano soliti trascorrere le loro giornate nei pressi di questo luogo. Un giorno, senza motivi apparenti, si abbracciarono e si gettarono nel vuoto.
Vivere, bearsi d'amore e morirne insieme.
L'amore è dunque uno stesso destino?
Straziante la loro prematura fine, commuovente il sentimento che li ha uniti.

La sera cena in piazza. Pane e salamella e polenta con lardo. Questa notte sarà impossibile prendere sonno.

Concertone con tributo agli U2.

Teo esce dal locale, sta fumando. Lo raggiungo.

Perchè dovremmo stare lontani? Mi appoggia la sigaretta alla bocca. C'è la nostra canzone preferita, One. L'ascoltavamo per ore. Sempre quella.

Ci abbracciamo per ristabilire l'intesa che un bacio non può e non deve incrinare. Mi fa ciondolare a tempo di musica.

"Canti bene come sempre, ma balli ancora malissimo Teo!"

Ridiamo e mi appoggia la testa sulla spalla.

Oddio che sensazione strana, meglio che mi sposti.

"Ciao bello, ci vediamo."

"Ti aspetto Martella, fatti sentire!"

Ci incamminiamo verso casa.

"Mamma Marta, guarda che bella questa foto che ti ho fatto mentre ballavi con Matteo"

"Ginevra ballare è una parola grossa. E' del tutto negato! E' davvero bellissima!"

"L'ho girata anche a papà!"

Paola smette di spingere il passeggino di Lea, Odette si ferma e sgrana gli occhi.

"Come tesoro?" Il suo tono è apprensivo mentre glielo chiede.

"L'ho mandata a papi con le foto della cena."

"Marta rimuovila, magari non l'ha ancora vista!"

Odette è seriamente preoccupata.

Ho in mano il cellulare di Ginevra che forse ha realizzato solo ora cosa può aver scatenato.

"No Odette. Io non ho fatto nulla di male, ho abbracciato un amico. Non la elimino."

"Conoscendo Luca ti converrebbe farlo. Eviteresti storie inutili"

"Odette, conoscendo me, non gli conviene farmene!"

Ci mettiamo in giardino a bere il caffè, fa fresco sono le 23.00

Cellulare è lui.

Risponde Ginevra e mette in vivavoce.

"Papiiiii ciao!! sei in..."

"Passami la mamma, subito!"

"Ciao Luca"

"La foto!? Cosa significa?!"

"Un saluto tra amici. Tutto bene tesoro?"

"No. Non dopo quello che ho visto."

"Ciò che hai visto è ciò che ti ho detto, nulla di più."

Il più c'è già stato in parte lunedì sera.

"Il bagno è a destra, c'è anche al piano superiore se preferisci Berselli terza porta."

Evidentemente Luca non sta parlando con me.

"Stai ancora lavorando da casa? A quest'ora?" Io festeggio in piazza e lui è immerso nella sua attività senza sosta. Ma che vita fa?

"Si ma è l'ultima volta. Con oggi abbiamo finito".

"Luca vieni qui domani. Prenditi la giornata libera, stiamo un po' insieme. Ho bisogno di te."

Necessito fortemente di riconnettermi con lui, prima che finisca col farlo con qualcun'altro.

"Le bambine stanno con Odette e Paola. Ti prenoto un hotel da qualche parte e passiamo la notte da soli, tu ed io!"

"Non mi è possibile. Lo vorrei tanto..." Il tono è ammorbidito, gentile.

"Un altro giorno?"

"Medesima condizione, mi spiace. Ora devo andare. Ti prometto che il fine settimana lo passiamo abbracciati sul prato!"

"Ciao Luca."

Forse avrei dovuto insistere almeno sulla mezza giornata. Ma non sarebbe cambiato nulla.

"Marta non sprecare questa occasione. Esci comunque. Vai a cena con degli amici. Vai a ballare. Penditi del tempo per te. Vivi per questa famiglia. Ti occupi amorevolmente e a tempo pieno di mia figlia. E' il minimo che io possa fare per te."

"Veramente c'è anche altro che puoi fare. Ad esempio confezionarmi un vestito da cerimonia. Si sposa un amico. Credo farò da testimone. Un qualcosa di sbarazzino, non troppo elegante. Mi serve per inizio agosto. Se ti fosse possibile naturalmente!"

"Scherzi tesoro! Trova un metro da sarta, inizio a prenderti le misure!"

28 UN MERCOLEDI' SPECIALE...TROPPO

Alla fine ho seguito il consiglio di Odette. Questo sarà la mio mercoledì speciale. Indosso il vestito made in china e le scarpe rosse. Lei mi trucca e mi sistema i capelli.

"Cara sei uno schianto!"

"Troppo buona!"

"Hai delle gambe da urlo!"

"Sì, quando vedono cellulite e smagliature gridano dallo spavento!"

Mi presta la sua borsa. Io ho solo uno zaino.

Chiamo mio fratello.

"Ciao Marta sono Dora, Sandro si sta facendo una doccia."

"A che ora uscite per cena?"

"Alle nove."

"Allora passo tra dieci minuti. Devo chiedergli un favore."

I minuti di cammino con i tacchi diventano venti.

Ale si sta allacciando la camicia in salotto. E' molto elegante, io pensavo uscissero in modo più sobrio. Dora indossa un vestito lungo in lino. Ha una bellissima collana. Nicolas fa giocare Diego sul tappeto.

"Come sei elegante e raffinato!"

Mi guarda e la sua faccia diventa seria.

"Tu molto meno, ma come ti sei conciata?"

"Sandro dai! Non essere maleducato sta benissimo!"

"Si certo Dora, come no! E' perfetta per andare a lavorare in un night!"

"Bene caro fratello, ho appurato che non ti piaccia lo

273

stile orientale.”

“Non mi piacciono le cose volgari, non capisco se sia un abito estremamente corto o una maglietta leggermente lunga”.

“Bacchettone mio, puoi cortesemente prestarmi la macchina? Te la riporto domani mattina.”

“Per andare dove e con chi?”

Oddio riattacca a fare il padre con me.

“Dove mi piace e con chi voglio...”

“No! Scordati la mia BMW!”

“Ti prego, è l'unica occasione che ho per avere una serata tutta per me. Passeranno anni prima che ricapiti.”

“Sandro, Marta può prendere la mia auto...”

“No Dora, serve a Nicolas domani mattina molto presto. Concediti una serata al bar dell'oratorio, questa sera c'è la gara di briscola. Ti divertirai moltissimo. Ora se hai finito dovremmo uscire.”

Non mi guarda più. Questo vuol dire che il discorso è chiuso.

“Buona cena Dora. Grazie comunque per aver tentato di convincere questo uomo senza cuore. Ciao ragazzi.”

Il mio progetto stroncato sul nascere. Che delusione infinita. Sono quasi al cancello.

“Zia!”

Nicolas mi raggiunge correndo.

“Papà ha detto di non provare nemmeno a rovinare la sua bambina. La rivuole per le cinque e mezza. E comunque per me sei bellissima.”

Lo abbraccio forte, non per il complimento, ma perchè ho ottenuto l'auto.

"Dì a papà che sarò puntualissima!" ora più, ora meno....

Guido veloce.

Arrivo rapidamente. Parcheggio vicino al mio luogo del cuore.

La chiave è al solito posto, come sempre.

Mi siedo ed aspetto. Spero torni presto. Non sono particolarmente rilassata ma sono felice.

E' arrivato finalmente. Non so da quanti minuti lo attendo.

Lo intravedo dalla finestra. Non mi pare sia solo. C'è qualcuno con lui.

La porta si apre.

"Prego Elizabeth."

"Grazie Luca."

Si accende la luce.

"Buonasera amore mio, buonasera stronza."

Lei lancia un urlo e fa cadere la borsa che ha in mano. Forse si preparava a rimanere per la notte. Lui impallidisce, come se avesse visto un fantasma.

"Marta cosa ci fai qui! Ma come sei vestita?"

Un altro che non ama lo stile del sol levante.

"Cosa ci fai lei!"

"Dobbiamo finire un progetto!" non mi sembra che riprenda colore.

"Mi hai detto ieri che fosse tutto concluso!"

Ci pensa un attimo, forse non ricorda bene, troppe bugie.

"Abbiamo ancora delle cose da visionare!"

"Certo il suo intimo magari. La voglio fuori da casa mia! Adesso!"

"Questa non è casa tua, è unicamente di mia

275

proprietà" non lo urla, ma a me arriva come se lo avesse fatto.

"Cosa?"

"Hai compreso benissimo ciò che ho detto! E ti esplicito anche che sono libero di portarci chi voglio."

Rimango lì, ferma, colpita e affondata.

"Giusto Luca, hai pienamente ragione. Resta pure Elizabeth. Ti auguro un buon amplesso."

Esco e velocemente torno all'auto. Potrei anche non procedere così spedita, tanto lui non mi sta seguendo. Non è tipo da scena romantica.

Incrocio i miei dirimpettai. L'avvocato Martini con la moglie, mi guardano straniti.

"Signora Ferrari! Che sorpresa! Come sta?"

"Come vuoi che stia?! Sto di merda!"

Cretina io a fidarmi di lui. A mettere la mia vita nelle sue mani. Questa non è una storia d'amore è un giro sulle montagne russe. Alti e bassi continui e senza tregua.

Schifosissimo bugiardo...risalgo in auto sono le 22.30.

Mezz'ora prima. Ufficio di Luca. Ore 22.00

Abbiamo ancora dei dettagli da visionare, ma il progetto è ormai concluso.

Gran lavoro di squadra. Sono pienamente soddisfatto.

Elia ed Elizabeth preparano i documenti. Preferisco operare lontano da persone che non posso più ritenere degne della mia fiducia. Continueremo il tutto da me.

"Dottor Ferrari mi scusi. Sono stato avvisato ora che

mia madre è in ospedale, un incidente domestico. E'
sola. Se non è un problema gradirei poterla
raggiungere."
"Certo Berselli. Spero si risolva tutto per il meglio.
Fammi sapere come vanno le cose. Grazie, hai fatto
un ottimo lavoro!" gli stringo la mano.
Se imparasse a celare maggiormente la sua
timidezza ed acquisisse maggiore sicurezza, questo
ragazzo potrebbe contare su una carriera rapida e
soddisfacente. Ha grandi qualità.
"Elizabeth cortesemente la borsa con i portatili."
"Certo Luca"
Mi sorride suadente.

Mezz'ora più tardi. Ore 23.00. Marta

Autostrada vuota. Corro. Voglio allontanarmi il più
possibile da questa città che per me ha solo
significati negativi.
Non è il massimo guidare così scossa.
Inizio a singhiozzare. Smettila Marta, nemmeno lo
merita. Mi calmo. Ho bisogno di fazzoletti, dove
sono? Rovescio il contenuto della borsa sul sedile al
mio fianco. Osservo il tutto per un attimo. Un attimo
di troppo.
Ritorno a guardare la strada.
Curva, improvvisa ed inaspettata.
Sono troppo vicina al guard rail.
Sono troppo a sinistra.
Freno e sterzo.
La macchina perde aderenza.
Controsterzo.
Testacoda.

277

Tutto gira.

Ginevra, Lea, Lea e Ginevra. Nei miei occhi e nella mia mente in questa frazione di secondo ci sono solo loro.

Vicino a me, sul sedile di fianco, mia madre mi sorride. Mi abbraccia, mi avvolge mentre la macchina prima si schianta, poi, vola fuori strada e si ribalta.

Non sento più niente.

Non penso più a niente.

C'è solo il buio più totale.

23.40 Castione della Presolana

"Pronto?"

"Signor Rossi Alessandro?"

"Si sono io."

"Buonasera Carabinieri. La signora Rossi Marta che guidava la sua autovettura nel tratto autostradale tra Milano e Bergamo è rimasta vittima di un incidente. E' stata trasportata d'urgenza all'ospedale Papa Giovanni. Le conviene raggiungerla subito."

Chiamo Luca e mentre gli racconto ciò ho sentito, concretizzo ciò che è accaduto. Ho paura.

Venti minuti prima. 23.20 Ambulanza.

"Come si chiama?"

"L'appuntato mi ha detto Marta."

"Marta, Marta! Mi senti?"

Vorrei dire sì ma non riesco.

"Marta apri gli occhi! Ce la fai?"

Perchè urla? Mi rimbomba la sua voce nella testa, mi martella nelle tempie. Provo ad aprirli. Luce accecante, qualcuno chinato su di me.

Vorrei muovere la testa ma è tenuta ferma da qualcosa. Cerco di muovere il braccio ma sono bloccata dalle cinghie.

Ho la mascherina dell'ossigeno. Mi viene da vomitare. Conati. Inizio a sbattere. Ho freddo. Mi girano sul fianco con la barella. Un dolore fortissimo al costato sinistro. Mi viene da piangere.

"Assenza di ematemesi."

L'omone mi guarda e mi spiega che non c'è sangue, è un bene.

"Marta hai molto dolore? Chiudi gli occhi due volte per dire sì."

Li sbatterei anche mille pur di avere qualcosa che mi aiuti a soffrire meno.

Mi rilasso. Il monitor sull'ambulanza si fa più tranquillo. Il mio infermiere mi fa una carezza sulla fronte. E' delicato, contrariamente alla sua mole imponente. Cerco di leggere il suo nome. Matteo. Capisce che voglio parlare con lui. Mi toglie la mascherina.

"Macchina...la macchina?"

"Non preoccuparti Marta stai tranquilla."

"Non è mia." Deglutisco a fatica.

Sospira.

"Distrutta completamente. Devi ringraziare tutti i santi che hai in paradiso se ne sei uscita così."

Devo ringraziare mia madre, mi ha salvata lei. Piango sommessamente. Il mio gigante buono mi tiene dolcemente la mano.

Arrivo al nosocomio. Visita, tac, radiografie.

Terapia per il dolore.

Ospedale Papa Giovanni Bergamo.

"Luca!"

"Alessandro! Hai già parlato con qualcuno?"

"Mi hanno detto di attendere, stanno facendo accertamenti. Sembra che non ci sia nulla di grave. Tre costole fratturate ed ematomi vari. La sua spalla che era già lesionata sembra aver preso una botta molto forte. E' rimasta un po' di tempo priva di sensi ma quando si è ripresa era vigile."

Si siede. Copre il viso con le mani. E' distrutto. Ancora vestito da ufficio.

"L'auto?"

"Lascia stare, è l'ultimo dei problemi."

Dal suo sguardo capisco che non cederà.

"Completamente distrutta. Non so come abbia fatto a salvarsi."

"Era da me Alessandro, è stata tutta colpa mia!"

Mi racconta cosa sia accaduto. Credo che a breve a sentirsi male sarà lui. Respira a fatica e si tocca spesso la fronte.

"Il fratello della signora incidentata?! Venga prego! Solo il fratello mi spiace. Ha dato il consenso per informare lui."

Luca si risiede. Io mi avvicino all'infermiera ed entriamo nel pronto soccorso.

"Dottore, c'è il fratello della signora del letto 25."

"Buonasera, si accomodi. Nel complesso le condizioni sono buone. Due costole fratturate, una incrinata e grandi ematomi. Dagli accertamenti null'altro. Nessuna lesione interna. Impostiamo una terapia antidolorifica per sollevarla dal dolore. La spostiamo in reparto più tardi. La tratteniamo ventiquattro ore".

"Grazie dottore."

Mi sorride.

"Se vuole vederla la faccio accompagnare."

L'infermiera gentilissima mi fa strada. E' molto giovane, chissà cosa l'ha spinta a scegliere questa professione?

La convivenza quotidiana con il dolore e la sofferenza altrui sono complesse e difficili.

Mio figlio sogna di fare la stessa vita. Forse sbaglio a non supportarlo, a vietargli di concretizzare ciò che desidera.

"Marta?!!" rimango sulla porta. Sembra sia stata picchiata ferocemente. L'effetto dell'airbag.

Ma senza quello non sarei qui a parlarle.

"Ale la macchina..."

"Non ci pensare si ricompra. L'importante è che tu sia ancora qui" Vorrei toccarla ma non so dove, è ricoperta di ematomi.

"Ho visto la mamma, mi ha abbracciata, mi ha salvata lei."

Starà bene fisicamente ma mentalmente mi sembra confusa.

Non che nella normalità sia più lucida, ma ora mi sembra delirare. I suoi discorsi non sono molto realistici.

"Voglio andare a casa. Mi dimetterebbero domani in giornata. Ne ho già parlato con il medico."

Lo shock deve averle preso la testa.

"Sei impazzita? Assolutamente no, tu rimani qui." Il dottore ci raggiunge. "La convinca lei, vuole lasciare l'ospedale!"

"Mi spiace ci ho già provato ma è irremovibile."

Si unisce un infermiere, credo di quelli che operano sulle ambulanze da come è abbigliato.

"Vuoi già scappare? Ecco perchè ti sei salvata, hai una gran testa dura! Fai la brava mi raccomando, non ho voglia di riportarti qui!"

"Grazie Matteo sei stato un angelo. Grazie di cuore. Grazie anche a lei dottore."

"Le prepariamo il tutto per la dimissione. Si attenga scrupolosamente a quanto prescritto. Se dovesse accusare malessere differente da quello indicato nel foglio allegato, torni immediatamente."

Credici dottore che seguirà a puntino quanto previsto. Sostituirà i farmaci con quelle sue cose omeopatiche, intrugli, oli miracolosi e riti voodoo.

Mezz'ora dopo la sto portando fuori dal pronto soccorso in carrozzina. Tiene le sue scarpe rosse strette in mano.

Luca viene verso di noi.

"Tesoro..." impallidisce. Mi fermo e lo sorreggo tenendolo per un braccio.

"Vaffanculo Luca."

Indeciso tra il procedere e il sostenere lui che mi sembra possa cascare a breve, rimango immobile ad osservare la scena.

Lei si alza accompagnando il dolore con alcune parole alquanto colorite, si toglie il collarino e si allontana scalza.

"Luca, torna a casa. Riposati. Domattina con calma ci raggiungi. Parlo con Odette. Credo che lei sia molto più capace di me nel far ragionare Marta. E soprattutto ha molta più pazienza. La mia finirà a breve."

Ci avviamo verso l'uscita.

"Alessandro scegliti un'auto e mandami il conto. Prendine una a noleggio mentre attendi l'arrivo della nuova." E' stravolto.

"Ne parliamo con calma, vai a riposare e non ti preoccupare."

Gli metto una mano sulla spalla. Sta male quanto Marta.

"Ale fai con calma, figurati! Magari posso tornare in taxi se preferisci fare conversazione. Prendi pure un caffè tanto posso aspettare. Ho solo due costole rotte!"

E' nel parcheggio appoggiata all'auto di Dora.

"Come ti dicevo Luca, la mia pazienza è già esaurita."

L'aiuto a salire in macchina. Fatica a piegarsi. Diciamo che per agevolarla la spingo lievemente. Mi urla una parola più da uomo da cantiere che da donna di pedagogia.

"Avresti sofferto comunque Marta e rischiamo di fare giorno se ti muovi con questa lentezza."

Non le parlo subito. So che non vuole discutere di lui.

"Marta ascoltami."

"No Ale, non perorare la sua causa, non adesso. E neanche domani e nei giorni prossimi futuri. Io torno a Bergamo con Lea."

"Marta ti sei appena salvata da un incidente che poteva essere mortale, pensa a questa fortuna."

"Ho appena visto il mio futuro marito con un'altra ed

ho scoperto di non avere una casa. Penso anche a questo se permetti."

E' pallida, sta sudando ed ha il respiro corto.

"Marta ti senti bene?"

"Non molto, forse una reazione ai farmaci. Vedrò di sostituirli con altro."

"Sono finiti i tempi degli stregoni e dei riti propiziatori, se vuoi stare bene devi curanti in modo adeguato." So che non lo farà.

"L'appartamentino che mi ha lasciato la nonna, mettilo in vendita e ripagati l'auto."

"Scherzi Marta? Con quel monolocale diroccato ci pago a malapena la metà!"

"Quanto cavolo ti è costata la macchina?"

"Sessantacinquemila euro Marta."

"Cosa? Ma tu sei pazzo! Non potevi sceglierti una macchina normale? Mi dovrò accollare un finanziamento per almeno 10 anni."

"Luca mi..."

"Io non sono Luca, ti ho distrutto l'auto. Te la ripago. Abbi pazienza almeno fino a settembre quando troverò un lavoro."

Arriviamo a Castione.

Odette ci apre la porta.

"Oddio Marta tesoro!"

"Ciao Odette, che casino infinito!".

Mi fa tenerezza, mi sembra una bambina, dolorante e triste. La accompagno in camera.

Odette la spoglia. Non riusciamo ad infilarle nulla perchè fatica ad alzare il braccio. Troviamo un golf allacciato sul davanti e le mettiamo quello. La aiutiamo ad andare a letto.

Le accarezzo piano il viso, "Marti non combinarmene più, ti prego."

29 TUTTO DA RICOSTRUIRE

Mi salutano. Finalmente sono sola e riesco a piangere come non ho fatto fino ad ora.
Mi sveglio, mi sembra di aver dormito un'infinità. Erano le tre e trenta l'ultima volta che ho visto l'orologio, sono solo e quattro e dieci. Devo andare in bagno.
Oddio che fatica e che dolore infinito alzarmi. Sono inguardabile. Mi fa male tutto.
Mi sollevo il golf, sopra all'anca ho un ematoma enorme che ben rappresenta tutte le gradazioni del viola. Il naso ha un segno evidente ed insfiorabile. Non so come non si sia rotto. Zigomo, fronte, guancia. Tutto segnato. Mi fanno male persino i denti. Come dopo un incontro di box.
Sono sfinita, ho una nausea che non vuole abbandonarmi. Torno a letto.
Prendo il cellulare e mi scatto una foto.

> 4.13   Distrutta auto Ale, distrutta storia con Luca. Ma io sono ancora qua, come dice il   grande Vasco.
> 4.14   Cazzo hai fatto Marta?
> 4.15   Ti racconto lunedì. Passa per caffè dopo le 22.00.
> 4.16   Cosa ti porto? Una bara? Una birra?
> 4.17   Scemo! Sono imbottita di farmaci, per una settimana niente alcool. Fumi ancora?

4.18   Mai smesso....

4.19   Allora porta il fumo.

Chiudo gli occhi e mi allontano dalla realtà.

Odette si siede vicino a me, sono ormai le sette.
Le chiedo cortesemente di aprirmi le imposte e la
finestra. C'è un cielo azzurro bellissimo. Sarà una
bella giornata. E io sono davvero fortunata, posso
ancora viverla.
"Come va?"
"Domani andrà meglio!"
"Mi ha chiamata tuo fratello. Alle sei. E' sempre così
mattiniero?"
Ride. Io non riesco a farlo, è troppo forte il dolore al
costato sinistro.
"Non mi ha chiamata solo lui. Ma questo già lo
immagini."
Quando ho conosciuto Odette mi hanno colpita la
sua infinita dolcezza e la capacità di accoglierti. E'
tutto ciò che vorrei avere anche io.
"Non lo voglio sentire."
"Marta, sai quanto io tenga a te." posa delicatamente
la mano sulla mia, "E quanto io abbia spesso trovato
deplorevole l'atteggiamento di Luca nei tuoi
confronti." Il suo tono è così pacato che non posso
non ascoltarla. "Ma quello che hai visto ieri sera non
è ciò che pensi. Doveva realmente svolgere del
lavoro. Il dottor Berselli ha avuto un problema
famigliare, per questo non era con loro. Non voleva
tradirti Marta. Le sue parole avevano unicamente il
deprecabile obiettivo di ferirti. Ma non ti voleva

essere infedele."

"Che gran figura di merda. Ho distrutto un'auto, mandato a puttane una relazione e rischiato la vita per una stronzata come la gelosia."

La cosa che amo di più di Odette è che mi accetta per quello che sono. E che mi lascia libera di esprimermi come voglio.

"Chi non è geloso non ama. Lo diceva Sant'Agostino."

"Almeno lui mi capisce. Il resto del mondo meno."

"Luca è da Alessandro. E' lì da questa mattina presto. Vuoi vederlo?"

"Odette. Tu mi conosci meglio di molti altri. E' lui l'uomo giusto per me? Io non lo so più, sono confusa."

"Mi spiace Marta, non ho certezza alcuna. So solo che tu sei la donna per lui. In dodici anni non l'ho mai visto titubante, arrendevole, piegato dagli eventi. Questa mattina mi ha chiamata e la sua voce si è incrinata. Non ha mai pianto e nemmeno ha mai preso in considerazione di farlo."

Mi sorride.

"Puoi chiamarlo tu per favore? Digli che lo aspetto."

"Certo. Ti preparo qualcosa da mangiare intanto."

Vado in bagno, mi lavo i denti. L'effetto dei farmaci sta per finire. Va molto peggio di stanotte. Credevo che i dolori del travaglio e del parto fossero nella mia top ten della sofferenza. Ma inizio a ricredermi. Bevo dell'acqua. Credo di avere la pressione bassa. Mi controllo i lividi. Ce ne sono di nuovi. Tanti, tantissimi. Cerco di muovere la spalla ma non riesco a farla roteare. Mi bagno i capelli con le mani. Ho bisogno di farmi una doccia.

Esco e lui è lì in piedi. Tra i due non so chi stia messo peggio. Forse lui. Almeno io in faccia sono rossa e violacea, lui è di un grigiore intenso.

Ci guardiamo nel più assoluto silenzio. Non è facile trovare le parole.

Mi siedo sul letto. Sollevo le gambe.

Ed ora che ho fatto tutto questo con somma fatica, come un'ondata improvvisa arriva la nausea. Nooo! Non nel letto!

Cerco di alzarmi. Capisce che sto male. Chiama qualcuno. Entra Ale. Mi prende per il braccio e mi solleva. Oddio sto per svenire dal dolore. Potrebbe essere più attento e delicato! Mi odia perchè gli ho distrutto l'auto!

Mi spinge in bagno, sto male.

Quando ritorno in camera sono più provata di prima. Siamo soli.

Odette mi ha lasciato la colazione sul comodino.

"Siediti Luca" non vorrei stesse lì impalato per tutta la giornata.

E' molto serio.

"Io non sono avvezzo a tutto questo."

Io invece sì. Ogni tanto mi schianto in autostrada e in tangenziale per provare l'ebrezza dell'agito.

"Questa notte ho creduto di perderti per sempre Marta."

Io ho semplicemente pensato di morire mentre la macchina usciva di strada. Non avrei più rivisto le mie bambine. E nemmeno te. Ma ritenendoti in parte responsabile di tutto questo casino, evito di dirtelo.

"Sei la cosa più preziosa che ho. Cerchiamo di

essere adulti e ragionevoli in ciò che agiamo e pensiamo. La vita non è un gioco."

E' stanco. Rilevo una sottile sottolineatura polemica nelle sue parole. Forse ha ragione, come sempre.

"Luca come ti è sembrato il vestito? L'abito che indossavo ieri sera con le scarpe rosse."

Mi osserva stranito.

"Ricordo solo che fosse corto. Esageratamente corto."

Speravo mi trovasse irresistibile, come Elizabeth...

"Quella cretina è ancora in casa tua?"

"No, non è più a casa nostra."

"L'ho chiamata stronza..."

"Si ho sentito." mi sfiora il viso con la mano.

"Non la volevo apostrofare così. Magari la chiamo e glielo esplico per bene cosa avrei voluto dirle."

Sorride e mi abbraccia d'istinto, senza pensarci. E stringe sulla parte sinistra. La parte delle costole rotte.

Urlo un "Merda Luca!" talmente forte che Lea nell'altra stanza si sveglia piangendo.

Per la prima volta da quando è nata, il latte glielo da lui, seduto sul lettone.

Ginevra, accanto a me, si mangia la mia colazione dopo aver pianto nel vedermi in questo stato.

Ale ci osserva sulla porta. Mi sorride, mi saluta con la mano e si allontana.

Luca si ferma per tutto il giorno. Riparte la sera. Il fine settimana mantiene la sua promessa. E' con noi ed è pieno di attenzioni come mai in questo anno di nostra storia. Sono serena.

Lunedì sera.
Fa fresco, siedo fuori, lo aspetto.
Arriva in moto.
Apre il giubbetto in pelle e toglie due libri.
"Sono tuoi, li ho trovati ieri."
"Ma dai! Sai quanto li ho cercati!? Questo lo può leggere Gina, questo direi di no. Non mi sembra il caso. Anzi tienilo, se lo vede Luca apriti o cielo."
"Sei ancora con lui?"
"Si, stiamo ancora insieme. Avevo frainteso alcune cose..."
"Canna?"
Faccio cenno con il capo. Fumiamo in silenzio. Si sentono solo i grilli.
Non abbiamo bisogno di parole. Non ci imbarazzano i silenzi. Sono assenza di voce ma presenza di significati condivisi, della nostra storia, di noi.
Inspiro lentamente fumo e sensazione di benessere.
Ci è sempre bastato stare insieme nella semplicità del condividere le nostre passioni.
"Perchè non te lo porti a casa il libro?"
"Troppo scabroso per lui. Non tollererebbe che lo abbia con me."
Il delta di Venere di Anais Nin. 15 racconti erotici.
Un libro scritto negli anni '50 appositamente per un lettore che avrebbe dovuto averne l'esclusiva...temi scottanti, libro per alcuni fortemente amorale.
"Riesci ad essere te stessa con questo moralista del cazzo?"
"...a volte..."
"Per stare bene con una persona fino in fondo lo devi essere sempre..."

"Teo e che palle! Ci conosciamo da poco, è un anno che stiamo insieme, dobbiamo ancora svelarci del tutto! Tu eri sempre completamente autentico con le tue donne?"

"Boh, no. In verità lo ero solo con te."

Non mi guardare così, sono fragile, sensibile, ho due costole rotte. Abbi pietà, sposta quello sguardo, mi mandi in confusione.

"Ma cosa c'entra, noi eravamo amici. Facevamo anche la pipì insieme..."

"Con lui no?"

"Odia condividere il bagno..."

"Brutta cosa..."

"Piantala Teo! Adesso l'amore si misura dall'urina compartecipata?"

"No, ma dalla sintonia e dalla confidenzialità nelle piccole cose sì..."

"Teo sei una vera merda!"

Ride, si siede accanto a me.

Gli metto la testa sulla spalla. Stiamo così per tanto. Senza parlare, senza dire niente. Ci basta ciò che ancora percepiamo di noi dopo tanto tempo.

Il fine settimana la promessa di Luca viene meno. Giovedì mi ha avvisata che a causa di un problema insormontabile c'è una riunione improcrastinabile e la sua presenza è indispensabile.

Il tutto naturalmente a Londra, venerdì e sabato.

Gli ematomi sul mio viso si sono riassorbiti quasi del tutto, quelli sul corpo sono ancora evidenti. La spalla va molto meglio.

Le mie costole molto meno.

Complice il fatto che la piccola di casa sia da sollevare, trasportare e in questi giorni voglia continuamente starmi in braccio.

Ho appurato che la mia esile creatura non sia così fragile come appaia. Me lo ha dimostrato ieri mentre era sul fasciatoio. Mi ha sferrato una pedata potentissima nello stesso punto in cui le mie costole si stavano lentamente calcificando. Credo che quel piccolo filo di congiunzione ora sia completamente da ricostruire.

Sono rimasta seduta per terra senza fiato per dieci minuti. Ginevra mi guardava senza proferire parola. Grazie al training autogeno seguito per anni, sono riuscita a controllare il dolore, il bisogno di urlare ma soprattutto l'emettere turpiloqui di vario genere.

Sono davvero fiera di me. Sto diventando grande.

Ale da ieri ha la sua auto nuova. Il suo giocattolo. Mi ha detto naturalmente che non me la presterà nemmeno in punto di morte.

Io mi vedrò bene dal chiedergliela. Ricomprarla mi è costato quanto un bilocale con giardino nelle valli bergamasche.

Luca ha insistito a lungo per accollarsi tutto il costo ma io alla fine sono riuscita a pagarne quasi la metà. Ho dovuto sacrificare la casa che mi ha lasciato la nonna.

Si sarà ribaltata nella tomba.

Il mattone, il bene per eccellenza, in cambio di pezzi di lamiera che si spostano su quattro ruote.

Per lei, la mia Panda 30 era già un mezzo degno, comodo e lussuoso. Era abituata all'ape car del nonno.

La nuova ammiraglia di Ale le sembrerà un acquisto sprezzante della povertà altrui. E io condivido pienamente il suo pensiero.

30 SBRIGATI DORA!

Ho da organizzare il mio sabato senza Luca. Devo accompagnare la futura sposa a scegliere l'abito per l'inaugurazione, cioè il suo matrimonio segretissimo, e sono sola.

"Ale ciao!"

"Dimmi rapida, sono preso!"

"Va meglio, grazie di avermelo chiesto. Sempre premurosissimo. Luca domani non viene. Potresti occuparti tu delle bambine mentre sono con Dora a Bergamo? Non saprei come fare!"

"Tardo pomeriggio."

"Meglio al mattino. Se non dovessimo trovare nulla avremmo il tempo di andare altrove."

"Va bene ti aspetto da me per le 17.00 ciao"

Ma come?! Nemmeno mi ascolta? Gli ho detto mattino!

Il giorno dopo lascio le ragazze con mio fratello. Per Lea lo zio è l'equivalente del padre. Anzi a dire il vero quando Luca la prende in braccio piange, con lui no.

"Dora amore, prenditi qualcosa di speciale. Un abito che esalti adeguatamente la tua figura. Non che ce ne sia bisogno..." Sorrisi, bacio appassionato, le mani di lui che dalla schiena scendono verso il basso. Oddio quanto è mellifluo. Per una volta che non ho

293

la nausea me la fa venire lui.

"Senti polipo, avremmo fretta, sono già le diciassette. Rischiamo di arrivare a negozio chiuso."

Mi guarda infastidito, ho interrotto il suo momento hot.

"Tesoro, sorprendimi con un intimo speciale per il dopo inaugurazione" si riavvicina a lei.

Lo spingo via.

"Ale ti prego finiscila!"

Dora ride divertita "Lui è sempre così."

"Come fai a sopportarlo? E' semplicemente appiccicoso e soffocante."

"Sono solo vittima del fascino e della sensualità della mia compagna" le sorride malizioso.

Sì e di tutto l'universo femminile dai diciannove ai quarantacinque anni.

Dora è una cara ragazza, gentile e prudente. Troppo prudente. Procediamo a sessanta chilometri orari. Riesce a formare una coda di auto che da Castione scende verso Bergamo. Non si cura dei clacson suonati, dei gesti poco gentili e delle parole gridatele dagli automobilisti.

Sarei tentata di guidare io. Ma ho già distrutto un'auto di famiglia. Direi sia meglio fermarmi qui.

Arriviamo in città alle diciotto e quindici. Si dirige sicura verso una boutique che io metterei nella lista nera. Assolutamente troppo cara.

"Buongiorno Signora, che piacere vederla!"

Certo, immagino, con quello che spende qui dentro.

"Carissima ciao. Mi servirebbe un abito elegante. Per una inaugurazione molto importante."

Spiega nei minimi dettagli cosa le piacerebbe e cosa assolutamente non vuole.

Dora ha vissuto per anni in modo semplicemente, cercando di risparmiare e privilegiando per necessità i bisogni primari.

Oggi mi sembra perfettamente a suo agio in una dimensione di maggiore agiatezza economica.

Io non ci riesco. Faccio ancora fatica. Ogni volta che devo fare una spesa penso se sia realmente necessaria, se sia consona, se sia alla portata di una famiglia normale.

Lei è mentalmente più libera di me a quanto pare.

La commessa filiforme, altissima, bellissima e biondissima le mostra vari abiti.

Io mi sento tanto come quegli uomini che nei centri commerciali attendono le mogli che fanno acquisti nei negozi.

Il tempo sembra non passare mai.

Mi agito, sbuffo, guardo l'orologio, ripasso mentalmente le tabelline, il present perfect ed il present continuos, gli aggettivi qualificativi e gli avverbi. Gli angoli e le rette.

Da quando aiuto Ginevra nei compiti estivi sono sempre sul pezzo.

Mi chiedo cosa ci sono venuta a fare qui. Loro sono così in sintonia che si sono dimenticate di me.

"Sono fortemente indecisa, posso vedere anche un tailleur pantalone per favore?"

Ho sentito bene? No può tornare a casa con una cosa del genere. Ale si aspetta ben altro, lei si deve assolutamente sposare in abito da sera.

La commessa le passa un completo che di sensuale e

femminile ha davvero molto poco. Dora entra nel salottino prova.

"Pantalone? Sei sicura? Non credo sia così adeguato per una occasione importante."

"Le assicuro che lo è!"

Barbie non ha gradito la mia sottolineatura.

"Mi sembra più elegante un abito lungo" sono qui per portare a termine questo compito e non posso fallire miseramente.

"Lo stile maschile, lineare e sobrio ha una eleganza classica e sofisticata."

"Io la vedrei meglio con qualcosa di più femminile."

Aiutami invece di remarmi contro!! Forza! Sei una donna, cerca di essere solidale con me!

"La bellezza viene esaltata benissimo anche da un taglio rigoroso."

Niente. Siamo su mondi diversi.

Senti bambolina non possiamo continuare all'infinito, sono stanca, voglio tornare a casa.

Inoltre mio fratello mi userà come cane da guardia in cantiere se Dora si dovesse vestire da Charlie Chaplin.

Mi avvicino a colei che mi evita come la peste.

"Senta scusi, sono sicura che il compagno non gradirebbe molto i calzoni del nonno...non so se sono stata abbastanza esaustiva."

"Il signor Alessandro?"

Mi sorride e si illumina d'immenso.

Si cara proprio lui, il lumacone.

Chissà che sguardi ti ha riservato mentre la sua donna se ne stava ore nel camerino. E spero siano stati solo quelli e non altro.

Dora si mostra a noi. Le sta d'incanto questo completo.

"Signora, se devo essere del tutto sincera c'è qualcosa che non mi convince pienamente. Se posso, vorrei consigliarle alcuni abiti che reputo perfetti per lei".

Ecco, dovevo ricorrere prima al Casanova di famiglia.

Gli "alcuni" sono almeno dieci.

Uno è troppo scuro, uno esageratamente chiaro, uno infinitamente pesante, l'altro sembra leggero, uno troppo pesca, l'altro troppo pompelmo. Inizio a sudare freddo.

Dopo moltissimi ma, se, forse, non so, dopo che mi sono riseduta, quasi sdraiata, quasi addormentata sul divanetto, finalmente lo ha trovato.

"Questo, mi piace! E' lui!"

E' un vestito verde petrolio. Luccicante, lungo, leggermente drappeggiato in vita. Cintura sottile, braccia nude, spallini larghi e scollatura generosa. Incrociato sul seno.

Il suo, abbondante e sodo come da ragazza. Non come il mio, piccolo da sempre e semi svuotato dall'allattamento.

Si scioglie i capelli. Indossa dei sandali con tacco, abbinati al vestito. E' semplicemente bellissima. Mi alzo per rimirarla. Pensarla in una chiesa mentre dice di voler passare la sua vita con Ale mi fa commuovere.

"Marta cosa ti succede?"

"Niente Dora, mi sono alzata troppo velocemente e la frattura fa ancora molto male."

"Mi dispiace tesoro! Per un attimo ho pensato che piangessi per me!" Ride divertita.

Hai pienamente ragione e non oso immaginare a quante lacrime verserò quel giorno....

La scelta dell'intimo fortunatamente è più veloce. Ha optato per cose che io non metterei nemmeno sotto tortura. Troppo femminili e credo scomodissime. Ordinano un caffè al bar di fianco, io berrei volentieri un grappino o una vodka. Dopo quasi un'ora e mezza qui dentro ho davvero bisogno di qualcosa di forte.

Mentre la commessa si allontana per prendere un copri abito, osservo il cartellino appoggiato sul bancone. E rimango senza fiato.

Seicentocinquantacinque euro. Già scontato.

Lo sposto un poco in modo che lo osservi anche lei. I suoi occhi inquadrano la cifra.

"Marta, non sarà troppo co..."

Cellulare il suo.

"E' Nicolas dice che va tutto bene. Ma guardalo, che amore! Che tenero! Sandro sta dando il biberon a Lea! Lo adoro..."

La bionda perfettissima ritorna tra noi.

"E' una foto del suo piccolo Signora?"

No, è del suo grande. Sono già in luna di miele questi due.

"Lei è la mia nipotina!"

"Stupenda..."

Ciccia, la bambina è quella piccola. Tu stai indugiando sulla mascella volitiva ed il bicipite di mio fratello.

"Marta scusa, ti stavo chiedendo non è troppo, come

dire."

Dillo Dora! Non avere timore, non ti vergognare! Gridalo! Costoso!!! Si lo è follemente.

"Mmmm...co...colorato? Non è troppo accesa la tonalità?"

"Il colore quest'anno deve essere fluo e strong. E a lei i colori così donano moltissimo."

Ma come Dora, ti mette in dubbio la nuance e ti lascia indifferente la cifra?

"Allora va bene, mi hai convita cara, lo prendo!"

Spesa totale tra vestito, intimo, sandali e pochette, in cui potrà giusto mettere un mazzo di chiavi, novecentocinquanta euro. Ho bisogno di due grappe.

Questa esperienza con Dora è stata tremenda quanto l'accompagnare Luca all'acquisto di un abito nuovo.

Ho avuto la malaugurata idea di farlo durante gli ultimi giorni di gravidanza.

E mi sono pentita amaramente.

Pensavo che avrei partorito in sartoria da quanto infinitamente lungo è stato il rituale.

Scelta del modello. Scelta del colore. Scelta della stoffa che deve passare l'esame del tatto, gusto, olfatto, udito e vista. Misure.

Insomma, per queste semplici fasi, ci abbiamo perso un pomeriggio intero.

Per la prima prova dell'abito, altrettanto.

Io sono solitamente più rapida.

Scelta della maglietta in base al costo. Se mi sta bene ne prendo due così non devo provare più nulla. Stessa cosa dicasi per i jeans e scarpe da tennis. Non ho altro nel mio armadio.

Finalmente dopo un'ora abbondante di tragitto a velocità di lumaca arriviamo a casa.

Diego dorme sul tappeto. Lea è rannicchiata nel passeggino. Ginevra sta guardando la tele.

"Ciao amore! Ho scelto un vestito bellissimo! Lo vuoi vedere?"

"Preferirei che tu mi stupissi il giorno dell'inaugurazione."

Davvero tenero e fedele alla tradizione il mio fratellone!

"L'intimo me lo fai vedere più tardi...tu indossi e io guardo..."

Davvero depravato e fedele alla sua fama.

"Ti ringrazio molto per esserti occupato delle ragazze. Sono un po' stanca, vado a casa."

"Non ceni con noi?" Dora sembra dispiaciuta.

"Lasciala andare ha bisogno di riposo! Beviti una bella tazza di latte e vai a letto presto Marta, ciao!"

Mi apre la porta. Credo che quest'uomo abbia in mente di passare velocemente alla visione dell'intimo.

"Sei stata davvero carina. Grazie."

Tu sei stata insopportabilmente indecisa e troppo lunga Dora.

Ma sarai splendida al tuo matrimonio.

31 LA NOTTE PORTA SORPRESE...

Rientriamo a casa a piedi. Non facciamo passeggiate
ulteriori, sono davvero esausta e il dolore si fa
sentire. Anche la nausea. Il dottore mi ha detto che
mi avrebbe accompagnata a lungo. Conseguenza
dell'incidente. Il collo ha subito un trauma, come il
resto del corpo. Passerà. Si tratta di farci l'abitudine
e non farsi condizionare troppo.
Le ragazze vanno a letto presto.
Io mi devo concentrare sul matrimonio.
Per quanto possa essere una cosa intima voglio che
tutto sia organizzato al meglio. Senza lasciare nulla
al caso. Non perchè me l'abbia chiesto Ale, ma per
Dora. Voglio regalarle un momento speciale e unico
e mancano solo due settimane.
Ora che ho l'immagine del vestito ben stampata in
mente, posso concentrarmi sui fiori per la chiesa e
sul bouquet.
Sono molto indecisa tra il tulipano che rappresenta
l'amore perfetto e duraturo, o calla che indica
bellezza sontuosa e sensuale.
Come può sposarsi in chiesa Dora in seconde nozze?
Cerco risposte in rete.
Il matrimonio religioso è possibile per persone
divorziate e precedentemente unite solo civilmente.
Ricordo bene quel giorno. Andai a vederla. Fui tra le
pochissime del paese.
Era già incinta del primo figlio che ora vive in
Francia con il padre.
Fu una cerimonia civile tristissima. La sua maternità,
a soli diciotto anni con un giovane conosciuto da

poco, fece scalpore. Non ricordo fiori.

Con Ale sarà tutto diverso.

Seduta in cucina con il tablet di Ginevra, cerco ciò che renderà unico e romantico quel giorno.

Luci spente, solo il bagliore che proviene una candela profumata posizionata accanto a me.

Sarà la loro bomboniera.

Le candele sono catalizzatori di energia. Hanno un forte valore simbolico, illuminano le tenebre, donano la luce, l'intelligenza e la conoscenza. Sarà un gesto solidale, le confezionano donne ospiti di una comunità per mamme con bambini di Bergamo.

Ho sonno, ma non voglio andare a dormire. Mi impongo di scegliere questa sera. Domattina passerò dalla fiorista e devo avere le idee chiare.

Fa freddo, mi copro con un golf.

E' già passata la mezzanotte.

Sento un rumore vicino al portoncino d'ingresso. Forse mi sono semplicemente sbagliata o forse sarà il gatto dei vicini. A volte graffia la porta.

Pochi secondi e ancora lo stesso sfregamento.

Statisticamente i furti in appartamento durante il periodo estivo sono più frequenti.

Non ho sistemi d'allarme qui.

C'è qualcuno fuori, è evidente. Il cuore mi batte velocemente. Sono sola con le bambine. Non so dove ho lasciato il cellulare. D'istinto mi alzo ed afferro un grosso cucchiaio di legno, quello usato per girare la polenta nel paiolo. È pesante, mi può essere utile.

Vado verso la porta, scalza.

Qualcuno sta cercando di aprirla a fatica.

C'è buio. Avverto solo il mio battito. Ho paura. La porta si apre e io colpisco. Non come vorrei per via della frattura, ma ci provo comunque.

"Ahhhhh!! Marta!! Ma sei impazzita!"

Luca???

"Oddio! Oddio scusa!!"

"Così mi spezzi il braccio! Ma che fai!"

Si tiene l'arto indolenzito. E' praticamente piegato su se stesso.

"Ghiaccio, serve del ghiaccio, vieni."

Si solleva la camicia. E' gonfio in maniera preoccupante.

"Marta io non posso rischiare sempre la vita con te!"

"Pensavo fossi un ladro! Ho sentito qualcuno che cercava di entrare! Tu nei miei pensieri eri a Londra!"

"Volevo farti una sorpresa. Ma l'hai fatta indubbiamente tu a me. Oddio che male!!"

Ho fatto meno scene io con tre costole rotte Ferrari.

"Mi hai detto che saresti stato lì fino ad oggi compreso! Come potevo immaginare fossi tu!"

"Ho cambiato il volo. Volevo stare con voi. Ma a questo punto non so per quanto, mi serve un medico, un ospedale, un intervento d'aiuto immediato."

"Luca ti prego, possiamo risolvere la cosa anche qui."

Dopo una lunga applicazione di ghiaccio e quasi un tubetto di arnica, il braccio è tornato come prima. Più o meno insomma.

"Ho portato dei pensierini per tutti!"

"Davvero?" ma che succede a quest'uomo?

Per Lea una maglietta che le andrà bene in seconda

media. Ma non importa.

Per me un paio di mutande con la bandiera inglese! Altro che l'intimo tutto trasparenze di Dora! Queste sono davvero fantastiche.

Per Ginevra un peluche.

Ci sono pacchettini colorati anche per Nicolas, Diego e Mauro.

"Posso aprire i loro pacchetti? Poi li richiudo, sono curiosa!"

"Marta ma è assolutamente fuori luogo!"

Io l'ho fatto con i regali che hai lasciato sotto l'albero lo scorso Natale. Mai metterli in bella vista una settimana prima della festività.

"Luca, Ale ti ha detto qualcosa di importante?"

"Si me l'ha comunicato la scorsa settimana. Sono molto felice per loro."

"Oggi ho accompagnato Dora a scegliere l'abito per il matrimonio che crede essere un' inaugurazione. Mi sono commossa, sarà bellissima. Non ti svelo la mise, sarà una sorpresa."

"Sarai stupenda anche tu quando sarà il nostro momento."

Si ecco, appunto, quando sarà?

"Quando mi hai chiesto di sposarti, avevi in mente una data prima dei miei 75 anni o dopo gli 80?"

"Prima Marta, molto prima. Potrebbe essere la prossima primavera."

Che delusione speravo a Novembre, al mio compleanno.

"Perché hai già escluso autunno e inverno?"

"Preferisco gli outfit relativi alle stagioni calde."

Certo, per te è una questione di stile. Per me di date

e numeri, sarà una bella lotta.

"Posso chiederti un parere? Quali fiori preferisci?"

Gli mostro le mie due scelte e lui mi risponde che avrebbe optato per delle rose. Ne ero certa. Lui è classical style, io sono no conventional party.

Si è fatto tardi.

Andiamo a dormire.

O meglio questa era l'idea di fondo. Ma devo farmi perdonare la mia azione violenta con un po' di vicinanza fisica ed emotiva. Più fisica diciamo. Ci addormentiamo abbracciati.

La mattina scappo dalla fiorista. Quando ritorno noto che la serenità notturna si sia volatilizzata.

"Marta non me la lasciare più in queste condizioni. Ha urlato come una pazza per tutto il tempo in cui tu non eri presente."

"Eri troppo agitato papà e lei lo ha percepito! Non poteva che strillare sentendoti spaventato a morte"

"Fantastico ho una figlia psicologa che mi psicanalizza. Marta stai bene? Sei pallida."

"La nausea è peggiorata notevolmente dall'incidente. Ero in pasticceria e sono dovuta scappare in bagno di corsa." Poso sul tavolo il pacchetto con i dolci.

"Eri nelle stesse condizioni anche quando eri incinta di Lea...io non sottovaluterei la cosa..."

"Effettivamente come nausea più o meno. Ma avevo sensazioni fisiche del tutto differenti che ora non percepisco. Comunque sto così da quando ho avuto quel forte attacco di cervicale a Milano."

Forse ha ragione Luca. Ma io mi sento tranquilla rispetto alla cosa. Il mio sesto senso mi dice di dormire sonni tranquilli.

Domenica sera arriva Mauro. E' andato Nicolas a prenderlo.

Ginevra è radiosa.

"Ciao Roby, volevo avvisarti che sono arrivati"

"Grazie Marta! Mi manchi!"

"Anche tu! E anche i nostri caffè delle diciotto! Organizziamo una settimana qui in montagna! Tu, io e i ragazzi. Potrebbe essere l'ultima di agosto."

"Sarebbe bellissimo Marta! A proposito il giovane Brad Pitt che prende ed accompagna mio figlio è impegnato?"

"No Roby, ma ti ricordo che il ragazzo ha 20 anni!"

"Non sono poi così vecchia io ne ho solo 33! Il padre come è?"

"Bello come lui. Caratterialmente peggio del tuo ex marito!"

"Oddio allora mi faccio andare bene il figlio. Un bacio Marta a presto."

Mercoledì mercato. Vestito da cerimonia per le ragazze. Gina sceglie un abito nero tutto a balze, senza maniche, corto. Stivaletti azzurri e golfino leggero abbinato. Per la piccola un vestitino grigio di lino con golfinetto rosa.

Naturalmente Ginevra non sa nulla del matrimonio. Due ore dopo lo saprebbe tutto Castione. Le ho detto che si sposerà un mio amico d'infanzia.

"Mamma posso tagliarmi i capelli?"

"Devi chiedere a mamma Odette e a papà."

Se Odette dà il suo benestare senza problemi, il padre inscena una commedia greca.

Sua figlia non potrà più fare le trecce, i codini e tutte quelle cose che appartengono ad un mondo di bimba ormai sempre più lontano. Per lui sta recidendo con il passato, con il mondo infantile in cui è stata fino ad oggi. Sta facendo il salto verso la fanciullezza, perderà molto di lei, non sarà più l'unico uomo della sua vita. La vede già sposa e si commuove per il doverla accompagnare all'altare.

Uomini.

Per me ha semplicemente voglia di essere diversa. E questo nuovo taglio le sta benissimo. La fa sembrare più moderna. Un caschetto al mento. Un taglio netto, visto che i suoi arrivavano ben oltre la mezza schiena. E ci perdevamo ore, sedute in bagno, ad asciugarli durante il freddo inverno.

La sera i ragazzi giocano in oratorio. Io vado da Teo. Ci vediamo tutti i mercoledì al bar e i lunedì da me.

"Ciao Martella come va?"

"Abbastanza bene. Mi fa ancora molto male il costato. Ma è normale?" ha avuto lo stesso trauma cadendo dalla moto qualche anno fa.

"Mi sembra strano, il dolore dovrebbe essersi affievolito. Almeno diminuito un po'. La zona è gonfia?"

"Non riesco a capire se lo sia, a me non sembra!"

Mi fa segno di seguirlo nel retro. Porto il passeggino.

"Alzati la maglietta!"

"Vai subito al sodo senza preliminari...mi piaci così diretto e rude!"

"Dai Marta non fare la scema!" Ride.

Mi tocca delicatamente.

"Un po' gonfio lo è! Non poco direi."

"Sicuro?" io controllerei di nuovo per appurare meglio. Oddio divento come Ale!

"Scusami ti ho toccata e magari ti dà fastidio che io lo faccia!"

"No no! Anzi, continua pure!"

"Marta sei schifosamente sfacciata!"

"Sono solo sincera! Credo di avere un debole per te, da quando eravamo all'asilo!"

"Marta sei sempre troppo diretta...sai che a volte diventi imbarazzante?"

Alzo le spalle.

"Lo sai tenere un segreto Teo?"

"Certo..."

"Ale si sposa. Cerimonia a sorpresa!"

"Sono felice per lui. E tu quando?"

"La prossima primavera, credo, spero. Sempre che non succeda qualcosa di irreparabile prima. Si sposa a Rusio sabato 8 alle 11.00."

"Passo a vederlo. Marta abbassati la maglia, ho finito!"

"Davvero non vuoi vedere altro?" Ridiamo e torniamo al bar.

Sabato arriva Luca.

Mi porta il vestito confezionato da Odette. Non voglio che lo veda, nel mio piccolo farò per lui il mio effetto sorpresa.

E' semplice e bellissimo. Blu, corpetto in shantung di seta. Collo a barchetta, sbracciato. La gonna è in pizzo, corta, ampia, composta da due balze una sopra l'altra.

C'è un biglietto.

*"Carissima,
questo è per te. Ci sono degli
orecchini in corallo da
abbinare. Andranno
divinamente le tue scarpe
rosse. Le ho controllate, sono
ancora in ottimo stato
nonostante l'incidente. Sarai
elegantissima. Se invece
decidessi di essere
semplicemente te stessa, ciò
che trovi nell'altra scatola
può fare al caso tuo...."*

Apro e sorrido.
Manca una settimana e a me già si stringe lo
stomaco dall'emozione...con nausea correlata.

32. SABATO 8, LE SORPRESE NON FINISCONO MAI.

Luca è arrivato ieri. Si è preso un giorno di ferie.
Io sono sveglia dalle cinque e trenta di questa
mattina. Non sono agitata, passo direttamente
all'attacco d'ansia.
Abbiamo ripetuto più volte l'organizzazione della
mattinata, ma sono sicura che sbaglierò qualcosa.
Verranno anche Odette e Paola, si occuperanno di
gestire le bambine durante la cerimonia.
Arrivano alle nove.
Odette mi trucca magistralmente. Tutto a prova di
pianto. Tutto rigorosamente waterproof. Mi
cambierò nello studio di Ale. Il vestito e le scarpe
sono già là da ieri.
Ci incontreremo alle dieci e trenta.
Dora è dal parrucchiere per l'acconciatura ed il
trucco per l'importante evento.
Tornerà a casa, si cambierà e Nicolas la porterà in
chiesa a sua insaputa.
Abbiamo pianificato tutto con cura.
Alle dieci e un quarto sono già da lui. Non si è
ancora cambiato.
"Oddio sto malissimo. Sono agitatissima. Da morire.
Mi tremano le mani, non ho salivazione, sudo..."
"Marta stai serena mi infastidisci. Prenditi un
calmante, fatti una tisana, un intruglio dei tuoi ma
rilassati."
Cerco di inspirare, mi prendo qualche goccina alle

erbe.

"Mi viene da piangere..."

"Ti prego evita, ti gonfi e diventi alquanto inguardabile dopo aver frignato."

"Sei più stronzo del solito! Sei agitato anche tu?"

"Mi sto per sposare se non lo ricordi. Credo che sia del tutto naturale essere un minimo nervoso".

Mi cambio davanti a lui. Non abbiamo mai avuto problemi.

"Ma che intimo indossi?"

"Il mio! Gli slip me li ha regalati Luca, arrivano da Londra, lo testimonia la bandiera."

"Non hai neanche il reggiseno abbinato!" osserva il mio push up bianco con piccoli ananas.

"Non fa niente, è coperto dal vestito. Chi vuoi che lo veda?"

Infilo l'abito. Non l'ho ancora provato prima di questo momento. Ma so che mi andrà benissimo.

Mi metto le scarpe, gli orecchini e ripasso il rossetto rosso. Una buona dose di profumo e sono pronta.

"Sei bellissima Marta."

"Grazie Ale."

"Non avevi altro da metterti ai piedi? Solo queste scarpe di pezza?"

"Scherzi? Sono un paio di All Star con veri Swarovski, me le ha regalate Odette!"

Il fiorista è arrivato con il buoquet. Sarò io a donarlo a Dora.

Calle. Alla fine ho scelto quelle.

Tulipani bianchi in chiesa e petali colorati sul porticato.

Il tempo di scambiare due parole con il ragazzo delle

311

consegne e torno dentro.

E' già vestito.

"Sei perfetto... scusami non ce la faccio, devo piangere."

E' splendido in questo completo blu scuro.

"Guarda in alto..." Mi viene vicino e mi alza il viso.

"...respira piano..."

"Non cambierà niente tra noi? Tu ci sarai sempre per me? Anche se avrai una famiglia tutta tua, non mi lascerai da sola?"

"Certo Marti. Non sei sola, hai un uomo che ti ama moltissimo"

"Si... ma io non so quanto amo lui."

"Cosa cavolo dici?"

"Sono in un periodo strano. Non sono più sicura di quello che provo, di quello che sento. Non parliamone adesso, non è il caso. E' il tuo momento. Il tuo giorno speciale."

Mi guarda serio. Riapro il boccettino delle gocce. Non uso il bicchiere. Le verso direttamente in bocca. Tutte. Male che vada dormirò durante l'omelia.

Usciamo e saliamo in macchina.

"Vuoi che guidi io?"

"Ti prego, vorrei arrivare sano e salvo."

"Fermati! Ho lasciato dentro il bouquet e pochette!"

Guarda in alto e scuote la testa.

Arriviamo alla chiesa. Fuori ad attenderci non c'è nessuno. I pochi ospiti sono tutti dentro. Lasciamo la macchina davanti al porticato.

Dimentico nuovamente la pochette in auto ma almeno il bouquet me lo ricordo.

"Entriamo, lo sposo non arriva mai in ritardo. Porta

male."

"Ok Ale. Voglio che tu sappia una cosa, anche io ci sarò sempre per te!"

"Sai che fortuna! Speravo il contrario."

Rido e lo abbraccio.

Sono le unici. I rintocchi della campana mi arrivano forti e chiari.

Il portone viene magicamente aperto da dentro.

Inspiro, forza, tocca a noi. Sistemo il bouquet. Ho seguito dei tutorial su come consegnarlo alla sposa.

Entriamo e l'organo intona una melodia nuziale.

Questa non me l'aspettavo. Forse ripiango.

Luca vicino all'altare, bellissimo, in abito grigio scuro. E' il suo testimone. Avanziamo piano. Odette, Paola, Attilio, Jacqueline con Lucrezia.

Mio fratello è scemo!? Invita la donna con cui è andato a letto al suo matrimonio!

Nicolas e Dora nel primo banco. Lei si tampona gli occhi.

Cosa ci fanno qui? Non dovevano entrare dopo di noi?

Siamo giunti all'altare.

Ale mi dà un bacio sulla fronte. E mi consegna a Luca.

Forse mi sfugge qualcosa.

Guardo dietro di me. Roby, commossa e piangente, Mauro, Cecilia con Andrea. Altri che non riconosco.

Il prete è giovane.

"Fratelli, siamo qui riuniti per celebrare un amore che oggi diventa una promessa per la vita, quella tra Marta e Luca. Gli sposi possono esprimere ora i loro pensieri, ciò che viene dal loro cuore."

Oddio...la sposa sono io!

Mi prende le mani.

"Marta, io ti amo. Immensamente e come mai ho provato prima d'ora. Ti chiedo di sposarmi davanti alle nostre figlie e davanti a Dio. Di rendere eterno ciò che ci ha legati e ci legherà per sempre."

Mi ha detto ti amo! Anzi, lo ha gridato a tutti, il microfono ben nascosto da qualche parte amplifica la voce.

Il prete, con un sorriso, mi incoraggia a parlare. Attende qualche secondo poi si fa più esplicito e meno paziente.

"Allora Marta, c'è qualcosa che vuoi dire a Luca? Rischiamo di fare tardi! C'è un pranzo che vi attende!"

"Scusi, sarei un tantino pietrificata dall'effetto sorpresa." inspiro nervosamente, "Luca...io voglio dirti...io...voglio dirti che...voglio dirti che... sono incinta."

"Cazzo Marta!"

Ecco, la parola che ha pronunciato prima del mio nome, si è sentita benissimo.

"Ho fatto due test. Positivi entrambi." Evito di dire che gli abbia fatti mercoledì con Teo.

"Come è possibile?"

"Al lago dai tuoi. Ti ricordi quella sera in cui mi hai chiesto di sposarti? Abbiamo avuto rapporti non protetti."

"Una volta! Una sola volta e sei rimasta incinta!"

"No Luca, scusa, varie volte in una sola notte. Che è ben diverso..."

Il prete si schiarisce la voce.

"Scusi Don, ci tenevo a puntualizzare, sembra che sia tutta colpa mia. Eravamo in due a letto, mica ero sola."

Mio fratello si copre gli occhi. Jacqueline si fa aria con il libro dei canti. Attilio ride divertito.

"Marta ogni vita è un dono che fa parte di un progetto che va oltre una volontà puramente terrena. Accogliamo questa notizia con la felicità nel cuore."

Che belle parole Luca, dovevi farti prete! La fai facile tu, quella incinta a tre mesi dal parto sono io!

"Possiamo continuare, ora che sappiamo tutto sul concepimento di questa creatura?" il Don mi sembra spazientito, oltre al campo da basket credo che mio fratello si dovrà accollare anche il rifacimento del bar dell'oratorio. "Carissimi, se è vostra intenzione unirvi in matrimonio datevi la mano destra ed esprimete il vostro consenso."

"Marta vuoi unire la tua vita alla mia? Dinnanzi al Signore e alle nostre figlie?"

Io vorrei poterti spiegare che in verità non ero pronta a tutto questo.

Alla gravidanza prima e al matrimonio ora.

So che tutti si aspettano di sentire un sì.

Lo dovrei dire per Ginevra che mi guarda sorridente, per Lea che ha bisogno di un padre più presente e per la bambina che verrà.

Lo dovrei dire per mio fratello che in questi anni mi ha sempre protetta ed amata come ha potuto e che vorrebbe tanto vedermi sposata.

Lo dovrei dire per te Luca, che credi nel nostro amore più di me.

Il problema è che non so se io lo debba dire per me

stessa.

Io, divisa tra l'amare un complicato e affascinante uomo del mio presente ed un intimo amico del mio passato.

Che gran casino.

Guardo dietro di me, la porta della chiesa è ancora aperta.

Lo vedo.

La luce mi fa scorgere solo la sua sagoma.

Lo riconosco benissimo, è Matteo.

Mi manda un bacio e si allontana.

Ha dunque scelto per me.

Mi ha lasciata al padre delle mie figlie.

Non lo ha deciso ora, ma mercoledì, quando l'ho guardato smarrita con il test di gravidanza in mano.

Mi ha abbracciata e mi ha sussurrato "Appartieni a loro Marta. La tua vita è con lui."

Al ricordo ,il mio cuore si spezza un po'.

Spero che Luca riesca a sistemarmelo e ad averne cura adeguatamente.

Sorrido a questi occhi caldo nocciola che mi guardano speranzosi.

"Si, lo voglio"

Non so quanto e per quanto, ma l'ho detto.

E io Marta Rossi, divento la Signora Ferrari.

Festeggiamo in un agriturismo scelto da Ale.

Spero che gli invitati abbiano stomaci forti come noi di montagna. Quando ho letto il menù, ho pensato di essere alla fiera dei sapori di Bergamo.

Salumi nostrani, Casoncelli alla bergamasca (ravioli con ripieno di carne), Scarpinocc de par (ravioli con formaggio nostrano), polenta con funghi e coniglio arrosto, grigliata di carne e prodotti caseari accompagnati da miele e composte di frutta.

La torta è l'immancabile "polenta e osei" (polenta e uccelli).

Un dolce di pan di spagna, crema gianduia, pasta di mandorle e farina dolce di mais con guarnizione di cioccolato fondente. Una botta calorica incredibile ma una goduria irresistibile.

I miei sapori, semplici e rustici come la mia terra.

Alzo il bicchiere e brindo idealmente con Fernando, il mio papà.

Nonostante tutto, sono certa che sia felice nel vedere che la "gatta selvatica" sia diventata mansueta.

Forse.

Ale è già ubriaco alle quattro del pomeriggio, irriconoscibile.

Gli ho raccomandato di stare contenuto, gli ospiti di città non sono avvezzi al nostro modo di concepire i matrimoni.

Ballo e canto per tutta questa calda ed inaspettata giornata.

Peccato non avere il costume, la piscina è davvero invitante.

Ma io sono Marta, comunque e sempre.

Indipendentemente da chi ci sia al mio fianco.

E così, mi spoglio il vestito e mi butto in acqua in intimo.

Sì, proprio lui, quello spaiato, quello improponibile in una grande occasione come quella odierna.

Mauro e Ginevra fanno lo stesso.

Luca mi guarda sorridente e scuote la testa. Oggi mi

concederebbe qualunque cosa.

"No per favore! Ti prego vestita no!"

"Se preferisci ti spoglio!"

Nicolas regge in braccio Roby a bordo piscina.

Si guardano e si sorridono.

Lei, le braccia intorno al suo collo. Lui, il miglior sorriso dei Rossi.

Credo che il nipotino abbia trovato la sua preda...

Sarà semplice casualità, il fatto che il mio bouquet sia planato tra le mani della mia confusionaria amica due ore fa?

Il mio sesto senso mi dice qualcosa...

Festeggiamo fino a tarda notte.

Saluto mio fratello che ormai non riesce letteralmente a mantenersi in piedi.

Mi fa cenno di avvicinarmi. Mi abbraccia.

"Adesso posso invecchiare tranquillo Marta. Fai la brava. E sii felice, sempre."

Oggi lo sono Ale, domani vedrò. Come dice Teo, "Prendo il bello del momento, poi si vedrà."

La mia bambina se ne andrà qualche giorno dopo, in modo del tutto inaspettato, come tale è stato il suo arrivo.

La sua perdita è stata devastante, come mai avrei pensato.

Luca mi è stato al fianco in modo paziente ed amorevole.

Ci siamo ritagliati una piccola luna di miele solo per noi. Pochi giorni.

Come sia andata? Non come quelle di tutte le coppie normali.

Noi siamo Marta e Luca, diversissimi, incasinati e con una dimensione che non è mai equilibrata e razionale.
Ma questa è un'altra storia, che vi racconterò presto.

Dimenticavo, credo di aver capito qualcosa sull' amore...

L'amore è una forza selvaggia
Quando tentiamo di controllarlo ci distrugge.
Quando tentiamo di imprigionarlo, ci rende schiavi
Quando tentiamo di capirlo, ci lascia smarriti e confusi.

(Paulo Coelho)

Sono giunta alla conclusione che questo sentimento non abbia regole, non possa essere spiegato, vada semplicemente e pienamente vissuto...

Sommario

RINGRAZIAMENTI

Scrivo senza la pretesa di saperlo fare. Non sono una scrittrice, sono solo una donna che ama spaziare con la mente e fantasticare.
Scrivo per il semplice piacere di farlo.
Scrivo per far vivere una nuova avventura a personaggi a cui mi sono inspiegabilmente legata.
Scrivo per te che scegli di lasciare la realtà attraverso le pagine di questo libro.
Spero che questo momento sia stato leggero, divertente e forse anche riflessivo.
Grazie per aver condiviso il tuo tempo con la mia storia.
Grazie per i rimandi che mi darai, positivi o negativi che siano. Mi aiutano a crescere come persona.

Come sempre la mia fantasia prende forma grazie a te Vale.

Lavoriamo e realizziamo progetti insieme da una vita. Siamo tanto diverse da completarci. Grazie per aver dedicato il tuo poco tempo libero a leggere, impaginare e sistemare queste mie parole.

Grazie Tony, con i tuoi consigli mi hai aiutato a trovare il "mio modo di scrivere".

Grazie Albi, cognato che mi sopporti ogni giorno e mi hai tanto ispirato il personaggio di Sandro.

Grazie Silvia, credi sempre in me.

Grazie Roberta, con il tuo sorriso mi hai ispirato la tua omonima.

Grazie Oscar, compagno di viaggio, per la tua pazienza nel condividere ogni storia con me.

Un saluto ai miei figli. Se non lo scrivo si offendono a morte.

Grazie di cuore a tutti....a presto...con il prossimo libro.

Printed in Poland
by Amazon Fulfillment
Poland Sp. z o.o., Wrocław